紀曉嵐的人生哲學

——寬恕人生

《中國人生叢書》前言

中國聖賢是一個神聖的群體。他們是思想智慧的化身，道德行為的典範，進取成功的象徵。他們或者以自己的思想學說影響歷史，並構成民族性格與靈魂；或者他們本身即親身創造歷史，留下光照千秋的業績。

但歲月流轉，時代阻隔，語言亦發生文句變化。更不用說人生代代無窮已，歷來學問家詮釋演繹聖賢學說，形成衆多門戶相左的學派，同時又相應神化聖賢事跡。於是，聖賢便高居雲端，使常人可望不可及，只能奉為神明，頂禮膜拜。

然而，消除阻隔，融匯古今，無論學問思想，或者智勇功業，如此二者常常並不是分離的，且必然是人生的，為社會人生而存在的。這就是聖賢學說、智略、勇氣、運籌、奔走、苦鬥、成功的經驗、失敗的教訓，乃至道德文章，行為風範，也體現為一種切實的人生。因為聖者賢者也是人。

這是一種存在，無須多說甚麼。但存在對每一個人並不意味著親切，也不意味著自覺。我想聖賢人生與我們這些凡夫俗子的人生加以聯繫。聖賢不正是一個凡夫俗子，經許多努力，經許多造就，才成其為聖者賢者的嗎？

當然還有一個重要方面，時世使然矣，這就是歷經漫漫千年的中古時代，又歷經憂患求索的百年近代，世界文化已在衝擊中國人的生存方式。該如何確立中國人的人生路，我總認為無論是作為一種一脈相承的文化淵源，還是作為一種參照與啟迪，都莫如了解中國聖賢人生，莫如將我們平凡的人生從聖賢人生與學說找到佐證，找到圭臬。所謂古人不見今時月，今月曾經照古人。正是由此理解，由此思忖，我嘗試撰寫了《莊子的人生哲學》，問世以來即引起讀者的關注與歡迎。並且成為我組織一套《中國人生叢書》的直接引線。

我大致想好了，依然如《莊子的人生哲學》一樣，一書寫一聖賢人物。我還不揣譾陋，以我的《莊子的人生哲學》為範本，用一種隨筆的文體與筆調，古今結合，史論結合，聖賢人生與凡生結合，我還要求每一位作者對他所寫的聖賢人物，結合自己的人生閱歷對聖賢寫出獨特的人生體驗。我請了我的多位具卓越才識的朋友，他們都極熱心地加盟這套書的寫作，並至順利完成。

現在書將出版了，我需感謝我的朋友們，感謝出版社，希望更多的讀者喜歡他。

揚帆

《中國人生叢書》前言附語

《中國人生叢書》原先所寫的對象具為中國歷史上聖賢人物的人生哲學，如老莊、孔、孟等。因之《中國人生叢書》前言亦是交代這一部份書若干種的來由。

實際「中國人生」是一個涵蓋更為豐富廣闊的概念，這是明白的。因之，揚智文化事業股份有限公司的葉忠賢先生擬擴大它的規模，至少在內涵上應與「中國人生」更相符合些，這是自然的。無論是循名責實，還是作為實業上的某種建樹，出版者這樣想都是順理成章的。當然，從讀者這方面考慮，中國人文史漫漫數千年，寫人生哲學也不應只有這幾位聖賢人物，應該給讀者更廣闊的視野，更寬廣的精神空間。此亦情理之中的事。如此，本叢書又引進《曹操的人生哲學》、《李白的人生哲學》、《袁枚的人生哲學》等諸種，相應說明如下：

1.原來《中國人生叢書》聖賢諸種再加現在諸種，即為《中國人生叢書》的全部。

2.後續所加人物，其人生品格與聖賢是有差別的，這一點不言自明。

3.為保持此叢書的形式統一，前言不變，特加此「附語」加以說明，亦祈讀者諸君明鑑。

揚帆
於廣濟居

目錄

警世・醒世・喻世

目錄

話說紀曉嵐

當我們提到歷史上的文化名人，提到《四庫全書》這部巨型叢書，提到《總目提要》這部經典著作，我們也絕不會忘記他——紀曉嵐，一個偉大而親切的學者！

從遙遠的清朝中葉，他緩緩向我們走來，儘管歲月蒼茫，卻絲毫掩蓋不住他的風采……

神奇：早年生活的基調

紀昀（一七二四—一八〇五），字曉嵐，一字春帆，晚號石雲，道號觀奕道人、孤石老人。人稱茶星、紀河間。謚文達。他的一生可大體上分為五個階段。三十一歲（一七二四—一七五四）以前是第一階段，紀曉嵐的生活為濃重的神奇色彩所點染。

清雍正二年（一七二四）六月十五日午時，紀曉嵐出生於直隸河間府獻縣（今河北省滄縣）崔爾莊對雲樓。和中國歷史上的許多偉人一樣，紀曉嵐的出生，也伴隨著種種神奇的傳說。朱珪的《墓誌銘》有如下記載：紀曉嵐出生之前，獻縣位於黃河入海的九河故道，「天雨則汪洋成巨浸，水中夜夜有光怪。」一天夜間，紀曉嵐的祖父紀天申夢見光入對雲樓中。不久紀曉嵐來到了這個世界，「光遂隱」。於是人們紛紛傳說，紀曉嵐就是「此靈物化身」。阮元在《紀文達公遺集序》中，也從另一個角度予以了神化：「夫山川之靈，篤生偉人，恆間世一出。河間獻縣在漢爲獻王（劉德）封國，史稱：獻王修學好古，實事求是，所得書皆古文先秦書，被服儒術，六藝具舉。對三雍，獻雅樂，答詔策，文約指明，學者宗之。後兩千年而公（指紀曉嵐）生其地。」阮元的意思是：紀曉嵐足以與漢代的河間獻王劉德相提並論。

這位來歷不凡的紀曉嵐，據他自己說，「四、五歲時，夜中能見物，與晝無異。七、八歲時漸昏暗，十歲後遂全無睹。或半夜睡醒，偶然能見，片刻則如故。十六、七歲以至今，則一、兩年或一見，如電光石火，彈指即逝。蓋嗜欲日增，則神明日減耳。」這些話是紀曉嵐六十七歲高齡時寫在《閱微草堂筆記》中的，當不會是出於虛構。

民間傳說中的紀曉嵐，則是一位才思敏捷的神童。

一個故事說：

紀曉嵐和幾個伙伴在街邊玩球，不小心將球扔進了太守的官轎。伙伴們都嚇跑了，唯有紀曉嵐上前索球。太守想捉弄他，故意說：「我有一聯，如果你能對出，就把球還給你。」紀曉嵐點了點頭。太守說：「童子六、七人，惟汝狡。」紀曉嵐隨口應道：「太守二千石，獨公……」最後一個字還停留在嘴邊。太守催他說完，紀曉嵐笑道：「如果太守將球還我，就是『獨公廉』，不還就是『獨公貪』。」太守想不到這孩子如此聰明，連聲稱讚，高高興興地把球還給了他。

傳說終歸是傳說，不能當成信史；但諸多傳說，都基於一個事實：童年的紀曉嵐，確已顯示出過人的天賦，即清咸豐《初續獻縣志》卷四所說：「性奇慧，為文不假思索……過目不復忘」，「其才思敏捷，尤非人所能及。」

「金榜題名」是隋唐以降所有讀書人的共同追求，然而卻只有少數人成為幸運者。在科舉之路上，比起那些懷才不遇的士子如羅隱、蒲松齡等，紀曉嵐即使算不得一帆風順，也是令人羨慕的。

清高宗乾隆五年（一七四〇），紀曉嵐十七歲，應童子試。四年後，即二十一歲那年，在河間府應科試，被拔爲第一名。二十四歲應順天鄉試，名列第一。次年，紀曉嵐入京應會試，這位躊躇滿志、爲衆望所歸的解元卻意外地未被錄取。乾隆十九年（一七五四），三十一歲的紀曉嵐再應會試，中式第二十二名。四月二十一日，紀曉嵐赴保和殿應殿試，自覺名次較前，希望能在殿試中奪魁。殿試後，「尙未傳臚，在董文恪公家，偶遇一浙士能測字，已書一『黑』字。浙士曰：『龍頭竟不能屬君矣。黑字拆之，爲二甲，下作四點，其二甲第四乎？然必入翰林，四點庶字腳，士，吉字頭。是庶吉士矣。』後果然。」

這一年的殿試，據紀曉嵐說：「最號得人」。如王鳴盛、王昶、朱筠、錢大昕、翟灝輩，皆稱汲古之彥。其後老師宿儒，以著述成家者不一；高才博學，以詞章名世者不一；經濟宏通，才猷儁異，以政事著能者不一；品茶鬥酒，留連唱和，以風流相尙者亦不一。群賢畢至，交遊款洽，而紀曉嵐正當盛年，「相隨馳騁，顧盼自豪」，「每酒酣耳熱，議論飆發，四座聳動，覺光明磊落，鄙吝之意都盡。」唐代孟郊《登科後》詩云：

昔日齷齪不足誇，今朝放蕩思無涯。
春風得意馬蹄疾，一日看盡長安花。

這種春風得意的神情，用來寫照紀曉嵐，也許更爲恰當些。

「以文章與天下相馳驟」

從三十一歲到四十五歲（一七五四—一七六八）是紀曉嵐人生的第二個階段。

紀曉嵐《姑妄聽之·自序》曾說：「余性耽孤寂，而不能自閒。卷軸筆硯，自束髮至今，無數十日相離也。三十以前，講考證之學，所坐之處，典籍環繞如獺祭。三十以後，以文章與天下相馳驟，抽黃對白，恆徹夜構思。五十以後，領修秘籍，復折而講考證。今老矣，無復當年之意興，惟時拈紙墨，追錄舊聞，姑以消遣歲月而已。」

「以文章與天下相馳驟」一語，可用以概括紀曉嵐初入翰林院十五年間的生活。

翰林院初設於唐代，本爲各種文藝技術內廷供奉之處，宋代猶以翰林院勾當官總領天文、書藝、圖畫、醫官四局，以至御廚茶酒亦有翰林之稱。至於翰林學士供職之所，在唐爲學士院，至宋始稱翰林學士院。遼於南面官中置翰林院。元代稱翰林兼國史院。明代始將修史、著作、圖書等事務併歸翰林院，正式成爲外朝官署。清代沿明制設翰林院，掌編修國史，紀載皇帝言行的起居注，進講經史，以及草擬有關典禮的文件；其長官爲掌院學士，以大臣充任，所屬職官如侍讀學士、侍講學士、侍讀、侍講、修撰、編修、檢討和庶吉士等統稱翰林。

在翰林院的十五年中，紀曉嵐仕途順遂，社會地位一直穩步上升，歷任功臣館總纂，國史館總纂，庶常館小教習，方略館總校，侍讀，三通館提調兼纂修、署日講起居注官，左春坊庶子，侍讀學士。

作爲乾隆皇帝的文學侍臣，紀曉嵐以其不同凡響的才情，一再得到「天語嘉獎」，深受寵幸，紀曉嵐自己也引以爲榮。乾隆五十大壽時，諸臣紛紛上壽詩聯，但多失於堆砌，「難愜朕意」，唯有紀曉嵐的詩聯令「龍顏大悅」。其詩聯曰：

二萬里河山，伊古以來，未聞一朝一統二萬里；
五十年聖壽，自今而往，尚有九千九百五十年。

上聯讚頌「十全老人」乾隆帝的赫赫武功，下聯點出「皇上萬歲」之旨，這正合乾隆的口味。

但紀曉嵐在乾隆帝心目中也僅是一位文學侍臣而已。他曾向乾隆帝提出有關軍國大政的建策，不料乾隆帝竟怒形於色，訓斥道：「多事！」深知皇上對自己只是「以倡優蓄之」，紀曉嵐常常想起漢代的東方朔，這位漢武帝的弄臣。乾隆二十七年（一七六二），三十九歲的紀曉嵐於十月出都，赴福建學政任，著《南行雜詠》一卷。其中一首是《過德州偶談東方曼倩事》：

十八年間侍紫宸，金門待詔好容身。
詼諧一笑原無礙，誰遣頻侵郭舍人。

三度偷桃是此兒，神仙遊戲不須疑。
嫦娥夜夜棲明月，記得銀台竊藥時。

其自注云：「厭次故城即今神頭鎮，在德州陵縣之間。故兩處皆祀曼倩於鄉賢。」曼倩是東方朔的字，西漢平原厭次（今山東惠民）人。武帝時任太中大夫。「詼達多端，不名一行，應諧似優，不窮似智，正諫似直，穢德似隱。」據《漢武故事》，東方朔乃天上歲星，曾三次偷西王母的仙桃，他下凡做官，和隱居差不多。在有關東方朔的傳說中，與漢武帝所寵幸的歌舞演員郭舍人之間的一次玩笑尤爲著名：

郭舍人與東方朔比賽猜東西，輸了，漢武帝下令歌舞人的監管打他，舍人忍受不了疼痛，大聲呼叫。東方朔笑道：「咄！口上沒毛，聲音謷謷，屁股越翹越高。」舍人怨恨道：「東方朔擅自詆毀天子的侍從官員，應該在鬧市處死，並暴屍示衆。」武帝問東方朔爲什麼詆毀郭舍人，東方朔道：「臣不敢詆毀他，不過爲他作個隱語罷了。」武帝問：「隱何物？」東方朔說：「口上沒毛，這是狗洞；聲音嗸嗸，這是鳥在喂養雛鳥；屁股越翹越高，這是鶴在低頭啄食。」

紀曉嵐說「詼諧一笑原無礙，誰遣頻侵郭舍人」，實際上是表達了他個人的處事原則：在取悅於君主的同時，不要傷害了他人。紀曉嵐一向厭惡官場傾軋，他曾說：「仕宦熱中，其強悍者必怙權，怙權者必狠而愎；其孱弱者必固位，固位者必險而深。且怙權固位，是必躁競，躁競相軋，是必排擠。至於排擠，則不問人之賢否，而問黨之異同；不計事之可否，而計己之勝負。流弊不可勝言矣。是其惡在貪酷上。」（《閱微草堂筆記》卷五）「一身之窮達，當安命，不安命則奔競排軋，無所不至。不知李林甫、秦檜，即不傾陷善類，亦作宰相，徒自增罪案耳。」（《閱微草堂筆記》卷一）按照上述原則做人，紀曉嵐和東方朔一樣，很少捲入官場的派系之爭。

初入翰林院的十五年中，紀曉嵐自覺最爲輝煌的事業是「四度持文柄」：

乾隆二十四年（一七五九），紀曉嵐三十六歲，充山西鄉試主考官。

乾隆二十五年，充會試同考官。

乾隆二十七年，充順天鄉試同考官。

乾隆二十八年，任福建學政。這年，紀曉嵐四十歲。身爲考官，紀曉嵐最擔心的是有「遺珠」之憾。因此，對於試卷的批改和取捨，他總是愼之又愼：「諸幕友以墨筆閱卷，余以朱筆覆勘之，塗乙縱橫，或相違異。」儘管如此，仍不能避免「遺才良已多，事後恆追悔」的情形，所以紀曉嵐一再感嘆：「文章敢道眼分明」；「嗜好關性情，微渺孰能喻」；「太息翰墨場，文章異知遇」。

錄取朱子穎（孝純）是紀曉嵐充順天鄉試同考官時格外使他得意的事，甚至也是「四度持文柄」期間格外令他興奮的事。對此，《閱微草堂筆記》有詳細的記載：先視其詩，第六聯曰：「素娥寒對影，顧兔夜眠香」（題爲《月中桂》），已喜其秀逸。再觀其第七聯曰：「倚樹思吳質，吟詩憶許棠」，遂躍然曰：「吳剛字質，故李賀《李憑箜篌引》曰：『吳質不眠倚桂樹，露腳斜飛濕寒兔』，此詩選本皆不錄，非觀《昌谷集》者不知也。華州試《月中桂》詩，選許棠爲第一人。棠詩今不傳，非曾見王定保《摭言》、計敏夫《唐詩紀事》者不知也。……這正是朱子穎的試卷。

以京官要員的身分出任試官，紀曉嵐引以爲豪的另一方面是其廉潔。他的《壬午順天鄉試分校硯》詩云：

文章敢道眼分明，遼海秋風愧友生。
惟有囊中留片石，敲來幸不帶銅聲。

「不帶銅聲」，即沒有銅臭氣息。他是從不接受賄賂的。

從軍西域

從四十五歲到四十八歲（一七六八—一七七一）是紀曉嵐人生的第三個階段。

從軍西域，即謫戍烏魯木齊，這一變故來得煞是突然。

乾隆三十三年（一七六八），紀曉嵐四十五歲。這年二月九日，高宗諭曰：「紀曉嵐在翰林內，學問素優，予以外任，轉恐不能盡其所長，著以四品銜，仍留庶子任。」四月十四日，高宗於正大光明殿考試翰林等官，紀曉嵐爲二等十六名，授翰林院侍讀學士。

就在紀曉嵐「殊恩特邀破格」、事業蒸蒸日上之時，一場變故迅速逼近。

紀曉嵐有三子三女。其長女嫁乾隆癸卯（一七八三）舉人盧蔭文。盧蔭文的祖父即曾任兩淮鹽運使的盧見曾。這年六月二十五日，高宗根據彰寶、尤拔世等人的奏報，查辦兩淮歷年提引一案，對兩淮歷任鹽政「均有營私侵蝕等弊」大為震怒，下令革去盧見曾職銜，並查封其家產。盧見曾事先得到信息，藏匿資財，故查鈔其家產時，僅有錢數十千。這一信息是誰洩漏出去的呢?在高宗的嚴切敦促下，劉統勛等人終於查明：紀曉嵐「實漏言之人」。他於六月十三日見到盧蔭恩，「告知兩淮鹽務有小菜銀兩一事，現在查辦。」「後復見郎中王昶，王昶告知非小菜銀兩，乃係歷年提引事發，隨又雇人送信回家。」

紀曉嵐「漏言」一事被查清，他很快就被軟禁起來。七月二十四日，高宗下令：紀曉嵐「瞻顧親情，擅行通訊，情罪亦重，著發往烏魯木齊效力贖罪。」

紀曉嵐於乾隆三十三年冬十月遣戍烏魯木齊。途中作《雜詩三首》，其三云：

北風淒以厲，十月生林寒。
飄搖霜雪降，蕙草亦已殘。
黃鵠接翼翔，豈礙天地寬。
前後相和鳴，亦足為君歡。

詩所表達的那種隨遇而安的情懷，與北宋蘇軾一脈相承。

抵達烏魯木齊，他給妻子（內子）寫了一封信，敘西行的所見所聞所感，筆墨間詩意盎然，那種曠達，那種恬適，別有一種魅力。讀者不妨領略其中的幾個片斷：

余因漏言獲譴，發往烏魯木齊效力贖罪，因恐爾代抱杞憂，趕來伴我西行，故臨期未發家信，僅托南叔於事後向爾說破，爾莫誤會。余此行倍嘗艱苦，殊不知當此清和季節，西行反多雅趣。如在嚴冬，則寒風刺骨，瑟縮不前矣，今幸叨祖宗福庇，一路惠風和暢，好鳥呼名，看山不厭馬行遲，洵可樂焉。出關改乘駱駝，長行戈壁徑一百二十里，滿目黃沙，絕無寸土，宛然別一世界。……前進都屬沙漠之地，四望蒼茫，殊少風景，余不禁索然氣沮，深慮戍地亦是無水之區，豈能久安長處？孰知行抵烏魯木齊，直令我喜極欲狂，其地泉甘土沃，市肆林列，較之天生墩，直有天堂地穴之差。余得蒙將軍溫公優待，留居署中，襄辦案牘，館舍在署園中。花草繁盛，有江西蠟，五色皆備，朵若白杯，葳蕤如洋菊；余家別墅中，殊少此佳種，擬收其子，得便寄歸，來春栽種，待余歸來，與爾共賞之。余在口外，反較居京華暢適，爾毋須爲我憔悴也。

讀這封家書，我們眼中的紀曉嵐，無一毫沮喪，無一絲頹唐，其心境如三月春水，清澈明媚。我們相信，這樣一個紀曉嵐，是絕對眞實的。但是，另一側面也不容忽略。那就是，他確有世態炎涼之感。下述的兩個例證有必要提到。

第一個例證：紀曉嵐曾視學福建，謫官以後，閩中諸學子情意彌篤，時相存問，不以升沈而冷暖。這使紀曉嵐非常感動，賦詩曰：

迢遞隔山川，音書時蚙蚙。
感此金石心，不逐升沈變。

深情何所酬？贈以勤無倦。……

假如沒有世態冷暖爲背景，這些話是不必說的。

第二個例證：乾隆三十六年（一七七一）歲末，紀曉嵐被赦還京；一位闊別十六年的老友，以七十二歲高齡千里來訪。紀曉嵐感動之餘，賦長詩一首，中間幾聯說：

誰言草野貧賤士，乃能不逐炎涼趨。
古云書畫係人品，天然高致非臨摹。
豈知一藝能造極，立身亦與常人殊。……
如今始識天下士，此人此藝今皆無！

假如沒有炎涼之感，這些話又何從說起呢？

謫戍烏魯木齊三年，紀曉嵐的意外收穫是領略了風貌別具的新疆風物。那陌生的邊塞風光，那新奇的邊陲風俗，那獨特的文化遺存，那別緻的節日慶典……

無不使紀曉嵐欣喜異常。他的《烏魯木齊雜詩》便是對種種新疆風物的素描。比如他在寄從弟旭東的書信中提到的兩首：

余謫戌之初，只道烏魯木齊積沙無水，那知行抵此間，瞥睹津樑交叉，花木清幽，余幾疑夢境。……愚兄見河流都西瀉，因賦詩以誌之曰：「半城高阜半城低，城內清泉盡向西。金井銀床無用處，隨心引取到花畦。」記實也。此地北山風景最勝，登岡頂關帝祠，俯瞰城中，纖微皆見。有詩以誌其勝跡曰：「山園芳草翠煙平，迢遞新城接舊城。行到叢祠歌舞處，綠氍毹上看棋枰。」余攬勝之日，關帝祠戲樓正在演劇，末二句即景也。（相似的記載亦見於《閱微草堂筆記》卷八）。

紀曉嵐《烏魯木齊雜詩·自序》說：

夫烏魯木齊，初西蕃一小部耳。神武耆定以來，休養生聚僅十餘年，而民物之蕃衍豐膴，至於如此，此實一統之極盛。

烏魯木齊之繁盛，表現在諸多方面，而其節日情景，幾使人忘卻那是塞外，如除夕之夜：

犢車酺軆滿長街，火樹銀花對對排。
無數紅裙亂招手，遊人拾得鳳凰鞋。

元夕燈船：

搖曳蘭橈唱采蓮，春風明月放燈天。
秦人只識連錢馬，誰教歌兒蕩畫船。

好一個弦誦之鄉，歌舞之地！清代中葉的新疆，鮮明地顯示出「一統之極盛」的「大清氣象」。

四庫館的總纂官

從四十八歲到六十七歲（一七七一—一七九〇）是紀曉嵐人生的第四個階段。

乾隆三十六年（一七七一），紀曉嵐四十八歲。這年十月初七，高宗下諭曰：「紀曉嵐著加恩賞授翰林院編修。」這一職務，紀曉嵐三十四歲時便曾獲得過，所以忍俊不禁地在所用玉井硯背戲書一絕：

萬里從軍鬢欲斑，歸來重復上蓬山。
自憐詩思如枯井，猶自崎嶇一硯間。

這是「自憐」，更是自嘲。

這一年冬天，有人拿來一幅「八仙對弈圖」，請紀曉嵐題詩。「畫爲韓湘、何仙姑對局，五仙旁觀，而鐵拐李枕一壺盧睡。」紀曉嵐看了，頗有感慨，題詩二首：

十八年來閱宦途，此心久似水中鳬。
如何才踏春明路，又看仙人對弈圖。

*　*　*

局中局外兩沈吟，猶是人間勝負心。
那似頑仙痴不省，春風蝴蝶睡鄉深。

這兩首詩，表達了他對淡於名利、與世無忤的人生境界的嚮往。

乾隆三十八年（一七七三），紀曉嵐五十歲。這一年，根據安徽學政朱筠的建議，乾隆帝下令開四庫全書館，選翰林院官專司纂輯。在推薦纂修官時，大學士劉統勛首薦紀曉嵐。值得一提的是，在四庫全書的編纂過程中，任總纂官一職的僅三人，即紀曉嵐、陸錫熊和孫士毅。孫士毅任職時間不長，陸錫熊則入館較晚、死得較早，故「始終其事而總其成者」實只有紀曉嵐。

從乾隆三十八年至乾隆五十五年（一七九〇），整整十七年，紀曉嵐殫精竭慮地從事著這項偉大的文化工程。

這十七年間，紀曉嵐「疊被殊恩，皆逾常格，爲自來詞臣所罕覯」，歷任編修、侍讀學士、詹事府詹事、內閣學士兼禮部侍郎、兵部侍郎兼文淵閣直閣事、禮部尚書充經筵講官等職，「哀然一代文宗」，「當代無人可並論」。

紀曉嵐執學術牛耳之地位為士林所公認。陳鶴《紀文達公遺集序》云：

我師河間紀文達公以學問文章著聲公卿間四十餘年，國家大著作非公莫屬。其在翰林校理《四庫全書》七萬餘卷，《提要》一書，評述古今學術源流、文章體裁異同分合之故，皆經公論次方著於錄。

江藩《國朝漢學師承記》云：

公於書無所不通，尤深漢《易》，力糾圖書之謬。《四庫全書提要簡明目錄》皆出公手，大而經史子集，以及醫卜詞曲之類，其評論抉奧闡微，詞明理正，識力在王仲寶、阮孝緒之上，可謂通儒矣。

繆荃蓀《錢塘丁氏八千卷樓藏書志序》云：

至於考證撰人之仕履，釋作書之宗旨，顯微正史，遍采稗官，揚其所長，糾其不逮，《四庫提要》實集古今之大成。

這十七年中，紀曉嵐的生活大體上風平浪靜，但也有過令他心驚膽戰的時刻。乾隆五十一年六月，御史曹錫寶參劾和珅家奴劉全服用奢侈，器具完美，恐有倚藉主勢、招搖撞騙等事。乾隆皇帝懷疑係紀曉嵐因上年海升毆死其妻吳雅氏一案，對和珅心懷仇恨，嗾使曹錫寶參奏，以圖報復。對此，紀曉嵐心理壓力很大，其《又題秋山獨眺圖》詩，即隱隱流露出憂懼之情：

秋山高不極，盤磴入煙霧。
仄徑莓苔滑，猿猱不敢步。
杖策陟巉岩，披榛尋微路。
直上萬峰巔，振衣獨四顧。
秋風天半來，奮迅號林樹。
俯見豺狼蹲，側聞虎豹怒。
立久心茫茫，悄然生恐懼。
置身豈不高？時有蹉跌慮。
徙倚將何依，凄切悲霜露。
微言如可聞，冀與孫登遇。

秋山獨眺，理當心曠神怡，逸思騰飛，然而紀曉嵐卻感到處處都潛伏著危機，這種如履薄冰、如臨深淵的不安情緒，從字裡行間蕩漾開來。

在《紀曉嵐家書》中，有一封寫給內人的信，講述了乾隆四十七年夏他在軍機房赤膊險受處分的經歷。《紀曉嵐家書》，一九三六年由上海中央書店印行，該書《著者小史》稱資料來自張氏庋藏秘書。近年孫致中等人點校《紀曉嵐文集》，指出《紀曉嵐家書》係人僞作，《寄內子——告知赤膊稱老頭子險被處分》一篇，僞作的痕跡尤爲顯然，因紀曉嵐從未任過軍機處行走。但本篇甚是精彩，即使作爲虛構故事來讀，也是情味盎然的。謹附錄於此，以饗讀者：

哈哈，余險乎又赴烏魯木齊效力！蓋因近日京中酷熱，爲歷來所未有者，余素性畏熱，而日須穿長袍，入値軍機房，苦不堪言。昨日酷熱更甚，諸大軍機皆未入值，只有余與一朱姓章京，余便放浪形骸，除去長袍，高踞胡床，披襟執扇，正在獨樂其樂，朱章京忽顧我低語曰：「聖駕來矣！」余如聞青天霹靂，惶遽無措，不及穿袍接駕，一躍而下，匿身坑後。久之，不聞聲息，只道聖駕已去，探首諦視。奈余之眼鏡，摘除在公案上，目光模糊，但見坑上一人，面朝外而背向內，只道是朱章京，問之曰：「老頭子去幾時矣。爾奚不關切一言，免得余蜷伏在坑下？」詎知那人怒目返顧曰：「派爾在此辦公，誰敎爾蜷伏坑下？」余聞口音，知是皇上，直嚇得屁滾尿流。勢不能仍匿於坑後，只得匍伏叩頭請罪。皇上曰：「擅敢稱朕老頭子，該當何罪？」余叩首強辯曰：「此是臣下尊敬聖上之意。『老』猶言天下之大爲老，『頭』即元首之意，『子』即子元元之意，宋儒尊稱皆曰子，如孔子、孟子，皆是也。」皇上曰：「爾自仗口才敏捷，還敢強辯飾非。今有一成句曰：『此地有崇山峻嶺茂林修竹』，隨口對來，恕爾無罪。」余應聲對曰：「若周之赤刀大訓天球河圖。」天顏始霽，揮令起去。聖駕仍由後軒還宮。余至下午退値還寓，即草此函，猶覺心頭忐忑，幸遇皇上優容，未曾加罪。然而余膽幾乎嚇破也。此皆由於目光短視，素性畏熱所致。古人云：愼言寡過。洵不誣也。

著《閱微草堂筆記》

從六十七歲到八十三歲（一七九〇—一八〇四）是紀曉嵐人生的第五個階段。

晚年的紀曉嵐，官高位顯，備極尊榮。八十二歲那年，由兵部尙書遷任禮部尙書、協辦大學士，加太子太保，管國子監事。這是他去世前的最高職銜。

晚年的紀曉嵐，曾兩任會試正考官。一次在清嘉慶元年（一七九六），紀曉嵐七十三歲；一次在清嘉慶七年（一八〇二），紀曉嵐七十九歲。對「校閱文字之役」，紀曉嵐總是極爲認眞。他以爲：「儒生上進，路僅存斯。孤寒之士，性命繫之。進退予奪，責在主司。如云有命，操柄者誰。意見偏謬，或不自知。至於勞瘁，則不敢辭。句句圈點，卷卷加批。一行不閱，神鬼難欺。」當僕人提醒他善自珍攝時，他誠懇地答道：

拭目挑燈夜向晨，官奴莫訝太艱辛。
應知今日持衡手，原是當年下第人。

是的，紀曉嵐儘管身爲顯宦，但當年落第的心境、體驗，他卻依舊記得淸淸楚楚。這種厚道的品格和人情味，使紀曉嵐顯得格外親切，格外令人敬重。

晚年的紀曉嵐，還有許多値得記叙的言行，但他做的最重要的事，畢竟是寫作《閱微草堂筆記》。《閱微草堂筆記》共廿四卷，包括《灤陽消夏錄》六卷，《如是我聞》四卷，《槐西雜志》四卷，《姑妄聽之》四卷，《灤陽續錄》六卷。自乾隆五十四年（一七八九）至嘉慶三年（一七九八）陸續寫成。嘉慶五年（一八〇〇），由紀曉嵐門人盛時彥合刊印行。

當代新筆記小說大師孫犁先生，對《閱微草堂筆記》評價甚高。一九八〇年十月二十四日，他在寫給紀曉嵐六世女孫柳溪（紀清侁）的信中指出：

《閱微草堂筆記》是一部成就很高的筆記小說，它的寫法及其作用，都不同於《聊齋誌異》。直到目前，它仍然在中國文學史上，佔有其它同類作品不能超越的位置。它與《聊齋誌異》是異曲同工的兩大絕調。

這是一部非常寫實的書，紀曉嵐用他親身見聞的一些生活瑣事，說明社會生活中的因果問題。它並不是唯心宿命的，他的道理是從現實生活中演繹出來的。因果報應，並不完全是迷信的，因果就是自然規律。

至於文字之簡潔鋒利，說理之透徹周密，是只有紀曉嵐的文筆才能達到的。

我常常想，清代枯燥的考據之學，影響所及，使文學失去了許多生機。但是這種一針見血、無懈可擊的刀筆文風，卻是清朝文字的一大特色。

孫犁先生對《閱微草堂筆記》的推崇，紀曉嵐當之無愧。

人生的基點：近情

郭六的人生困境

據《三國志·魏書·邴原傳》裴松之注，有一次，皇太子提出一個問題：「皇帝和父親都得了重病，有藥一丸，可救一人，是該救皇帝呢，還是該救父親？」衆說紛紜，或以爲該救父親，或以爲該救皇帝；當時邴原在座，一言不發。太子點名問邴原的態度，邴原惱火地答道：「當然是救父親！」這裡，邴原坦率地表達了他的意思：當忠與孝發生矛盾時，先孝後忠。

忠孝不能兩全本是一個老話題。但如何對待卻因人而異。《漢書·趙、尹、韓、張、兩王傳》就推出了兩個對比鮮明的歷史人物。一個是王陽。他任益州刺史，當他途經邛郲九折阪時，感嘆道：「奉先人遺體，怎能一再地經危歷險！」遂托病去職。另一個是王尊。他後來也做了益州刺史，來到邛郲九折阪，他問下屬：「這不是王陽所害怕的險道嗎？」下屬說是。於是王尊催他的車夫：「快走！王陽爲孝子，王尊爲忠臣！」王陽盡孝，王尊盡忠，都值得佩服。

《閱微草堂筆記》卷三則提出了節孝不能兩全的問題：

淮鎮農家婦郭六，不知是丈夫姓郭，還是父親姓郭。雍正甲振、乙巳（一七二四—一七二五）年間，遭受大災。他的丈夫估計難以爲生，遂外出行乞。臨行將父母拜託給郭六。起初，郭六靠做針線活養活公婆，後來實在沒法了，才向鄰居們叩頭求救。鄰居自顧不暇，哪能救濟她呢？爲了奉養公婆，郭六只好去做妓女。三年後，丈夫歸來。郭六將健在的公婆交給丈夫，然後在廚房自殺了。

郭六自殺後，縣令來驗屍，判令將郭六「葬於祖墓，而不襯夫墓」理由是：她奉養公婆，是個孝順的媳婦；但身爲妓女，卻不再有資格做妻子。

郭六的人生困境，即在守節與盡孝之間不能兩全。她最終選擇了盡孝。那麼，人們怎麼看她呢？「時邑人議論頗不一。」這種情形的出現是必然的。因爲，節孝並重，而節孝又不能兩全，肯定或否定的均「有理可執」。根據「節」的原則，郭六是一個下賤的傷風敗俗的女人；根據「孝」的原則，則郭六不僅無罪，似還有功。寵予公的見解大約可以代表紀曉嵐，他坦率承認，用天理來較論郭六一事，「非聖賢不能斷」。因爲天理本身就是互相矛盾、互相衝突的，以此作爲論事的依據，結論也不能不是怪誕不情的。

與郭六一事恰成對照，卷三還展示了孟村少女的人生困境。

明朝崇禎末年，孟村有巨盜肆掠，見一女孩長得漂亮，將她和她父母一起綁了起來。如果女孩不接受姦污，則對她父母施以炮烙之刑。父母忍受不了酷刑，命女孩從賊。女孩提出先放走她父母才肯從命。巨盜明知這是計策，一定要先姦污她再放她父母。於是女孩跳起身來，抽巨盜耳光。其結局不難料見：她和父母俱慘死於巨盜之手。

在守節與盡孝之間，郭六選擇了盡孝，孟村少女則選擇了守節。人們對郭六議論不一，同樣，對孟村少女亦議論不一：「或謂女子在室，從父母之命者也。父母命之從賊矣，成一己之名，坐視父母之慘酷，女似過忍。或謂命有治亂，從賊不可與許嫁比。父母命爲倡，亦爲倡乎？女似無罪。」那麼，紀曉嵐怎麼看呢？他以爲，論者對郭六和孟村少女的評議，雖「均有理可執，而於心終不敢確信。」言外之意是：與其「固執一理」、心硬如鐵地發議論，不如設身處地，「揆事勢之利害」，爲當事人著想。郭六和孟村少女的境遇夠悲慘的了，還在一旁說三道四，不是太冷酷、太缺乏人情味了嗎？

近於人情，這是紀曉嵐處事的基本原則。

神道設教

神道，猶言天道。謂神妙莫測之理。神道設教的目的，在於補刑賞之不足，如魏禧《地獄論》所說：「刑賞窮而作《春秋》，筆削窮而說地獄」；或如魏源《學篇》所說：「鬼神之說有益於人心，陰輔王教者甚大；王法顯誅所不及者，惟陰教足以懾之。」

「神道設教」是紀曉嵐寫作《閱微草堂筆記》的宗旨之一。宋明理學遵循「不語怪、力、亂、神」的原則，很少談神道設教，紀曉嵐感到這不利於維護世道人心。《閱微草堂筆記》卷十四藉地獄中某囚犯之口，揭示出「墮落由信儒」之旨。這位囚犯說：「吾爲吾師所誤也。吾師日講學，凡鬼神報應之說，皆斥之爲佛氏之妄語。吾信其言，竊以爲機械能深，彌縫能巧，則種種爲所欲爲，可以終身不敗露；百年之後，氣返太虛，冥冥漠漠，並毀譽不聞，何憚而不恣吾意乎！不虞地獄非誣，冥王果有。始知爲其所賣，故悔而自悲也。」囚犯的話，從反面證明了神道設教的必要性。卷十八所載，更從正面闡釋了這一命題：

有人四十餘歲還沒有兒子。其妻悍妒，絕無納妾可能，故鬱鬱不樂。一天，偶然見到一位道士。道士叫他製「鬼卒衣裝十許具」說可以幫助他達到目的。他抱著姑且試試的態度照著辦了。果然緊接著就出現了一連串的奇蹟。當晚其妻在夢中慘叫，次日，兩條大腿青紫。每過三天，就發生同樣的情形。半個月後，他的妻子開始張羅買妾一事；買來後，又當即催丈夫圓房。一個悍妒的妻子怎麼會有這種舉動？原來是道士用了法術：在晚間攝去此婦魂魄，說公婆指控她絕了夫家後代，令她在數日內為丈夫覓兩名好女，否則即赴地獄懲治。此婦恐懼，故一一照辦。

一位悍妒之婦，卻因道士略施小術而被制服。紀昀由此得出結論說：「攝魂小術，本非正法。然法無邪正，惟人所用，如同一戈矛，用以殺掠則劫盜，用以征討則王師耳。術無大小，亦惟人所用，如不龜手之藥，可以洴澼絖，亦可以大敗越師耳。道士所謂善用其術歟！至嚚頑悍婦，情理不能喻，法令不能禁，而道士能以術制之。堯牽一羊，舜從而鞭，羊不行，一牧豎驅之則群行。物各有所制，藥各有所畏。神道設教，以馴天下之強梗，聖人之意深矣。講學家烏乎識之？」

紀曉嵐提倡神道設教，「欲使人知所勸懲」，其「大旨」確乎是「醇正」的。《墨子·明鬼》篇說：「今若使天下之人偕若信鬼神之能賞賢而罰暴也，則夫天下豈亂哉？」顧炎武《日知錄》卷二說：「國亂無政，小民有情而不得申，有冤而不得理，於是不得不愬之於神，而詛盟之事起矣。……於是賞罰之柄，乃移之冥漠之中，而蚩蚩之氓，其畏王鈇，不如其畏鬼責矣。乃世之君子，猶有所取焉，以輔王政之窮。」墨子、紀曉嵐正是顧炎武所說的「君子」。

但這些「君子」在強調神道設教的治民之效時，卻忽視了其愚弄民衆的副作用。哲人視神道爲虛妄，「君子」視神道爲有用，庶民視神道爲眞實。神道設教本是爲了管理庶民，而庶民在信從的同時也就受到了愚弄。民可使由之，不可使知之。以愚民爲御民之術，畢竟不是十全十美的。

假道學

幽默與諷刺的主要技巧是「揭」——揭穿眞相，使醜的不能裝成美的，假的不能裝成眞的，機智俏皮，於是令人大笑。

清代的龔自珍，據《清稗類鈔》記載，「語非滑稽，不以出諸口也。」他精通的正是「揭」的藝術。龔自珍在揚州時，某鹽商設宴，座席中多爲市儈，卻又熱衷於附庸風雅。酒過三巡，開始聯詩，首席高吟道：「恰是桃紅柳綠天。」龔自珍正好在他旁邊，接道：「太夫人移步出床前。」剛念完，衆人大嘩，問他何以用八字句。龔自珍笑著回答：「我還以爲是盲詞呢！」弄得那位富商窘迫不堪。富商之所以窘迫，在於龔自珍「揭」穿了一個事實：富商的起句算不得詩，只能歸入盲詞一類。

紀曉嵐也擅長「揭」的技巧，而主要的諷刺對象是假道學。《閱微草堂筆記》卷四載：

有兩塾師鄰村君，皆以道學自任。一日，相邀會講，生徒侍坐者十餘人。方辯論性天，剖析理欲，嚴詞正色，如對聖賢。忽微風颯然吹片紙落階下，旋舞不止。生徒拾視之，則二人謀奪一寡婦田，往來密商之札也。

所謂假道學，其特徵是：表面正人君子，實質上男盜女娼。這類人往往能憑藉其假相獲得很高的社會地位，而面具被拆穿的可能性並不太大。但紀曉嵐從心底裡厭惡他們，所以不讓他們道貌岸然地維持下去。除了上面的這個故事外，《閱微草堂筆記》卷十六的一則也是極富幽默情趣的：

有講學者，性乖僻，好以苛禮繩生徒。生徒苦之，然其人頗負端方名，不能詆其非也。塾後有小圃，一夕，散步月下，見花間隱隱有人影。時積雨初晴，土垣微圮，疑為鄰里竊蔬者。迫而詰之，則一麗人匿樹後，跪答曰：「身是狐女，畏公正人不敢近，故夜來折花。不虞為公所見，乞曲恕。」言詞柔婉，顧盼間百媚俱生。講學者惑之，挑與語。宛轉相就，且云妾能隱形，往來無跡，即有人在側亦不睹，不至為生徒知也。因相燕昵。比天欲曉，講學者促之行。曰：「外有人聲，我自能從窗隙去，公無慮。」俄曉日滿窗，執經者梱至，女仍垂帳偃臥。講學者心搖搖，然尚冀人不見。忽外言某媼來迓女。女披衣徑出，坐皋比上，理鬢訖，斂衽謝曰：「未攜妝具，且歸梳沐。暇日再來訪，索昨夕纏頭錦耳。」乃里中新來角妓，諸生徒賄使為此也。講學者大沮，生徒課畢歸早餐，已自負衣裝遁矣。外有餘必中不足，豈不信乎！

姚安公的灼見

姚安公即紀曉嵐的父親紀容舒（一六八六——一七六四），字遲叟，號竹崖。康熙五十二年（一七一三）逢萬壽恩科，遂舉於鄉。歷官戶部員外郎、刑部郎中、雲南姚安府知府。著有《唐韻考》五卷，《杜疏律》八卷，《玉台新詠考異》十卷。

姚安公評人論事，力主寬恕。紀曉嵐舉過一個例子：

東光有王莽河，即胡蘇河。旱則乾涸，下雨則水勢暴漲。雍正末年，有位丐婦一手抱孩子，一手扶著生病的婆婆過河。至中流，婆婆不慎摔倒在水中。丐婦連忙丟下孩子，盡力將婆婆救起。婆婆大罵道：我七十歲的老太婆，死了算什麼；張家幾代人，靠這孩子延續香火。你為何丟下孩子救我？是你斬了祖宗的後祀！丐婦不敢說話，只是跪著流淚。兩天後，婆婆因哭孫兒，傷心而死。丐婦泣不成聲，痴坐數日，也去世了。

對丐婦棄兒救姑的行爲該如何評價？講學家的意見是：「兒與姑較，則姑重；姑與祖宗較，則祖宗重。使婦或有夫，或尙有兄弟，則棄兒是。旣兩世窮嫠，止一線之孤子，則姑所責者是，婦雖死有餘悔焉。」對講學家的這種苛責，姚安公大爲不滿，他反駁說：「講學家責人無已時。夫急流洶湧，稍縱即逝，此豈能深思長計時哉！勢不兩全，棄兒救姑，此天理之正，而人心之所安也。使姑死而兒存，終身寧不耿耿耶？不又有責以愛兒棄姑者耶？且兒方提抱，育不育未可知。使姑死而兒又不育，悔更何如耶？此婦所爲，超出恆情已萬萬。不幸而其姑自殞，以死殉之，其亦可哀矣！猶沾沾焉而動其喙，以爲精義之學，毋乃白骨銜冤，黃泉啅恨乎！」

姚安公的話，是針對丐婦棄兒救姑一事說的，但其用意，卻是希望世人舉一反三，由近及遠，在評論歷史人物和社會生活時不要過於苛求。所以，他接下來又說道：「孫復作《春秋尊王發微》，二百四十年內，有貶無褒；胡致堂作《讀史管見》，三代以下無完人。辨則辨矣，非吾之所欲聞也。」孫復，宋代人，著有《春秋尊王發微》十二卷。《四庫全書簡明目錄》評此書曰：「其說陰祖公、穀，而加以深刻。謂春秋有貶無褒，遂使二百四十年中無一善類，常秩比於商鞅之法，殆非過詆。特錄存之，著以申、韓之學說春秋，自是人始也。」《簡明目錄》出於紀曉嵐之手，讀者由此可以發現：紀曉嵐的意見，與姚安公如出一轍。

論心與論跡

理學家的毛病是不通人情世故，時常小題大作，神經兮兮，弄得生活過分嚴峻、僵硬。據說，宋哲宗「嘗因春日折一枝柳，程頤爲說書，遽起諫曰：『方今萬物生榮，不可無故摧折。』哲宗色不平，因棄擲之。溫公（司馬公）聞之不樂，謂門人曰：『使人主不樂親近儒生者，正爲此等人也。』」皇帝在花園中折楊柳一枝，莫非就會摧折天地間的生機？著名史學家司馬光以爲，理學家如此固陋討厭，難怪皇帝不喜歡親近讀書人了。

在男女問題上，理學家尤其敏感。在他們看來，「不好色」是極高的境界。

本來，如果這只是對自己的約束，那也無可非議，最多像湯顯祖《牡丹亭》中的陋儒陳最良，感嘆一句：「六十多歲，從不曉得傷個春，從不曾遊個花園。」壞就壞在，僞道學心中好色，卻要裝作不好色，於是故意以摧殘美、毀滅美來標榜自己「品格高尚」。或者，強迫世人壓抑自己的人性人欲，用禁欲主義來窒息生活，弄得天地間一片灰色。

紀曉嵐每每以通情達理作爲論事的標準，而對「不情之論」厭惡之極。因他洞悉人心事理，故不諱言正常的感情和欲望。涉及到男女之情，他或論跡，或論心，從多方面體諒當事人，顯得厚道寬恕。屬於論跡的，如下面一則：

交河一節婦建貞節坊，親朋全都來了。有位表妹，自幼就愛和她開玩笑，戲問道：「你現在已白首完貞了，不知道這四十多年中，花朝月夕，是否動過春心？」節婦答道：「人非草木，豈能無情。但考慮到禮不可越，義不可負，能把握住自己罷了。」節婦的這一席話，她的子孫頗爲忌諱。其實她的話光明磊落如白日青天，是不必忌諱的。

對於交河節婦，紀曉嵐採取的是論跡不論心的態度。這其實也是傳統儒家的人生準則，所謂「發乎情，止乎禮義」，強調的正是：即使內心「膠膠擾擾」，有非分想法，也不必苛責，只要行為檢點就行。交河節婦坦率承認自己屬於這種類型，光明磊落，皎然不自欺，較之她那些忌諱多端的子孫，反而誠實可敬得多。

有些情況下，紀曉嵐則略跡論心，如下面一則：

某公納一侍姬，姿采秀豔，言笑婉媚，善得人意，然獨坐則神情凝然，若有所思。一天，口稱有病，大白天閉門而臥。某公從窗紙縫中窺看，發現她塗脂抹粉，陳設酒果，好像在祭祀誰。推門進去詢問，侍姬皺著眉頭說：「妾本是某翰林的寵婢。翰林臨終，知道夫人必不能容我，擔心被賣入妓院，所以先將我遣出。分別時一再叮囑我：你嫁人我不恨，嫁一個好人我更欣慰。只是，每逢我的忌日，你一定要在密室中靚妝私祭我。」某公聽罷，說：「徐鉉不負李後主，宋主不責怪他。我何妨讓你這樣做。」

某翰林的寵婢，已改嫁他人，貞節是論不上了。但她心中卻深藏著對翰林的一片摯情。比起那些同床異夢的人來，她的心靈要純潔得多，因而不宜對她過分苛求。故紀曉嵐評道：「雖然琵琶別把，已負舊恩，然身去而心留，不猶愈於同床各夢哉。」

表裡不一

名實不符，或表裡不一，都足以成爲笑料。東漢桓帝和靈帝時有一首童謠說：

舉秀才，不知書；察孝廉，父別居；寒素清白濁如泥，高第良將怯如雞。

秀才本應是滿腹經綸的，卻不識字；孝廉本應是以「孝」聞名的，卻連父親也不贍養；本來清白敦厚科的應選者要求出身寒素，清清白白，如今卻污濁得像泥巴一樣；而出身高門大族的所謂良將，卻又怯懦得如同小雞。一句話，都是名不副實，表裡不一。

紀曉嵐亦常常調侃表裡不一的人或生活現象。《閱微草堂筆記》卷九載：

紀曉嵐的同年項廷模曾設館於某翰林家，見面便講理學。一天，翰林的一位擔任外官的同鄉，有所饋贈。翰林再三表白平生儉素，實在用不著這種貴重物品。見翰林崖岸高峻，同鄉只好將禮品帶回。翰林送客之後，「徘徊廳事前，悵悵惘惘，若有所失，如是者數刻。家人請進內午餐，大遭詬怒。忽聞有數人吃吃竊笑，視之無跡，尋之聲在承塵上。蓋狐魅云。」

翰林某公之被調侃，主要不是因爲他貪戀饋贈，而在於，他心裡貪戀饋贈，表面上卻以儉素清白相標榜。表裡不一，遂使自己處於被諷刺的位置上。

一則笑話說：

縣官做壽。有一個吏曹知道縣官的屬相是屬鼠的，於是定鑄了一隻金老鼠，送給縣官，作爲慶壽禮物。縣官接過金老鼠，不住地誇獎這個吏曹聰明能幹。隨後，縣官又悄悄地告訴他道：「你知道太太的生日嗎？也快到了。不過，太太是屬牛的。」

縣官貪得無厭，自是可笑；但比起翰林某公來，他的「坦率」倒有幾分可愛之處。

中國古代最著名的諷刺小說，當數《儒林外史》。在吳敬梓筆下，經常出現表裡不一的喜劇人物。如嚴貢生吹噓自己「爲人眞率，在鄉里之間，從不曉得佔人寸絲半粟的便宜」，話正說著，就有小廝進來告訴他：早上關的那口豬，別人來討了。又如，范進守孝，不肯用講究的杯箸，只用竹筷，但卻先揀燕窩碗裡的大蝦丸子吃。用事實揭穿別人的裝佯作假，淡淡道來，卻有著濃郁的喜劇性。

眞小人與僞君子

《紀曉嵐家書》中有「訓大兒」一信，告誡兒子擇交宜愼，有云：

爾初入世，擇交宜愼。友直友諒多聞益矣。誤交眞小人，其害猶淺；誤交僞君子，其禍爲烈矣。蓋僞君子之心，百無一同：有拗捩者，有偏倚者，有黑如漆者，有曲如鈎者，有如荆棘者，有如刀劍者，有如蜂蠆者，有如狼虎者，有現冠蓋影者，有現金銀氣者。業鏡高懸，亦難照徹，緣其包藏不測，起滅無端，而回顧其形，則皆岸然道貌，非若眞小人之一望可知也。並且此等外貌麟鸞中藏鬼蜮之人，最喜與人結交，兒其愼之。

據孫致中等人考證，《紀曉嵐家書》出於僞托。這也許是事實。但關於眞小人與僞君子的議論，卻無疑與紀曉嵐的思想相符。《閱微草堂筆記》卷七記某士人夜過岳廟，與神吏相遇，方知陰間有兩類鏡子。一爲業鏡，一爲心鏡。

「業鏡所照，行事之善惡耳。至方寸微曖，情僞萬端，起滅無恆，包藏不測，幽深邃密，無跡可窺，往往外貌麟鸞，中韜鬼蜮，隱慝未形，業鏡不能照也。南北宋後，此術滋工，塗飾彌縫，或終身不敗。故諸天合議，移業鏡於左台，照眞小人；增心鏡於右台，照僞君子。圓光對映，靈府洞然：有拗捩者，有偏倚者，有黑如漆者，有曲如鉤者，有拉雜如糞壤者，有混濁如泥滓者，有城府險阻千重萬掩者，有脈絡屈盤左穿右貫者，有如荊棘者，有如刀劍者，有如蜂蠆者，有如狼虎者，有現冠蓋影者，有現金銀氣者。甚有隱隱躍躍，現秘戲圖者；而回顧其形，則皆岸然道貌也。」假如《紀曉嵐家書》係人僞托的話，上面一則當然就是「訓大兒」所本。

紀曉嵐之作《閱微草堂筆記》，常效法《左傳》的神道設教，比較典型的，如卷十一所載：

劉香畹過去在閩中做官時，聞某少婦素來性情幽靜，死後葬於山麓。每當月明之夜，便可遙見其魂，被反綁在樹上，不知道是何緣故。紀曉嵐解釋道：「這是有特定含義的：普通人不明白她何以受到懲處，卻讓人們看見她受懲處，意在表明人所不知，鬼神知之。」

照紀曉嵐所述，人間的法律是懲罰眞小人的，而鬼神則多懲罰僞君子。「問心無愧，即陰律所謂善；問心有愧，即陰律所謂惡。」（卷十一）「幽明異路，人所能治者，鬼不必更治之，示不瀆也。幽明一理，人所不及治者，鬼神或亦代治之，示不測也。」（卷二）。

《菜根談》曰：

好利者軼出於道義之外，其害顯而淺；好名者竄入道義之中，其害隱而深。

這或許可作爲紀曉嵐之論的補充。

飲食男女，人生之大欲存焉

據《論語》記載，孔子也曾有過一件韻事。跟孔子同時，有個名叫南子的美女，身爲衛靈公夫人，卻極度風流淫蕩。一次，她特地召見孔子，因爲孔子的學生子路是她的妹夫。孔子拜見了她，還替她駕著馬車，在城內兜了一圈。性情爽直的子路很不高興，對孔子提出非議，孔子急得發誓說：「假如我孔某有什麼歪主意的話，老天打雷劈死我！」

對孔子的這件浪漫故事，可以有不同的解釋。一種說法認爲：孔子是迷戀南子的漂亮。另一種意見則較爲規矩，其代表人物是南宋的羅大經。羅大經在《鶴林玉露》中說：南子雖然淫蕩，卻極有識見，「有後世老師宿儒之所不能道者。」孔子之所以去見南子，即因看重她的識見，希望她改掉淫行，成爲衛靈公的好內助。「子路不悅，是未知夫子之心也。」

前一種說法似乎褻瀆了孔子，但未必沒有道理。孔子講過：「吾未見好德如好色者也。」在他看來，好色是人不可抗拒的天性。孟子也坦率承認：「食色，性也。」

紀曉嵐是反對所謂「名士風流」的，因而一再指出：「大凡風流佳話，多是地獄根苗。」「此均足爲佻薄者戒也。」但他理解並尊重人的合理的欲望，在他看來，「飲食男女，人生之大欲存焉。干名義，瀆倫常，敗風俗，皆王法之所必禁也。若痴兒騃女，情有所鍾，實非大悖於禮者，似不必苛以深文。」為了印證這一想法，《閱微草堂筆記》卷二十三講了下面的這則故事：

我年幼時聽說，某公在郎署做官，以氣節嚴正自任。曾將一小婢指配一小奴，故小婢與小奴往來出入，不相迴避。一天，二人在庭前相遇，某公適至，見二人臉帶笑容，大怒道：「這是淫奔！根據法律，姦未婚妻者，杖責！」衆人勸道：「兒女嬉戲，並無越軌之舉，婢女的眉毛和乳房可以檢驗。」某公卻堅持說：「根據法律，謀而未行，只減一等。減則可，免則不可。」最終一並杖責，幾乎打死。從此以後，因厭惡二人不守禮教，故意推遲其婚期。小婢與小奴也處處避嫌，百無聊賴，抑鬱成疾，半年後相繼去世。

這一對奴婢的早逝，紀曉嵐歸咎於郎署某公。「某公於孩稚之時，即先定婚姻，使明知為他日之夫婦。朝夕聚處，而欲其無情，必不能也，『內言不出於閫，外言不入於閫』，古禮也。某公僮婢無多，不能使各治其事；時時親相授受，而欲其不通一語，又必不能也。其本不正，故其末不端。是二人之越禮，實主人有以成之。」既然責任在「某公」身上，紀曉嵐也就理直氣壯對他施加懲罰：某公之死，即因這一對奴婢報冤所致。

懲罰「守禮」的「某公」而寬容「不守禮」的奴婢，紀曉嵐的傾向是一點兒也不含糊的。對「人生之大欲」，他不主張給予極端的壓抑。

烈婦

紀曉嵐評人論事，以近情近理爲準則，關於烈婦的討論即是一例。案例是由許南金提供的。黃保寧妻湯氏，行乞於阜城一帶，一天，在漫河岸邊，被三個強壯的男子綁在樹上強姦。四十餘年後，湯氏的鬼魂托許南金向官府提出旌表的要求。其理由是「異鄉丐婦，踽踽獨行，猝遇三健男子，執縛於樹，肆其淫毒；除罵賊求死，別無他術。其嚙齒受玷，由力不敵，非節之不固也。司讞者苛責無已，不亦冤乎？公狀貌似儒者，當必明理，乞爲白之。」

黃保寧妻湯氏，這位異鄉丐婦的遭遇何等不幸！被三個健壯的男子強姦，拼命捍拒，最終被殺死，卻得不到旌表。理由是，她已遭姦污。這未免太不近人情。許南金與冥官的態度一致，論心不論跡，爲這位丐婦的「貞烈」所深深感動。

嘉慶八年（一八〇三），紀曉嵐八十高齡，在禮部尚書任。這年，他懷著對湯氏這類婦女的深厚同情心，上了一道《請敕下大學士九卿科道詳議旌表例案折子》，折子云：

竊惟旌表節烈，乃維持風化之大權，必一一允愜人心，方足以示鼓勵。伏查定例，凡婦女強姦不從因而被殺者，皆准旌表。其猝遭強暴，力不能支，捆縛捺抑，竟被姦污者，雖始終不屈，仍復見戕，則例不旌表。臣愚昧之見，竊謂此等婦女，捨生取義，其志本同，徒以或孱弱而遭獷悍，或孤身而遭多人，強肆姦淫，竟行污辱，此其勢之不敵，非其節之不固，卒能抗節不屈，捍刃捐生，其心與抗節被殺者實無以異。譬如忠臣烈士，誓不從賊，而四體縶縛，衆手把持，強使跪拜，可謂之屈膝賊庭哉！臣掌禮曹，職司旌表，每遇此等案件，不敢不照例核辦。而揆情度理，於心終覺不安；質之衆論，亦多云未允。合無仰懇皇上天恩，飭交大學士九卿科道公同評議，如憫其同一強姦是殺，而此獨所遭之不幸，與未被污者略示區別，量予旌表，使人人知聖朝獎善，略跡原心，於風敎似有裨益；如其中果有不可旌表之情理，爲庸耳俗目所不能測者，亦明白指駁，宣示中外，以祛天下後世之疑。是否得當，伏祈訓示。

據朱珪《文達公墓誌銘》，朝廷「尋議如凶手在兩人以上者，是係孱弱難支，與強姦不從而被殺者一併予以旌表，令各督撫勘明，奏請定奪。報可。」紀曉嵐的一樁心願，總算沒有落空。

也許有必要說明，紀曉嵐八十歲時所上折子，寫在《閱微草堂筆記》全書刊行之後。可見，他寫作筆記時的若干思考，與他的種種建策是一脈相通的。如盛時彥《姑妄聽之·跋》所說：「先生諸書，雖托諸小說，而義存勸戒，無一非典型之言，此天下之所知也。」

世上無如人欲險

胡太虛撫軍能觀察鬼的活動。曾因修葺房屋巡視諸僕家，各個房間均有鬼出入，惟一室寂然。問之，才知是某僕所居。但此僕並無特別的優點，其妻亦尋常奴婢。若干年後，此僕去世，其妻竟守節終身。原來鬼是敬畏節婦的正氣。

此則見《閱微草堂筆記》卷十三。在烈婦和節婦之間，紀曉嵐更推重節婦，因爲節婦尤爲難得，她必須克制與生俱來的「人欲」，而「人欲」是世上最危險、最富於誘惑力的東西。「蓋烈婦或激於一時，節婦非素有定志必不能。飲冰茹蘗數十年，其胸中正氣，蓄積久矣，宜鬼之不敢近也。」

這裡可以談談南宋名臣胡銓。

南宋紹興年間，秦檜主和，金使南下招諭江南，胡銓上疏朝廷，乞斬王倫、秦檜、孫近三人頭，懸之藁街。好事者鋟木傳之，金人募其書千金。秦檜怒其逆己，將他除名編管新州，直到孝宗即位，才重新起用。在從貶謫地北歸途中，胡銓飲於湘潭胡氏園，題詩曰：「君恩許歸此一醉，旁有梨頰生微渦。」所謂「梨頰生微渦」者，即他的「侍妓黎倩」。胡銓之舉後爲朱熹所知，朱熹頗有感慨地寫詩說：「十年浮海一身輕，歸見梨渦卻有情。世上無如人欲險，幾人到此誤平生。」

紀曉嵐對胡銓之舉倒並無不滿。他在撰寫《澹庵文集》的提要時指出：「銓孤忠勁節，照映千秋，乃以偶遇歌筵，不能作陳烈逾牆之遁，遂坐以自誤平生，其操之爲已甓矣。平心而論，是固不足以爲銓病也。」紀曉嵐的「平心而論」，正是考慮到「人欲」之「險」，即使偶有過失，也不算什麼。

《閱微草堂筆記》卷一：

記某年輕女子去世一百餘年，心如古井，從無雲情雨意。康熙年間，卻差點被一太學生打動春心。紀曉嵐聽說了這一故事後，情不自禁地想起了晦庵先生的兩句詩：「世上無如人欲險，幾人到此誤平生！」

晦庵先生即朱熹。紀曉嵐引用朱熹的詩句，目的不在倡導禁欲，而在寬恕那些偶然被「人欲」打敗的人。自然，對戰勝「人欲」的節婦，也就格外敬重了。

評齊桓公

齊桓公是春秋第一個霸主。姜姓，名小白。齊襄公弟。襄公被殺後，從莒回國取得政權，公元前六八五—前六四三年在位。他任用管仲進行改革，國力富強，前六七九年（即齊桓公七年），開始稱霸。當時楚國也正強盛，連年出兵攻鄭。前六五六年（魯僖公四年），桓公親率齊、魯、宋、陳、衛、鄭、許、曹八國大軍伐楚，進到召陵（河南郾師縣）。楚成王使大夫屈完來軍前講和。桓公許和退兵。這是華夏諸侯第一次聯合抗楚，並取得優勢。

桓公做霸主，曾以「尊王攘夷」相號召，安定東周王室的內亂，並救邢救衛救北燕，阻止戎狄的侵襲。百餘年後，孔子還讚嘆齊國的霸業，說：沒有管仲，我們大概要披著頭髮，穿左衽衣，受異族的統治。齊桓公的霸業是頗為輝煌的。

但「講學家」卻鄙薄齊桓公的霸業為「小就」，即氣候不大。證據是：管仲在向楚使宣佈伐楚的理由時只責備其「包茅不入，王祭不供」；（包茅是楚國應向周王進納的貢品，可是彼時已有三年之久不曾入貢了；包茅本為祭祀所用，楚久不入貢，自然周王祭祀時就供應不上了。）楚國的屈完前來講和，齊桓公開口就說：「豈不穀是為，先君之好是繼。與不穀同好，何如？」（各國諸侯一起來討伐楚國，並非由於我個人的關係，而是為了繼續我們先人的友誼的緣故，才跟從著我一同來的。你們楚國也與我建立友好關係，怎麼樣？）「講學家」以為，這樣的言辭和姿態與「尊王攘夷」的霸主使命不相稱。

但紀曉嵐的意見與「講學家」不同。為了闡述自己的論點，他在《閱微草堂筆記》卷十四中，先敘述了一個人狐相爭的故事：

東光有位熏狐的人，常往來於墟墓之間。一天晚上，正埋伏著觀察狐的動靜，忽見一方巾襴衫人從墓頂出來，長嘯數聲，群狐四集，一起發出猙獰的嗥叫聲，要捉住熏狐者，煮他的肉吃。熏狐者無路可逃，只好爬上高樹。方巾襴衫人指揮群狐，下令將樹鋸倒。聽鋸聲訇訇，熏狐者窘迫不已，低頭大叫道：「假如放了我，再不敢來這兒！」群狐不應，鋸聲更緊。熏狐者三度請求饒恕，方巾襴衫人說：「既然這樣，可發誓。」熏狐者發誓完畢，鬼狐頓時消失。

故事中的「熏狐者」猶如楚國，「方巾襴衫人」猶如齊國，「群狐」猶如眾諸侯，於是，紀曉嵐即事生發，酣暢淋漓地議論道：

此鬼此狐，均可謂善了事矣。蓋侵擾無已，勢不得不鋌而走險，背城借一。以群狐之力，原不難於殺一人；然殺一人易，殺一人而激眾人之怒，不焚巢犁穴不止也。僅使知畏而縱之，姑取和焉，則後患息矣。有力者不盡其力，乃可以養威；屈人者使人易從，乃可以就服。召陵之役，不責以僭王，而責以苞茅，使易從也；屈完來盟即旋師，不盡其力，以養威也。講學家說《春秋》者，動議齊桓之小就。方城漢水之固，不識可一戰勝乎？一戰而不勝，天下事尙可爲乎？淮西、符離之事，吾徵諸史冊矣。

「方城漢水之固」，這是屈完說過的話。齊桓公曾在召陵將諸侯的軍隊擺開，和屈完一起乘兵車觀看，意在向楚國示威。齊桓公說：「以此衆戰，誰能禦之！以此攻城，何城不克！」屈完答道：「君若以德綏諸侯，誰敢不服？君若以力，楚國方城以爲城，漢水以爲池，雖衆，無所用之！」因爲齊桓公語帶威脅，所以屈完表示：如果齊以德服人，則楚國願意和好；如果全憑武力，楚國也並非不能奉陪。屈完的話是有實力作後盾的。

紀曉嵐還引了「淮西、符離之事」作爲論據。符離之敗是南宋政局變遷中的一件大事。孝宗隆興元年（一一六三），張浚主持北伐，以李顯忠爲淮南、京東、河北招討使，邵宏淵爲副。金兵自瞿陽反攻宿州，不斷增兵，邵宏淵極力主張撤退。李顯忠孤軍難敵，夜間從宿州撤出。金兵追至符離，宋兵大潰敗，從此南宋一蹶不振。符離之敗，或以爲係因李、邵二位將領不和所致，紀曉嵐卻以爲有著某種程度的必然性。如趙翼《廿二史札記》卷二十六《和議》條所指出：北宋以全國之力，尚且阻擋不住金兵；而南宋偏安甫定，試圖以半壁河山使強敵畏威，長驅北指，很快收復失地，無疑是相當不現實的。

拉羅什福科說：

與敵手的和解只是出於一種想改善自己狀況的欲望，或者是出於對鬥爭的厭倦，再不就是對某一壞結局的恐懼。

馮雪峰說：

昂著頭出征，夾著尾巴回家，是庸駑而又好戰的人的常態。

這是格言，也是箴言。

有鬼論

紀曉嵐寫作《閱微草堂筆記》，曾自題詩兩首：

平生心力坐銷磨，紙上煙雲過眼多。

擬築書倉今老矣，只應說鬼似東坡。

前因後果驗無差，瑣記搜羅鬼一車。

傳語洛閩門弟子，稗官原不入儒家。

* * *

紀曉嵐高揭起「不入儒家」的旗號，其實他說的「儒家」，主要指迂儒。他對孔子、朱熹等人仍滿懷敬重之情。

常與迂儒鬧彆扭是《閱微草堂筆記》的核心內容之一。其中的一個問題是：究竟有沒有鬼？迂儒不信怪、力、亂、神，紀曉嵐則從神道設教的願望出發，力倡有鬼。《閱微草堂筆記》卷四載：

有入冥者，見一老儒立廡下，意甚惶遽。一冥吏似是其故人，揖與寒溫畢，拱手對之笑曰：「先生平日持無鬼論，不知先生今日果是何物？」諸鬼皆粲然。老儒蝟縮而已。

這位老儒，在事實面前如刺猬縮成一團，不知是畏懼呢，還是羞愧？反正，他不再有勇氣堅持無鬼論。

而卷五中的另一位老儒則倔強得多：

肅寧老儒王德安是康熙丙戌科進士。某夏日造訪友人家，愛其園亭軒爽，打算在裡面過夜。友人說其中有鬼怪，萬不可住宿。王德安不信，並提到他所見的一件事：「江南岑生，曾借宿滄州張蝶莊家。牆壁上有鍾馗像，其高如人。像前擺著一座自鳴鍾。岑大醉就寢，沒注意到像和鐘。夜半酒醒，月明如畫，聽機輪格格，已大爲驚詫；忽然看見畫像，更視爲奇鬼，連忙取案上端硯往上砸去。砰然巨響，震動窗戶。僮僕推門進來，只見墨瀋淋漓，頭面俱黑；像前的自鳴鐘以及玉瓶磁鼎，都已碎裂。聽說過這事的人無不大笑。可見人們動不動就說有鬼，都是由於膽怯的緣故。鬼究竟在何處呢？」王德安的話音剛落，牆角忽然傳來聲音：「鬼就在這兒，晚上當拜訪，請不要用硯砸我。」王德安遂默默地出了房間。後來王德安曾對門人說起這事，他以爲：「鬼沒有大白天說話之理，這必定是狐怪。我的德怕不足以勝妖，所以迴避。」他始終堅持無鬼論。

老儒王德安頗有幾分可敬之處，至少比阮瞻強。據東晉干寶的《搜神記》記載：阮瞻，字千里，一向持無鬼論，沒有人能夠難倒他。他自以爲這種理論足以辨正有關陰間和陽間的種種錯誤說法。一天忽然來了個客人，通報姓名拜見阮瞻，寒暄完畢，辯論起事物的是非、道理。那客人口才好，阮瞻和他辯論，講到鬼神之事，折騰得很苦。結果那客人理屈詞窮，板起面孔說：「鬼神是古今聖人賢士都傳揚的，您爲何標新立異偏要說沒有呢？就拿我來說，便是個鬼。」說完，變做鬼樣，轉眼間消失了。阮瞻沈默許久，心情面色很不好。過了一年多，就病死了。這位阮瞻，在鬼赤膊上陣施以恐嚇後，終於心虛膽怯，一命歸天。而老儒王德安，卻「終持無鬼之論」，活得自在灑脫，毫無懼怯。這是一種爽朗澄澈的人生境界。

紀曉嵐之寫王德安，旨在調侃，而讀者的感受，卻未必與他一致。

對漢學末流的調侃

乾、嘉年間，考據這門學問，確實像風起雲湧那樣興旺。其原因有三。一、乾隆皇帝反對知識精英以天下治亂爲己任。本來，以天下爲己任是中國古代士大夫的偉大精神追求，但乾隆皇帝卻說：士大夫以天下治亂爲己任，把皇帝放到哪兒去？「此尤大不可也。」於是乾、嘉學人都趨於訓詁考證一途，以古書爲精神上的逃避之地。二、清代文字獄盛行。康熙年間的莊廷鑨、戴名世史案，雍正、乾隆年間的查嗣庭、呂留良、徐述夔等案，都造成了大批學者文人的被屠殺。於是讀書人個個自危，不敢發表史論，以免觸時諱；不敢多寫詩文，怕招來橫禍。唯有考據較爲安全。三、《四庫全書》館的設置。這一歷史性的重大文化工程，說明漢學已經取得勝利，擅長考據的，往往名利雙收。

乾、嘉考據學風盛行，能不受其牢籠者極少。據我所知，有兩位格外值得提出。一位是浙東學派的史學大師章學誠。他說：「時人以補苴襞績見長，考訂名物爲務，小學音畫爲名」，他則獨立於風氣之外，大量撰寫綜合性的史論，必欲自成一家言。何以要爲舉世所不爲呢？無非因爲自己在綜合性的史論方面，確有心得。章學誠注重的是保持精神追求的獨立性。另一位特立獨行的當數袁枚。他有一首《遣興》小詩，頭一句便是：「鄭、孔門前不掉頭。」鄭，指鄭玄；孔，指孔安國，都是著名的漢學大師。袁枚對他們卻不屑一顧。在志怪小說《麒麟喊冤》中，袁枚更對鄭玄大加諷刺。故事說鄭玄署理「文明殿」功曹期間，生造《禮記》注疏，編了一套刻板荒謬的古禮法，諸如「天子冕旒必用玉二百八十八片」，「祭天地必服大裘」，「郊天必剝麒麟之皮蒙鼓，方可奏樂」等等，以致「天子之頭幾乎壓死」，「天子之身幾乎暍死」，「郊天一回，必殺一麒麟。」最後，上帝被惹怒了，禁毀《禮經》注疏，並撤了鄭玄「文明殿」功曹的職。故事的宗旨顯然是諷刺漢學的迂闊妄誕，不近人情。在《再答黃生》的信中，袁枚還對考據學家的萎瑣加以嘲笑。他借用支遁的話，挖苦他們頭戴膩帽，身著粗布單衣，挾著一部《左傳》，可憐兮兮地跟在鄭玄車後，不過是一副臭皮囊。在舉世崇拜漢學的風氣中，這話是極有膽識的。

在漢學、宋學之爭中，紀曉嵐是偏袒漢學的，但他努力保持中立的態度。《閱微草堂筆記》卷一指出：「夫漢儒以訓詁專門，宋儒以義理相尚。似漢學粗而宋學精，然不明訓詁，義理何自而知。……至《尚書》、《三禮》、《三傳》、《毛詩》、《爾雅》諸注疏，皆根據古義，斷非宋儒所能。《論語》、《孟子》，宋儒積一生精力，字斟句酌，亦斷非漢儒所及。蓋漢儒重師傳，淵源有自。宋儒尙心悟，研索易深。漢儒或執舊文，過於信傳。宋儒或憑臆斷，勇於改經。計其得失，亦復相當。惟漢儒之學，非讀書稽古，不能下一語。宋儒之學，則人人皆可以空談。」

由於紀曉嵐在學術上努力保持中立，故對漢學、宋學的末流皆有不滿。他對宋學末流的諷刺這裡不談。且看看他對漢學末流的調侃：

戴東原講過這樣一件事：兩個讀書人在燭下對談，爭論《春秋》周正夏正，反復辯駁。忽然窗外有人嘆息道：「左邱明是周人，不會不知道周的正朔。二位先生何必浪費精力呢？」出視窗外，只見一小僮正酣睡。紀曉嵐由此推論說：「儒者日談考證，講曰若稽古，動至十四萬言。安知冥冥之中，無在旁揶揄者乎？」

「曰若稽古」，出《尙書‧堯典》。「曰若」，句首語助。「稽古」，考古。對於那些繁瑣而不免疏漏的考證，「在旁揶揄」幾句是不算過分的。東漢思想家桓譚曾舉例說明漢學的繁瑣考釋所達到的驚人程度：「秦近君能說《堯典》篇目兩字之誼，至十餘萬言；但說『曰若稽古』，三萬言。」這種治學方式，桓譚不贊同，紀曉嵐也不贊同。

警世・醒世・喻世

古賢襟懷

朱筠（一七二九—一七七五）是紀曉嵐的甲戌同年，字竹君，又字美叔，號笥河，大興（今屬北京）人。乾隆十九年進士，由翰林侍讀學士降編修。博學宏覽，聚書數萬卷。好獎掖後進，在當時名望甚重。有《笥河文集》。他與紀曉嵐的交情，從他去世時紀曉嵐所作的輓聯可以看出：

學術各門庭，與子平生無唱和；
交情同骨肉，俾余後死獨傷悲。

梁章鉅《楹聯叢話》評曰：「二公所學，俱見於此，而語尤眞摯，且非笥河先生不能當斯語，非文達師亦不敢作此語也。」

而我從這副輓聯所感受到的，卻主要是古賢襟懷：學術見解可以完全不同，但朋友之誼卻絲毫不受影響。

我由此想得很多：

歷史上一些偉人的舉動，往往很難爲普通人所理解。比如曹操，在打敗袁紹之後，曹操曾親自到他的墳上祭奠，傷心落淚。許多人以爲，這是「匿怨矯情」，是作假。但宋代歷史學家劉敞不這麼看。他在《題魏太祖紀》一文中指出：董卓之亂時，袁、曹一度結盟，「其艱難周旋，禍福同之」，難道是假的嗎？「及權就勢成，人懷圖王之意，還自相攻耳，非有宿怨積仇，必達大義者也。既摧破其國，非其初約，雖功業歸己，而英心感動，自然隕涕，此乃所謂慷慨英雄之風也，豈介介然幸己成而樂人禍哉？且夫爲天下除殘，則推之公義，感時撫往，則均之私愛，此明取天下非己意，破敵國非己怨也，其高懷卓犖，有以效其爲人，固非齷齪者之所能察也。」文章最後，劉敞情不自禁地感嘆道：像曹操這樣的英傑之人，尙且不易測度其心思，何況那些聖人呢！不錯，人與人之間的距離，有時候甚於天壤之別。

陸游《老學庵筆記》卷七所記孫少述與王安石的交情也給人一種超世拔俗之感。孫少述早年即與王安石相知，但在王安石任宰相後，卻不再跟他來往。蘇軾、劉攽據此斷定，孫是反對王安石變法，用沈默來表示其不合作的態度。及王安石第二次罷相，孫、王相見，友情依然，一派古風；蘇、劉等人的誤解，遂蕩然無存。「人然後知兩公之未易測也」，可見二人非同尋常。

有意味的是，蘇軾雖誤解了孫、王交情，但他本人與王安石的關係，卻也矯矯脫俗，氣象不凡。王安石變法，重用呂惠卿等人，朝廷的政治空氣頗有幾分不正常。蘇軾出於士大夫的耿介脾氣，反對變法，被貶謫到湖北的黃州。按說，兩人之間的嫌隙應該相當地深。但是，四十九歲那年，一結束貶謫生活，蘇軾就拜訪了退隱金陵的王安石。在各自的詩作中，我們看到兩位巨人是相互敬重的。蘇軾《次荆公韻四絕》之三：「騎驢渺渺入荒陂，想見先生未病時。勸我試求三畝宅，從公已覺十年遲。」對王安石結鄰的邀請，蘇軾欣然應命，積極措辦。王安石則非常欽佩蘇軾的人格與才情，感慨「不知更過幾百年，方有如此人物」。又格外欣賞蘇軾當時的詩句「峰多巧障日，江遠欲浮天」，並次韻奉和。我們是不能以尋常眼光去觀察這兩位巨人的。

紀曉嵐與朱筠，同樣是矯矯脫俗的古賢。

諷諫

孔子說：諫有五，吾從其諷。所謂諷諫，即不直陳其事，而用委婉曲折的語言進諫。紀曉嵐提出，「觸讋之於趙太后」，用的就是這一技巧。

「觸讋說趙太后」見於《戰國策·趙策》。當時惠文王新卒，子孝成王立，因年少，故由趙太后執政。秦國攻趙甚急，趙向齊國求救。齊國提出要以趙太后最小的兒子長安君作爲人質，才派援兵。趙太后不肯，對各位大臣的直率勸諫，太后惱火地說：「有再提以長安君作爲人質一事者，我一定唾他的臉！」

左師觸讋在這種情況下聲言想見太后，太后滿胸怒氣地等著他。觸讋見到太后，先道歉，後問安，接著聊起家常。觸讋說：「老臣的犬子舒祺，年紀最小，不成器，而臣已經衰老，希望透過太后的情面，能把我的兒子補入王宮衛士的隊伍中。昧著死罪把這話說給太后聽。」太后說：「我同意了！他年紀多大？」回答道：「十五歲了；雖然年紀不大，但想趁此時我還沒死，把兒子的事囑托太后。」太后問：「男子也疼愛小兒子嗎？」回答道：「超過婦女。」太后笑道：

「婦女之愛憐少子，特別與衆不同。」回答道：「老臣竊以爲您愛燕后（趙太后的女兒，嫁於燕國）超過愛長安君。」太后說：「你說錯了，遠不及愛長安君！」觸讋說：「父母之愛子女，就要爲他做深遠考慮。太后送燕后出嫁之時，持其足踵而哭，心裡惦念著她，傷心她遠嫁於外；已經出嫁，並非不思念她，但祭祀時總要祝禱說：『一定不要讓她回來。』（古代諸侯女出嫁，只有被廢或國滅，才返回本國。所以趙太后在祭祀時祝燕后不要回來。）您豈不是考慮得很遠，希望燕后的子孫能世世代代繼承王位嗎？」太后說：「是的。」

觸讋見太后的思路已跟上自己的引導，便問：「從三代以前，到趙國開始由大夫之家成爲萬乘之國時，趙國每一代國君的子孫，凡受封爲侯的，他們的後嗣還有存在的嗎？」答：「沒有。」問：「不僅是趙國，就是其他諸侯的子孫受封的，還有存在的嗎？」答：「我也沒有聽說還有存在的。」觸讋於是歸納道：「此其近者禍及其身，遠者及其子孫；並非人主的子孫都不好，而是由於他們的地位尊顯而沒有功勛，待遇優厚而沒有勞績，又擁有大量的貴重寶物，於是他們終不免得禍，以至於亡身絕嗣。現在，您讓長安君身居顯位，而封之以肥美的土地，多給他貴重寶物，一旦您去世，長安君在趙國何以自托其身？老臣以爲太后替長安君考慮得不夠深遠，所以感到您愛他不如愛燕后。」太后聽罷，終於明白了自己的錯誤，說：「好，任憑你怎麼安排他！」於是，長安君到齊國去做人質。齊這才派出了援兵。

觸讋的勸說技巧是異常高明的。別的大臣直言規勸，惹得太后發怒；觸讋用委婉的語言來暗示、勸告，言之者無罪，聞之者足戒，太后無絲毫勉強便接受他的建議，說明諷諫的方式更爲合理。孔子提倡諷諫，紀曉嵐認爲，這表明聖人「究悉物情」。

諷諫的技巧，既可用於政治生活，亦可用於日常生活。《閱微草堂筆記》卷十七所載，即是用於日常生活的一例，讀者不妨參看：

親串中有一婦女，自己沒生兒子，卻又忌恨妾生的兒子，加上侄兒、女婿在一旁說長道短，私黨膠固，幾乎到了不可理喻的程度。此婦的老乳母，已八十多歲，聽說了這件事，匍匐入謁，一拜，就痛哭道：「老奴有三天沒有吃飯了。」此婦問：「何不依靠侄兒？」乳母說：「老奴當初有所積蓄，侄兒拿我當母親般事奉，把我的財產騙到了手。如今視我像不相識的人，求一碗飯也得不到了。」又問：「何不依靠女兒、女婿？」乳母說：「女婿也和侄兒一樣騙我的財產。我財既盡，拋棄我也和我侄兒一樣，即使我的女兒也沒有辦法。」又問：「至親相負，何不起訴？」乳母說：「起訴了。官府因爲我已出嫁，於本宗爲異姓；女兒已出嫁，又於我爲異姓。他願意收養，屬格外之情；不願收養，也不違。官司沒有打贏。」又問：「你將來怎麼辦？」乳母說：「亡夫往日隨某官在外，娶妾生了一子，今已長大。我起訴侄兒和女婿時，官府以爲既然有這個兒子，就應奉養嫡母，否則便要受法律制裁。已經移牒拘喚，但不知哪天能到？」此婦聽了，爽然若失，從此所作所爲，有所改善。

紀曉嵐就此事評議說：「此親戚族黨唇焦舌敝不能爭者，而此媪以數言回其意。現身說法，言之者無罪，聞之者足以戒耳。觸讋之於趙太后，蓋用此術矣。」

桐江一絲繫漢九鼎

東漢嚴光是中國古代著名的隱士。年輕時與劉秀同學，後來劉秀做了皇帝（即漢光武帝），請嚴光做官，嚴光不幹，歸隱於富春山。現在浙江桐廬縣境內的桐江上還有嚴子陵釣灘等名勝。子陵是嚴光的字。

魏晉間名士皇甫謐撰《高士傳》，其中《嚴光》一篇，記載了嚴光的若干「不臣天子，不友諸侯」的事跡：

大司徒侯霸與嚴光是老朋友，想邀嚴光到侯霸的住處說說話，於是派兵部官員侯子道帶著書信去請。嚴光不站起來，就在床上曲著雙腿，抱膝而坐，打開書信看完，問侯子道：「侯霸一向傻氣，現在做了三公，好點了嗎？」侯子道說：「他已身居三公的高位，根本不傻。」嚴光說：「他派你來有什麼話說？」侯子道轉達了侯霸的意思。嚴光道：「你說他不傻，這不是傻嗎？皇帝三次徵聘我，我都不去見面，何況他這種人臣呢？」侯子道請他寫回信，嚴光說：「我的手不能寫。」於是隨口說幾句，叫侯子道記下。使者嫌少，要求他再增加些。嚴光反問道：「這是買菜嗎？」（意思是：買菜才爭多論少。）侯霸將他的信上奏光武帝。劉秀笑道：「這是狂奴故態。」當天親自率領侍從到嚴光下榻的旅館來。嚴光躺著不起。光武帝撫著他的肚子說：「嗨，子陵，你就不能幫助我治理天下嗎？」嚴光答道：「往日唐堯著德，巢父隱居。士各有志，何至相逼呢？」光武帝知道嚴光不會臣屬於自己，乃登車嘆息而去。

嚴光這種不侍奉王侯的高傲品格，顯示了一種「士氣」，樹立了一種精神上的楷模。北宋黃庭堅對之非常欣賞，其《題伯時畫嚴子陵釣灘》詩云：

平生久要劉文叔，不肯為渠作三公。
能令漢家重九鼎，桐江波上一絲風。

這詩的大意是說：由於嚴光樹立了不慕於榮利、不屈於威勢的人格風範，故東漢一朝，士大夫極重節操；東漢政權之所以延續了那麼長的時間，曹操一類的權臣之所以不敢輕易篡奪皇位，正由於畏懼節操之士。因此，嚴光堪稱爲維護東漢政權的精神支柱。

以上嘮嘮叨叨地大談嚴光，是因爲與紀曉嵐有關。

嘉慶五年（一八〇〇），紀曉嵐七十七歲，時任禮部尚書。當時禮部有一條規矩，屬吏見長官須行半跪禮。紀曉嵐門人汪德鉞以爲：跪拜雖細事，而所關甚巨。它關係到士大夫是否知廉恥；是否知廉恥，則關係到氣節是否能植；士大夫有無氣節，則關係到宗社能否穩固。因此宜廢半跪而復長揖之禮。汪德鉞《上大宗伯紀曉嵐師書》中，有一段說：

德鉞猶憶少時，見講學家謂桐江一絲繫漢九鼎，以爲不過書生誇大之言，子陵雖高，功不至此。稍長，盡取漢、魏史讀之，始信此語之果不虛也。

汪德鉞的看法，與黃庭堅一樣。

據記載，紀曉嵐收到汪德鉞所上之書後，「准其議」，可見紀曉嵐對士大夫的節操一事，還是頗爲留心的，雖然他反對賣直沽名。

諸葛武侯的精神

在古代聖賢中，紀曉嵐特別佩服的人物之一是諸葛亮。《閱微草堂筆記》卷一說：

一身之窮達，當安命，不安命則奔競排軋，無所不至。不知李林甫、秦檜，即不傾陷善類，亦作宰相，徒自增罪案耳。至國計民生之利害，則不可言命。天地之生才，朝廷之設官，所以補救氣數也。身握事權，束手而委命，天地何必生此才，朝廷何必設此官乎?晨門曰：「是知其不可而爲之。」諸葛武侯曰：「鞠躬盡瘁，死而後已。成敗利鈍，非所逆睹。」此聖賢立命之學。

紀曉嵐所引諸葛武侯之語，見於他的《前出師表》，所顯示的是那種知其不可爲而爲之的儒家精神，一種不計成敗利鈍、矢志不渝爲正義事業奮鬥的偉大人格。

長篇小說《三國演義》對諸葛亮的這一人格特徵寫得很深很透。小說將諸葛亮「出師未捷身先死」的悲劇結局歸之於天命難測，具有某種程度的合理性。《二程遺書》中有楊遵道筆錄的程頤的一段話：

先生每讀史到一半，便掩卷思量，料其成敗，然後卻看。有不合處，又更精思。其間多有幸而成，不幸而敗。今人只見成者便以爲是，敗者便以爲非。不知成者煞有不是，敗者煞有是底。

社會生活也一再表明，正義事業或高尚人格的代表者可能並沒有好結局。人們在無可奈何之餘，便將之歸結爲天命，在他們看來，與神秘難測的命運比較起來，人是渺小的，不由自主的；人不能支配命運，而命運卻能夠支配人。《三國演義》在諸葛亮出山之初，就一再強調人的渺小和命運的不可抗拒，第三十七回中劉備與崔州平的討論，讀者不宜草草看過：

玄德曰：「方今天下大亂，四方雲擾，欲見孔明，求安邦定國之策耳。」州平笑曰：「公以定亂爲主，雖是仁心，但自古以來，治亂無常。自高祖斬蛇起義，誅無道秦，是由亂而入治也；至哀、平之世兩百年，太平日久，王莽簒逆，又由治而入亂；光武中興，重整基業，復由亂而入治；至今兩百年，民安已久，故干戈又復四起：此正由治入亂之時，未可猝定也。將軍欲使孔明斡旋天地，補綴乾坤，恐不易爲，徒費心力耳。豈不聞『順天者逸，逆天者勞』，數之所在，理不得而奪之；命之所在，人不得而強之乎？」

崔州平的話，概括起來，無非是說：「天下大勢，分久必合，合久必分。」

「紛紛世事無窮盡，天數茫茫不可逃。」這種歷史觀是低調的，而諸葛亮的傑出之處就在於偏要與天命抗爭。《論語·微子》記孔子語云：「君子之仕也，行其義也。道之不行，已知之矣。」諸葛亮的目的也正是「行其義」，如毛宗崗的回前總評所說：「順天者逸，逆天者勞。無論徐庶有始無終，不如不出；即如孔明盡瘁而死，畢竟魏未滅、吳未吞，濟得甚事！然使春秋賢士盡學長沮、桀溺、接輿、丈人，而無『知其不可而爲』之仲尼，則誰著尊周之義於萬世？使三國名流，盡學水鏡、州平、廣元、公威，而無志決身殲、不計利鈍之孔明，則誰傳扶漢之心於千古？玄德之言曰：『何敢委之數與命！』孔明其同此心與！」因此，就人可以自覺地與命運抗爭、爲了正義事業而不計成敗利鈍而言，雖然失敗，也是偉大的。

《三國演義》在部分章節裡著力突出了諸葛武侯的鞠躬盡瘁之心。第一百零三回，主簿楊顒勸諸葛亮說：「某見丞相常自校簿書，竊以爲不必。夫爲治有體，上下不可相侵。譬之治家之道，必使僕執耕，婢典爨，私業無曠，所求皆足，其家主從容自在，高枕飲食而已。若皆身親其事，將形疲神困，終無一成。

豈其智之不如婢僕哉？失為家主之道也。是故古人稱：坐而論道，謂之三公；作而行之，謂之士大夫。昔丙吉憂牛喘，而不問橫道死人；陳平不知錢穀之數，曰：『自有主者。』今丞相親理細事，豈不勞乎？」孔明流著淚沈痛地答道：「吾非不知。但受先帝托孤之重，惟恐他人不似我盡心也！」由此我們感到，諸葛亮「親理細事」之誤卻也有效反襯出了他的鞠躬盡瘁之誠。

《三國演義》第一百零四回細緻描寫了諸葛亮臨終時的情形：

孔明強支病體，令左右扶上小車，出寨遍視各營；自覺秋風吹面，徹骨生寒，乃長嘆曰：「再不能臨陣討賊矣！悠悠蒼天，曷其有極！」

這是一個偉大的終結。他的智慧，他的名士風度，因為與他的人格結合，才具有千古之下猶令人嚮往的魅力。人格，是其生命的基石。

周作人《〈苦茶隨筆〉小引》嘗云：

古代文人中我最喜諸葛孔明與陶淵明，孔明的《出師表》是早已讀爛了的古文，也是要表彰他的忠武的材料，我卻取其表現不可為而為之的精神，是兩篇誠實的文章，知其不可而為之確是儒家的精神，但也何嘗不即是現代之生活的藝術呢？

紀曉嵐和周作人所推崇的武侯，是一個把握住了「聖賢立命之學」的儒家先哲。

格言家拉羅什福科說：

賢者的堅定不移，只不過是來自禁止自己心靈騷動的藝術。

我們常常相信我們在不幸中具有一種堅定性，其實那時我們只不過是精疲力盡，我們只是忍受不幸而不敢正視它，就仿佛那些害怕自衛而任人宰割的膽小鬼。

然乎？不然乎？

莫依冰山

冰山，比喻不可長久依傍的權勢。典出五代王仁裕《開元天寶遺事》卷上：唐玄宗時，楊國忠權傾天下，四方人士，爭相與他親近。進士張彖，力學有大名，志氣宏放，未嘗低折於人。有人勸他去拜訪國忠，以圖顯榮，張彖說：「你們以爲楊公勢大，如同泰山般可以倚靠；依我所見，不過是冰山罷了。一旦皎日當空，這山就會耽誤你們了。」後來他的預言果然兌現，當時人都讚賞他「見幾」。所謂「見幾」，即事前洞察到事物細微的動向。

《閱微草堂筆記》卷二所寫的于翁，其見幾之明，亦足以比美於張象，甚或超出於張象。因爲他所處的情勢，較張象更爲艱難。且看：

于氏是河北肅寧舊族。魏忠賢竊取朝政大權期間，視王侯將相如同土苴。但因爲生長於肅寧，耳濡目染，在他心目中于氏有如東晉的王、謝。爲侄兒求婚，非得于氏女不可。適逢于氏少子參加鄉試，遂擺下酒席，硬把他邀到家中，當面商議。于生想：答應他則禍在後日，不答應則禍在眼前，一時拿不定主意，只好藉口父親活著自己不能做主。忠賢道：「這容易，你趕快寫一封信，我能讓你的父親馬上來。」當晚，于翁夢中見到亡父，像平日一樣督促功課，出了兩道題：一爲「孔日曰諾」，一爲「歸潔其身而已矣」。正在構思，忽被敲門聲驚醒。得到兒子的信，恍然大悟。因而回信叫兒子允諾婚事，但附言中強調自己病重，催兒子速歸。肅寧離京城四佰多里，信到時，天剛剛亮，戲還未演完。于生匆匆收拾行李，途中迎候的官吏已做好各種準備。到家後，父子都藉口有病，杜門不出。這年是天啓四年。過了三年，忠賢被誅，于氏父子免於受牽連。事後，于翁坐小車，遍遊郊外，說：「我三年杜門，僅換得今日看花飲酒，多危險哪！」

魏忠賢（一五六八—一六二七），河北肅寧人。萬曆時入宮爲宦官。泰昌元年（一六二〇）熹宗即位，他被任爲司禮秉筆太監，後又兼掌東廠。他勾結熹宗的乳母客氏，專斷國政，政治日益腐敗。天啓五年（一六二五），興大獄，殺東林黨人楊漣等。自稱九千歲，下有五虎、五彪、十狗等名目，從內閣六部至四方督撫，都有私黨。崇禎帝即位後，黜職，安置鳳陽，旋命逮治，他在途中懼罪自縊。

紀曉嵐之記于氏，也許表達了他本人潔身自好、不依附和珅的感受。和珅（一七五〇—一七九九），清滿洲正紅旗人，鈕祜祿氏，字致齋。生員出身，襲世職。乾隆時由侍衛擢戶部侍郎兼軍機大臣，執政二十餘年，累官至文華殿大學士，封一等公。高宗晚年，對他倚任極專。任職期間，植黨營私，招權納賄。仁宗恨其專橫，一俟高宗死，即宣布罪狀二十款，責令自殺，抄沒家產，爲數極多，時有「和珅跌倒，嘉慶吃飽」之語。在和珅專權的數十年間，「內外諸臣，無不趨赴，惟王杰、劉墉、董誥、朱珪、紀曉嵐、鐵保、玉保等諸人，終不依附。」故和珅倒台，人們對紀曉嵐等人更加敬重。

紀曉嵐的高祖有《快哉行》一詩，「蓋爲許顯純諸姬流落青樓作也。」許顯純，明代定興人。舉武進士。官鎮撫司，黨於魏忠賢，楊漣、左光斗、周順昌、黃尊素等十餘人，皆死於其手。忠賢敗，論死。許顯純權勢精赫時，家中侍姬如雲；死後，諸姬流落妓院。《快哉行》詩即據此抒發感慨：

一笑天地驚，此樂古未有。
平生不解飲，滿引亦一斗。
老革昔媚眙，正士皆碎首。
寧知時勢移，人事反覆手。
當年金谷花，今日章台柳。
巧哉造物心，此罰勝枷甏。

酒酣談舊事，因果信非偶。……

許顯純的結局，亦可作爲「莫依冰山」的註腳。

蟻、鼠的短見

《鬱離子》是明初劉基的一部著名寓言集。其中《蟻垤》一篇嘲諷一群短見的螞蟻：

南山的山窩裡有一棵大樹，一群螞蟻聚集在那兒。螞蟻鑽透了樹心，在樹洞外面堆滿了土，於是大樹朽壞了，可是螞蟻卻越繁殖越多；繁殖多了，便分開住在一南一北兩根樹枝上，蟻窩邊上堆的土如同疥癬。一天，野火燒到了樹前，那些住在南枝的螞蟻向北逃，住在北枝的向南逃，不能逃的螞蟻漸漸移向還未著火之處，最後全都燒死了，沒有一隻剩下。

這則寓言當然包含有「防患於未然」的道理：螞蟻只顧目前安樂，而不預防後患，結果都被燒死；這就是證據。但劉基卻旨在諷刺那些蛀空了元王朝的貪官污吏，他們一心一意謀私利，弄得朝政腐朽，當反元力量如風起雲湧時，這些貪官污吏也隨著元王朝的崩潰而滅亡了。他們自毀所庇，自取滅亡。

《閱微草堂筆記》卷十一所寫的鼠與這些螞蟻頗爲相似：

姚安公（紀曉嵐之父）監管南新倉時，其中一倉的後牆無緣無故地倒坍了。掘開坍牆，得到死老鼠近一石，大老鼠和貓的個頭差不多。原來，鼠在牆下打洞，滋生日衆，其洞也逐漸擴大；當牆下全被掏空時，終因承受不住而坍了下來。姚安公的同事福海說：「它們只顧壞他人之屋，擴自己之宅，莫非忘記了它們的住宅是依托於他人之屋的嗎？」紀曉嵐道：「李林甫、楊國忠之輩尙不明此理，又怎能責備老鼠呢？」

這群老鼠，只顧擴充自己的住宅，卻不知其住宅依托於倉屋。當倉屋的牆壁因底下被穴空而倒塌時，老鼠們也被壓死在下面了。它們簡直就是歷代奸臣的寫照。當那些奸臣將國家敗壞到不可收拾時，他們也不可避免地只有死路一條。

「鳥盡弓藏」與功成身退

「鳥盡弓藏」，語出《史記·越王句踐世家》：「蜚鳥盡，良弓藏。」蜚，同「飛」。舊多比喻帝王於功成後廢棄或殺害幫他出過力的人。

「鳥盡弓藏」的著名例證是韓信。他是淮陰（今江蘇淸江西南）人。初屬項羽，繼歸劉邦，被任爲大將。楚漢戰爭時，劉邦採其策，攻占關中。劉邦在滎陽、成皋與項羽相持期間，使他率軍抄襲項羽後路，破趙取齊，占據黃河下游之地。後劉邦封他爲齊王。不久率軍與劉邦會合，擊滅項羽於垓下（今安徽靈璧南）。漢朝建立，改封楚王。後有人告他謀反，降爲淮陰侯。又被告與陳豨勾結在長安謀反，爲呂后所殺。

說韓信謀反，司馬遷寫《史記》時就已表示懷疑。韓信不在群雄逐鹿期間乘亂取天下，反而在劉邦平定天下後發動叛亂，這在情理上講得通嗎？合理的解釋是：劉邦、呂后在事業成功之後，再也用不著韓信了，故將他一腳踢開，幹掉了事。兔死狗烹，鳥盡弓藏，這本是歷史舞台上一再上演的劇目。

紀曉嵐似乎不太認可「鳥盡弓藏」的命題。他在《閱微草堂筆記》卷十一反彈琵琶，向讀者介紹了一位見識過人的妓女：

同郡某孝廉未中舉時，落拓不羈，常往來於妓院中。妓女們大都視之漠然，唯有一位名爲椒樹的妓女賞識他說：「此君絕不會長期貧賤！」不時請他飲酒，並供給他讀書的費用。到應試時，又爲他治備行李、盤纏，還爲他家中提供柴米錢。孝廉被感動了，握著她的手臂發誓說：「我如果得志，一定娶你。」椒樹辭謝說：「我之所以器重您，是奇怪於姊妹們只親近富家兒；意在使世人知道，脂粉綺羅中，也有識英豪的人在。至於白頭偕老之約，則從未想過。妾性情冶蕩，肯定做不了良家婦女；如已身爲人婦，仍縱情風月，君如何受得了！如獨處閨閣，似蹲監獄，妾又如何受得了！與其始相歡合，終至分離，還不如各留不盡之情，作長久相思！」後來孝廉做了縣令，一再約她去，總不答應。中年以後，門庭冷落，車馬日稀，亦從不至孝廉官署。眞可以算得奇女子了。

這位名爲椒樹的妓女，被譽爲「奇女子」是當之無愧的。但紀曉嵐的目的卻不只是爲她立傳，而是要從她的行爲引申出爲臣之道。所以，在寫完她的故事後，緊接著感嘆一句：「使韓淮陰能知此意，烏有『鳥盡弓藏』之嘆哉！」所謂「此意」，說穿了，就是與帝王共患難而不與帝王共富貴，即功成身退。

功成身退，這仍舊是一個老生常談的話題。

梟豈能鳳鳴

梟，即貓頭鷹。明初劉基的《鬱離子》中有《養梟》一篇，大意是說：

楚國的太子用梧桐樹的果實來餵養貓頭鷹，希望它發出鳳凰的叫聲。春申君對他說：「貓頭鷹生性特別，本性不會改變，用鳳凰吃的梧桐實來餵養它又有什麼用呢？」朱英聽說了這件事，就對春申君說：「您知道貓頭鷹不會因吃了梧桐實而變成鳳凰，可是您所奉養的食客，卻無一不是狗偷鼠竊的無賴之徒。您寵信他們，給他們以榮譽，以佳肴美酒款待他們，讓他們穿著綴有明珠的鞋子，期待他們像國士那樣還報您，按臣的看法，這與用梧桐實餵養貓頭鷹，指望它像鳳凰一樣鳴叫，又有什麼區別呢？」春申君仍不省悟，終爲李園所殺，而他所奉養的士，沒有一個能報答他的。

紀曉嵐筆下，也有本性惡劣的梟，即吏役。《閱微草堂筆記》卷十五載：獻縣一位縣令，對待吏役恩惠有加。縣令去世後，家屬尚在官署，卻無一個吏役來慰問。硬著頭皮叫了幾位來，都猙獰相向，與昔日完全兩樣。夫人大爲憤恨，在靈柩前痛哭，哭累了，打個盹。恍惚聽見縣令說：「這種人沒有天良，是其本性。我指望他們感恩戴德已經大錯，你責怪他們忘恩負義，不也錯了嗎？」霍然頓醒，遂不再怨尤。

吏役，即官府中的胥吏或差役。在古代作家筆下，他們做盡了傷天害理的事，所以蒲松齡曾說：能懲治吏役的官就是好官；殺死吏役，罪減平民一等，因爲此輩沒有不應該殺的。紀曉嵐在討論「民害」時也曾指出：「其最爲民害者，一曰吏，一曰役，一曰官之親屬，一曰官之僕隸。是四種人，無官之責，有官之權。官或自顧考成，彼則惟知牟利，依草附木，怙勢作威，足使人敲髓灑膏，吞聲泣血。四大洲內，惟此四種惡業至多。」（《閱微草堂筆記》卷六）獻縣令期待吏役報恩，正如春申君期待鼠竊狗偷之徒成爲國士一樣，是必然會落空的。

清代鄭板橋有一首題爲《悍吏》的詩：

縣官編丁著圖甲，悍吏入村捉鵝鴨。
縣官養老賜帛肉，悍吏沿村括稻穀。
豺狼到處無虛過，不斷人喉抉人目。
長官好善民已愁，況以不善司民牧。
山田苦旱生草菅，水田浪闊聲潺潺。
聖主深仁發天庚，悍吏貪勒為刁奸。
索逋洶洶虎而翼，前村後村咸屏息。
嗚呼長吏定不知，知而故縱非人為。

官不爲虎而吏爲狼，如此悍吏，眞是所謂貓頭鷹了。

《一員官》的姊妹篇

清代的蒲松齡，寫過一篇諷刺小品：《一員官》。大意是說：濟南同知吳公，剛正不阿。當時有一條不成文的規矩，凡貪官污吏，「虧空犯贓罪」，上官總曲加庇護，以贓分攤屬僚，沒有誰不服從。但吳同知是例外。「以命公，不受；強之不得，怒加叱罵。」吳同知亦惡聲還報，頂撞上官說：「某官雖微，亦受君命。可以參處，不可以罵詈也！要死便死，不能損朝廷之祿，代人償枉法贓耳！」上官無奈他何，只好「改顏溫慰之。」適逢「高苑有穆情懷者，狐附之，輒慷慨與人談論，音響在座上，但不見其人。」當他來到濟南時，有人發問說：「仙固無不知，請問郡中官共幾員？」應聲答道：「一員。」在座的人都笑他答得荒唐。再問他原因，他說：「通郡官僚雖七十有二，其實可稱爲官者，吳同知一人而已。」狐仙的意思是：只有吳同知才無愧於「官」的稱號，別的官員其實是民賊。

《閱微草堂筆記》卷三轉述了張晴嵐講的一個故事，其機杼與《一官員》相似，不過諷刺的對象是和尚而已：

某寺藏經閣上有狐居住，各位僧人都住在閣下。一日，天氣酷熱，有位打包僧嫌閣下太嘈雜，攜著坐具住到閣上。閣下僧人忽然聽到梁上有狐說話，道：「各位且請歸房，我家眷頗多，準備移住閣下。」僧人們問：「你久住閣上，幹嘛忽然間又想遷居？」狐答：「因爲有和尙在閣上。」問：「你迴避和尙嗎？」答：「和尙身爲佛子，怎麼敢不迴避？」又問：「我們難道不是和尙嗎？」狐不答。追問不已，才說道：「你們自以爲是和尙，我還說什麼！」從兄懋園聽說了這事，說：「這狐是非太分明，但也可以促使三教中人，各自深刻反省。」

和尙，即出家修行的男性佛教徒。既然出家修行，理當六根淸靜，俗緣盡斷。但正如《菜根談》所云：「淫奔之婦，矯而爲尼；熱中之人，激而入道；淸淨之門，常爲淫邪之淵藪也如此。吁，可嗤已！」故眞正無愧於「和尙」之稱的佛教徒是不多的。舊時章回小說中常寫僧尼淫亂，即有見於此。

紀曉嵐在篇末引了他的從兄懋園的話，以爲張晴嵐講的故事「可使三教中人，各發深省」。三教，指儒、道、佛。在懋園看來，不僅道家、佛家中多不肖之徒，儒家中亦然。這實際上也是紀曉嵐的想法。《閱微草堂筆記》便常常揭開那些假聖賢的眞面目，如卷二：

河北肅寧有位塾師，熱衷於講程朱之學。一日，有位行腳僧在外乞食，木魚琅琅，從早晨到中午，響個不停。塾師感到厭煩，親自出來撵他，並說：「你本屬異端，愚民還可能受你的欺騙，這裡全是聖賢之徒，你何必徒生妄想？」僧人行禮道：「佛之流乞求佈施，如同儒之流追求富貴，同樣是失去了本來面目，你又何必相責難？」塾師大怒，揮夏楚敲打僧人。僧人振衣而起，道：「太惡作劇。」丟下一個布袋，走了。估計他還會來，但至晚不見蹤影。一摸，裡面全是散錢。諸位弟子想用手去掏，塾師道：「待他長時間不來，再作考慮。但必須點清數目，以免爭執。」才打開布袋，只見群蜂飛出，將塾師及其弟子的臉全螫腫了。呼叫拼撲救，鄰里都驚相詢問。行腳僧忽推門而入，道：「聖賢居然圖謀藏匿人的財物嗎？」提袋徑行，臨出，合掌對塾師說：「異端偶然觸忤聖賢，幸勿見責。」圍觀的人無不大笑。

本篇鋒芒所向，是挖苦「謀匿人財」的「聖賢」。紀曉嵐以爲，儒、佛、道三家均有敗類，但儒家的敗類最爲可惡。理由是：「經綸宇宙，惟賴聖賢，彼仙佛特以神道補所不及耳。故冥司之重聖賢，在仙佛上；然所重者眞聖賢。若僞聖僞賢，則陰干天怒，罪亦在僞仙僞佛上。……蓋釋道之徒，不過巧陳罪福，誘人施捨。自妖黨聚徒謀爲不軌外，其僞稱我仙我佛者，千萬中無一。儒則自命聖賢者，比比皆是。」（《閱微草堂筆記》卷十）一介塾師亦自命聖賢，所以讓他受到不自稱「我佛」的遊僧的戲弄。

未可藉扶乩卜吉凶

扶乩也叫「扶鸞」，舊時求神降示的一種方法。由二人扶一丁字形的木架在沙盤上，謂神降時執木架劃字，能爲人決疑治病，預示吉凶。

在明代的政治生活中，扶乩曾經起過異乎尋常的作用。嘉靖年間，嚴嵩（一四八〇——一五六七）任武英殿大學士，專國政二十年。以子世蕃和趙文華等爲爪牙，操縱國事，排斥異己，文武官吏與他不合的，如夏言、曾銑、張經、楊繼盛等，都遭殺害。後來，徐階和扶乩者藍道行聯合，才搬倒了嚴嵩。在嚴被免職前的一段時間內，他是一連串扶乩所得答覆中的話題。當嘉靖皇帝詢問帝國政治昏亂的原因時，他被告知，那是因爲賢能未被任用而不肖沒有退職。問及誰孝順和忠誠，誰不孝順誰不忠誠時，他被告知，徐階忠誠而嚴嵩不忠誠。當這樣的答覆在別的占卜中也得到證實時，皇帝不再信任嚴嵩，於一五六二年六月免去了他的職務。

藉扶乩以卜吉凶，如嘉靖皇帝所作，紀曉嵐是不贊成的，怕的是爲奸人所乘。《閱微草堂筆記》卷十一記述：

汪旭初見過一位扶乩的人，其仙自稱張紫陽。拿《悟眞篇》向他請教，答不上來，但判曰「金丹大道，不敢輕傳」而已。適逢某僕人的妻子竊資潛逃，僕人問：「還能追捕到嗎？」乩仙判道：「你上一輩子，以財誘人，買了他的妻子；又引誘他飲酒賭博，依然取回了財物。此人今世相遇，引誘你的妻子潛逃，這是買妻之報；竊走你的資財，這是取財之報。冥數已定，是追捕不到的，不如算了。」旭初道：「眞仙當然不會亂說，但此論一出，凡屬奸盜，皆藉口冥數，不去追捕，這豈不是推波助瀾嗎？」乩仙不能回答。有懷疑此事的說道：「這個扶乩的人，常與狡猾的惡少來往，怎麼知道不是有人隱藏了僕人的妻子而故意教他這樣說？」暗中派人偵察。天晚，扶乩者果然來到一條小巷。登上屋脊窺探，只見諸惡少正聚衆賭博，僕人的妻子豔妝行酒。悄悄喚巡捕包圍了這座房子，遂俯首就擒。

在記述完上面的故事後，紀曉嵐筆鋒一轉，引申道：「藍道行嘗假此術以敗嚴嵩，論者不甚以爲非，惡嵩故也。然楊、沈諸公，喋血碎首而不能爭者，一方士從容談笑，乃制其死命，則其力亦大矣。幸所排者爲嵩。使因而排及清流，雖韓、范、富、歐陽，能與枝梧乎？故乩仙之術，士大夫偶然遊戲，倡和詩詞，等諸觀劇則可；若藉卜吉凶，君子當怖其卒也。」這是精闢之論。

神不受賄賂

明初劉基的寓言集《鬱離子》中，有篇《江淮之俗》，講的是神不受賄賂的道理。劉基指出：

江淮之俗，以北斗指寅、申、亥爲天、地、水三官按罪賜福之月，於是獻上祭品以邀吉祥。滿三年計之，大都不得祥而得禍。有人議論說：「照這樣看來，鬼神渺茫，不可憑信。」鬱離子卻認爲：「如果眞是這樣，恰好說明了鬼神並不渺茫。神是聰明正直的，惟其聰明，所以不可蒙蔽，惟其正直，所以沒有私心。不可蒙蔽，沒有私心，也就不可欺騙，不受諂媚。現在擇其按罪賜福之月而獻上祭禮，是欺騙神。焚香燃燭，早晚稽叩拜跪，是諂媚神。稍有知識的人都不會接受欺騙和諂媚，何況聰明正直的鬼神呢？如今這些獻祭品的，不是濫官、污吏、奸胥、悍卒，就是市井豪僧及爲富不仁的巨豪大賈，如果鬼神果有按罪賜福之典，那麼，像這些人，是降祥呢？還是降禍呢？所以說，這些人不得祥而得禍，恰好證明了鬼神不渺茫。」

紀曉嵐也一再揭示神不受賄賂的旨趣，如下則所述：

王西侯曾與傭工都四夜行於淮鎭之西。途中小憩，忽然聽遠處一鬼叫道：「村中賽神，酒食豐盛，可同去飽餐一頓。」衆鬼道：「神的筵席哪能走近，你不要太魯莽。」這鬼道：「這一家兄弟相爭，叔侄互軋，乖戾之氣，充滿了房間，衰敗的徵兆已經出現，神不再享用他們的酒食。你們快些去，莫讓他人搶在前面。」紀曉嵐聽說了此事，感慨道：「福以德行爲基石，不可祈求；禍以惡行爲前提，祭禱消除不了災害。如能行善，即使不祭祀，神也幫助他；敗理亂常，希望靠禱告得到保佑，神哪會接受賄賂呢？」

神不受賄賂，而完全根據行爲的善惡施以獎懲。在解釋佛教中的「懺悔」、

「善惡」、「福田」等概念時，紀曉嵐也貫徹了這一思想，如：「佛只是勸人為善，為善自受福，非佛降福也。若供養求佛降福，則廉吏尚不受賂，曾佛受賂乎？」「懺悔須勇猛精進，力補前愆。今人懺悔，只是自首求免罪，又安有益耶？」（卷十）「增修善業，非燒香拜佛之謂也，孝親敬嫡，和睦家庭，乃眞善業耳。」（卷十二）《閱微草堂筆記》卷十五中，一位地獄中的囚犯自述他因信佛而墮落，說：「佛家之說，謂雖造惡業，功德即可以消滅；雖墮地獄，經懺即可以超渡。吾以為生前焚香佈施，歿後延僧持誦，皆非吾力所不能。既有佛法護持，則無所不為，亦非地府所能治。不虞所謂罪福，乃論作事之善惡，非論捨財之多少。金錢虛耗，春煮難逃。向非恃佛之故，又安敢縱恣至此耶？」這位囚犯以往對佛的誤解，恰好表明了神不受賄賂的眞實情形。

申蒼嶺講的故事

申丹，字蒼嶺，是紀曉嵐青年時代的朋友。性豪爽，立身端介。工詩，為廣川四子之一。《閱微草堂筆記》卷十一記有他講的一個故事。

某士人讀於別墅，牆外有荒墳一座，不知是誰。園丁說夜間時有吟誦之聲，靜聽數晚，沒聽到什麼。一天晚上，忽有所聞，急忙攜酒，澆在墳上，說：「九泉下不忘苦吟，定是詞客。幽明雖隔，氣類無別，肯出來交談一番嗎？」一會兒，有人影從樹蔭下冉冉出現，忽又掉頭走了。殷勤禱告，三番五次。這才聽到樹那邊有輕微的回答聲：「感謝您的賞識，不敢以鬼自疑。正要與您清談一番，以破百年岑寂。等見到您的丰采，衣冠華美，翩翩有富貴之容，與我們這些身著縕袍的人，殊非同調。士各有志，不敢相親。希望得到您的諒解。」士人悵然而歸，從此再也聽不到吟誦聲了。

這個故事，正如紀曉嵐所說，肯定出於申蒼嶺的虛構。理由明擺著：「此語既未親聞，又旁無聞者，豈此士人為鬼揶揄，尙肯自述耶？」

申蒼嶺虛構這一故事，表現了他對服飾的異乎尋常的重視。其實，對於服飾的重視在中國是具有深厚傳統的文化現象。據《論語·憲問》記載，子貢問：「管仲不是仁人吧？桓公殺了公子糾，他不但不以身殉難，還去輔相桓公。」孔子答道：「管仲輔相桓公，成為諸侯的盟主，使天下的混亂得到匡正，人民直到今天還受到他的恩賜。如果沒有管仲，我們就要披著頭髮，衣襟向左開啦！他豈肯像普通的男子和婦女一樣守著小信，自己吊死在山溝裡都沒有人知道嗎？」原來，我國古代少數民族的服裝，前襟向左掩，異於中原一帶的右衽。孔子因以左衽（衣襟向左開）作爲受其他民族統治的代詞。由此可見服飾的重要性。而稍懂明清史的人都知道，清初，滿族入主中原，一項駭人聽聞的法令便是逼漢人剃髮，叫做留髮不留人，留人不留髮，髮飾與生命的價值是同等的。

中唐詩人白居易寫過大量的以補察時政爲目的的新樂府詩。其中一首所關注的正是服飾問題，題爲《時世妝》：

時世妝，時世妝，出自城中傳四方。
時世流行無遠近，腮不施朱面無粉。
烏膏注唇唇似泥，雙眉畫作八字低。
妍蚩黑白失本態，妝成盡似含悲啼。
圓鬟無鬢椎髻樣，斜紅不暈赭面狀。

歐陽修《新唐書·五行志》據此發揮道：「元和末，婦人爲圓鬟椎髻，不設鬢飾，不施朱粉，唯以烏膏注唇，狀似悲啼者。圓鬟者，上不自樹也。悲啼者，憂恤象也。」在中國古代的讀書人看來，服飾不只是民情風俗的反映，也是社會心理、政治局面的象徵。所以，唐代陳鴻的傳奇小說《東城老父傳》分析安史之亂的前兆時以爲：「今北胡與京師雜處，娶妻生子。長安中少年，有胡心矣。吾子視首飾鞋服之制，不與向同，得非物妖乎？」

服飾與社會生活的對應是否像白居易、歐陽修等認爲的那樣直接，還很難說；但服飾確實可以折射出一個時期的社會心理或一個人的生存境界。紀曉嵐在《閱微草堂筆記》卷七曾將「近日名流」與歷史上的文化名人如杜甫、蘇軾、黃庭堅作比較：杜甫等的服飾「殆如村翁」，一派措大風味，他們平易近人，追求內在的豐富和完滿；近日名流卻高立崖岸，「人望之若神仙」，以外表的華美來掩飾內在的貧乏。後者受到紀曉嵐調侃是理所當然的。

申蒼嶺講的這個故事，亦旨在嘲諷「衣冠華美，翩翩有富貴之容」的士人。那位泉下苦吟的鬼，以「縕袍」（以亂麻爲絮的袍子，借指安於淸貧的讀書人）

自許，在他看來，讀書人而在外表的華麗上用功夫，就不可能眞有才學，故拒絕與這位「士人」交朋友。鬼的端介，不妨說就是申蒼嶺爲人的寫照。

紀曉嵐的謙和

古代的某些士大夫文人高立崖岸，性情傲慢，其情形大體分爲兩種。

一種是以才幹過人自詡。譬如，晉代的顧孟著曾向周伯仁敬酒，伯仁辭謝不喝。顧就走向一邊，向柱子敬上一杯，說：「難道可以以棟樑自居！」周伯仁聽了，大爲高興。兩人以後成了好朋友。自負才幹的周伯仁何以與顧孟著成了好友呢？原因在於，顧孟著不買他的帳，也是非同小可的人。

一是以門第高峻傲人。據《世說新語》記載，劉惔、王濛一同出門，天色已晚尚未進食。路上有相識的普通百姓送來飯食，菜肴很豐盛。劉辭謝不受。王問：「暫且充飢，何必堅辭？」劉答道：「這些小人，不可與他們結緣。」劉惔說的「小人」，不是指品行不好，而是指出身於寒門。

紀曉嵐的門第不足以傲人，但他的才學在中國文化史上是屈指可數的。只是他並不因此高自位置，對某些名士的故立崖岸也不以爲然。《閱微草堂筆記》卷七的一則，即是對名士作派的調侃：

有遊士借居萬柳堂，夏日，湘簾棐几，列古硯七、八，古玉器、銅器、磁器十許，古書冊畫卷又十許，筆床、水注、酒琖、茶甌、紙扇、棕拂之類，皆極精緻。壁上所粘，亦皆名士筆跡。焚香宴坐，琴聲鏗然，人望之若神仙。非高軒駟馬，不能登其堂也。一日，有道士二人，相攜遊覽，偶過所居，且行且言曰：「前輩有及見杜工部者，形狀殆如村翁。吾囊在汴京，見山谷、東坡，亦都似措大風味。不及近日名流，有許多家事。」朱導江時偶同行，聞之怪訝，竊隨其後。至車馬叢雜處，紅塵漲合，倏已不見。竟不知是鬼是仙。

故事的核心是對比。杜甫（杜工部）、蘇軾（東坡）、黃庭堅（山谷）這樣偉大的文化名人，其裝束和「村翁」無大差別，而「近日名流」卻儼若神仙，這表明了什麼呢?紀曉嵐眼中的「近日名流」，因底蘊太淺，只能撐外在的架子。

紀曉嵐本人，一代文宗，其性情之謙和，也與杜甫、蘇軾相仿。乾隆二十一年（一七五六），紀曉嵐以扈從皇上路過古北口，偶見旅壁一詩，剝落過半，中有「一水漲喧人語外，萬山青到馬頭前」二句，嘆爲奇警。乾隆二十七年，紀曉嵐充順天鄉試同考官，被錄取的考生朱子穎投詩作贄，才知道這兩句是朱的作品。次年，紀曉嵐任福建學政，在嚴江舟中賦詩，有云：「山色空濛淡似煙，參差綠到大江邊。斜陽流水推蓬望，處處隨人欲上船。」紀曉嵐曾就此詩對朱子穎說：「此首實從『萬山』句脫胎。人言『青出於藍』，今日乃『藍出於青』。」所謂「藍出於青」，即老師向弟子學習。如此虛懷若谷，尋常勝流能做到嗎？

乾隆五十七年（一七九二），紀曉嵐六十九歲。在爲從侄虞惇所著《遜齋易述》作序時寫道：「余年近七十，一生鹿鹿典籍間，而徒以雜博竊名譽，曾未能覃研經訓，勒一編以傳於世，其愧懋園（即虞惇父親）父子何如耶？」這些話出於四庫全書總纂官之手，尋常勝流能做到嗎？

行文至此，想起了明初大儒方孝孺。他曾在《賜俞子嚴溪喻》中諄諄告誡晚輩讀書人：學者的毛病，最忌諱自視高明和自甘狹隘。自視高明的人，好比高高聳立的峭壁，大雨下過之後，一會兒便溜散了，不能分流潤澤大地。自甘狹隘的人，如同瓦缸盛水，有的容納一石，有的容納一斗，超過它的容量就漫溢出來了。善於學習的人，就像大海那樣吧！乾旱九年仍不枯涸，容納全中國的水卻不滿盈。沒有別的緣故，善於處在下位罷了。方孝孺所說「處在下位」，也就是謙和的意思。看來，眞正的偉人，沒有不謙和的。如波普所說：

錯誤在所難免，寬恕就是神聖。

在一個由無數常人所構成的世界上生活，如果沒有寬恕之心和平易近人的品格，怎麼會不顯得荒唐呢？

「仙筆」與「仙人」

紀曉嵐謫戍烏魯木齊期間，因「草奏草檄，日不暇給，遂不復吟詠。或得一聯一句，亦境過輒忘。」但也有例外。有一天，功加毛副戎自述生平，悵懷今昔，紀曉嵐的心弦被撥動，忍不住題了一首七絕：

雄心老去漸頹唐，醉臥將軍古戰場。
半夜醒來吹鐵笛，滿天明月滿林霜。

這是偶然寄興之作，加上毛副戎又不懂詩，故紀曉嵐「不復存稿」。

過了一段時間，紀曉嵐的同年楊逢元登臨城北關帝祠樓，將這首詩戲題於壁上，不署姓名。適逢一道士經過，人們便紛紛傳言，說這是「仙筆」。紀曉嵐從自己的詩被誤會爲「仙筆」一事得到啓發，感慨道：「昔南宋閩人林外題詞於西湖，誤傳仙筆。元王黃華詩刻於山西者，後摹刻於滇南，亦誤傳仙筆。然則諸書所謂仙詩者，此類多矣。」

北宋歐陽修《歸田錄》中有一則趣事，可與「仙筆」聯類：

石曼卿，磊落奇才，知名當世，氣貌雄偉，飲酒過人。有劉潛者，亦志義之士也，常與曼卿爲酒敵。聞京師沙行王氏，新開酒樓，遂往造焉；對飲終日，不交一言。王氏怪其所飲過多，非常人之量，以爲異人，稍獻餚果，益取好酒奉之甚謹。兩人飲啖自若，傲然不顧。至夕，殊無酒色，相揖而去。明日都下喧傳，王氏酒樓有二酒仙來飲。久之乃知劉、石也。

石曼卿是歐陽修的朋友，他去世後，歐陽修曾作《祭石曼卿文》。歐陽修說，我的朋友石曼卿，軒昂磊落，品格不凡，像他這樣出色的人，即使埋在地下，也應該化作金玉，而不會變爲朽壤，或者，長成千尺長松、九莖靈芝。然而，我想錯了！如今，他的墓地上，「荒煙野蔓，荊棘縱橫，風凄露下，走燐飛螢」，「但見牧童樵叟，歌吟而上下，與夫驚禽駭獸，悲鳴躑躅而咿嚶」，今日已經如此，千年萬載後，怎麼知道不會穴藏狐貉？

從歐陽修的感慨我們知道，石曼卿儘管軒昂磊落，品格不凡，但仍然是一個凡人，他的生命歷程是短暫的。然而，在王氏酒樓上，他與劉潛卻因軒昂磊落而被當成了神仙。這使讀者意識到，志怪傳奇中層出不窮的仙人，怕都是石曼卿這樣稍異於「常」的凡人。

「仙筆」與「仙人」，均當作如是觀。

古未必勝今

中國古代，常有嗜好古衣古冠的名士，其用意之一是表明自己超出流俗，不同尋常。比如元末的王冕。據說，他在大雪中赤腳獨自登上潛岳山峰，四顧大叫道：「白玉峰前渡仙客，合無陪人！」足見其自負不凡。而他的古怪裝束正是這種自負不凡的心境的外在表徵：常戴高檐帽，穿綠蓑衣，著長齒屐，擊木劍，騎牛穿行市中；一次，他從山東接母親回會稽，白牛白車，古冠古服，弄得鄉村小孩訕笑不已，而他卻神態自若。

還有一種偏愛古物的文人，則主要是一種個人的趣味，比如北宋的翟耆年。據陸游《老學庵筆記》記載，翟工籀文，那是先秦的字；工八分，那是漢代的字；再加上總穿唐代樣式的服裝，他自身也儼然成了一具古物。古物擺在博物館裡，那是合適的；但將它移入日常生活的氛圍中，就不免可笑。所以，翟的朋友許彥周跟他開了個玩笑：當翟耆年來訪時，身著晉裝相迎，弄得翟耆年不知說什麼好。

還有一種偏愛古物的文人，他們抱有偏見，以爲古代的東西樣樣超過現在，比如紀曉嵐的前輩李廉衣。紀曉嵐和他的見解相左，所以總想找例證反駁他。乾隆二十四年（一七五九）七月，「獻縣掘得唐張君平墓誌。大中七年明經劉伸撰，字畫尙可觀，文殊鄙俚。」紀曉嵐感到這一例證很有說服力，於是拓了一份給李廉衣看，並藉此發了一通議論：「公謂古人事事勝今人，此非唐文耶？天下率以名相耀耳。如核其實，善筆札者必稱晉，其時亦必有極拙之字。善吟詠者必稱唐，其時亦必有極惡之詩。非晉之廝役皆羲、獻，唐之屠沽皆李、杜也。西子、東家實爲一姓，盜跖、柳下乃是同胞，豈能美則俱美，賢則俱賢耶？賞鑒家得一宋硯，雖滑不受墨，亦寶若球圖；得一漢印，雖謬不成文，亦珍逾珠璧。問何所取，曰取其古耳。東坡詩曰：『嗜好與俗殊酸鹹。』斯之謂歟！」

紀曉嵐的話，見於《閱微草堂筆記》卷十。他沒有記錄李廉衣的辯駁，或許這位前輩不願與時年三十六歲的紀曉嵐爭執，以免失去長者的尊嚴吧。作爲讀者，我是站在紀曉嵐這一邊的。

李廉衣盲目崇古，卻並非自我作古。類似的性愛古物的人，在他之前正復不少。謹錄笑話一則，以發一噱。唐代朱揆的《諧噱錄》中，有《狗枷犢鼻》一則：

南朝宋江夏王劉義恭喜歡收集古董，常向各位大臣尋求。侍中何勗已經送過一些，而劉義恭仍不停索要，何勗心中很不滿。一次出行，看見路邊有許多人們棄置的狗枷和犢鼻褌（圍裙）。他令手下人檢起來，回家後，用箱子裝好給劉義恭送去，並附一箋道：「聽說您還要古董，今特地奉上李斯的狗枷，司馬相如的犢鼻褌。」

文士例有好奇癖

劉墉（一七一九—一八〇四），字崇如，號石庵，山東諸城人。乾隆十六年進士，由編修累官體仁閣大學士，卒謚文淸。著名書法家，尤長小楷。有《石庵詩集》。紀曉嵐與他關係極爲密切，甚至連劉墉的短札，紀曉嵐都刻在硯上。《閱微草堂硯譜》的一則硯銘說：

余（我）與石庵皆好蓄硯，每互相贈送，亦互相攘奪，雖至愛不能割，然彼此均恬不爲意也。太平卿相，不以聲色貨利相矜，而惟以此事爲笑樂，殆亦後來之佳話歟？

由此一例，足見二人的友情之深。

但在對硯的鑒賞方面，二人常有分歧。比如，劉墉有好奇癖，總愛賦予硯以「古」的身份，紀曉嵐不那麼好奇，故常對「古硯」質疑。嘉慶八年（一八〇三）六月，劉墉贈硯，曉嵐記曰：「石庵以此硯見贈，左側有『鶴山』字，是宋人故物矣。然余頗疑其僞托。石庵曰：『專諸巷所依托，不過蘇黃米蔡數家耳。彼烏知宋有魏了翁哉？』是或一說矣。」劉墉所附書札又云：「送上古硯一方，領取韓稿一部。硯乃樸茂沈郁之格，譬之文格，爲如此也。曉嵐四兄大人。弟墉拜呈。」無論是津津於「宋人故物」的辯論，還是對「古硯」二字的強調，都在在顯示了劉墉的好奇。

「文士例有好奇癖，心知其妄姑自欺。」紀曉嵐通達世情，故在寫作《閱微草堂筆記》時常藉機生發，予以針砭。如卷八所叙：

某外地人攜著一片柴窯（宋代著名瓷窯）燒製的瓷器，索價數百金，自稱將它鑲嵌在甲冑上，臨陣不怕火器。紀曉嵐說：何不用繩懸掛此磁，拿銃發射鉛彈擊它。如果眞能辟除火器，一定不會碎，定價數百金不算高；如果被擊碎，那麼，辟除火器的說法就不對，照理不能出數百金的價錢。賣磁的人不肯，說：「您於賞鑒不是行家，太煞風景。」急忙帶著走了。後來聽說賣給某貴家，居然得了數百金。君子可欺以其方，但不能用無道理的話騙他。炮火橫衝，如同雷電下擊，區區片磁豈能抵禦？並且，靑如天，明如鏡，不過製精色異罷了，畢竟是人造的，非出於神功，斷裂之餘的片磁，豈能如此靈異？我作《舊瓦硯歌》有云：「銅雀台址頹無遺，何乃剩瓦多如斯？文士例有好奇癖，心知其妄姑自欺。」柴片亦此類而已矣。

讀了這一則，未知劉墉作何感想？

淸代獨逸窩退士《笑笑錄·制古磚》載：「畢沅巡撫陝西，值六十大壽，下屬送禮，一概不受。某縣令送古磚二十塊，有年號題識，均出於秦漢之時。畢沅大喜，對家丁說：『所有的壽禮我一概不受，你主人的禮物，很合我的心意，故留下了。』家丁跪著陳述說：『主人因大人慶壽，召集工匠在官衙製造，主人親自監工，挑最好的獻給您。』畢沅聽了，一笑而罷。」縣令處心積慮地行賄，也夠可憐的；畢沅帆一笑而罷，實爲寬厚。而由此亦可見盲目崇古之可笑。

戒狂奴故態

狂奴故態，指狂士的老脾氣。典出《後漢書·嚴光傳》。東漢隱士嚴光跟光武帝劉秀本來是同學，司徒侯霸也與嚴光有舊。有一次，侯霸差人去請嚴光相見，嚴光投一札給來人，口授道：「君房（侯霸字）足下：位至鼎足，甚善。懷仁輔義天下悅，阿諛順旨要（腰）領絕。」侯霸把這封信奏光武帝，帝笑曰：「狂奴故態也！」

狂奴故態是名士風度的一種，傲對世俗，倜儻不羈，這在魏晉、明末很受士林推崇。《世說新語·簡傲》中有這樣兩例：

嵇康和呂安十分友好，每當思念的時候，便不遠千里造訪。有一次呂安到嵇家，碰巧嵇康不在，康兄嵇喜開門迎接。因康不在家，呂不肯進去，在門上寫了一個「鳳」字便走了。嵇喜沒有發覺其中含義，還以爲是客人對他表示欣賞。其實「鳳」字拆開來就是「凡鳥」。（說明呂安瞧不起他。）

王平子出任荊州刺史，太尉王夷甫及一時名流，前來送行者絡繹不絕。當時他家的庭院裡有一棵大樹，樹上有喜鵲窩。平子發現了，立刻脫下衣服、頭巾，上樹取鵲。不料貼身汗衫掛在樹枝上，許久才掙脫。平子從樹上下來後，又玩弄了好長時間的喜鵲。其神態自若，彷佛周圍沒有任何人一樣。

以上故事中的呂安和王平子，從讚賞者的角度來看，豪宕不羈，脫略形骸，無疑是極富魅力的。但紀曉嵐（也包括紀曉嵐同時代的若干著名文人）卻不喜歡這種風度。盛時彥《閱微草堂筆記序》說：「河間先生以學問文章負天下重望，而天性孤直，不喜以心性空談，標榜門戶；亦不喜才人放誕，詩社酒社，誇名士風流。」他提倡平易隨和，常勸人講究應酬交際，要合時尙，要謙虛。《閱微草堂筆記》卷七載：

竹吟與朱青雷遊長椿寺，於賣書畫處，見一卷大字，曰：「梅子流酸濺齒牙，芭蕉分綠上窗紗。日長睡起無情思，閒看兒童捉柳花。」款題「山谷道人」。正討論眞僞，一丐者在旁斜視，微笑曰：「黃魯直乃書楊誠齋詩，大是異聞。」掉臂竟去。青雷驚訝地說：「能作此語，安得乞食？」竹吟太息曰：「能作此語，又安得不乞食！」我以爲這是竹吟的憤激之談，所謂名士習氣也。

「梅子」一詩是南宋楊萬里（號誠齋）的作品，題爲《閒居初夏午睡起》。「山谷道人」則是北宋黃庭堅的號。黃長於楊八十二歲，怎麼可能書楊的詩呢？乞丐的話當然是對的。知道黃庭堅、楊萬里的人，多少讀過幾卷書，卻居然以乞討爲生，所以令朱青雷大爲驚訝。而竹吟的憤激之談，則是借題發揮，表達了他本人懷才不遇的牢騷。

那麼，紀曉嵐的意見如何呢？他以爲：

聰明穎悼之士，或恃才兀傲，久而悖謬乖張，使人不敢向邇者，其勢可以乞食。或有文無行，久而穢跡惡聲，使人不屑齒錄者，其勢亦可以乞食。是豈可賦感士不遇哉？

感士不遇是中國古典文學的重要母題之一，而紀曉嵐卻將部分人的懷才不遇歸因於懷才者本人的素質太差：或恃才兀傲，或有文無行。從這裡，我們明白，紀曉嵐很注重才士自身的素養。

《閱微草堂筆記》中另有一則記載：

朱天門家扶乩，愛多事人的人都去看。某狂生以書畫自負，意氣不凡，旁若無人，以至於對著客人脫襪搔腳上的污垢，向乩笑道：「請宣示下壇詩。」乩當即題曰：「回頭歲月去駸駸，幾度滄桑又到今。曾見會稽王內史，親攜賓客到山陰。」眾人問：「這麼說來，仙人見過王右軍（即王羲之）？」乩寫道：「豈止右軍，還見過虎頭（指顧愷之）。」狂生聽了，站起來說道：「二老風流，既然曾親眼見過，此時群賢畢至，請比較一下：古今人相差多少？」又寫道：「二公雖然絕藝入神，但謙虛自抑，雅人深致，使見到的人意氣消散；與罵座灌夫，自別是一流人物。離之雙美，何必合之兩傷。」衆人知道乩語的鋒芒所向，相視而笑。回頭看狂生，已穿好襪準備溜了。這不知是什麼靈鬼，作此惡謔。惠安陳雲亭舍人，嘗題此生《寒山老木圖》曰：「憔悴人間老畫師，平生有恨似徐熙。無端自寫荒寒景，皴出秋山鬢已絲。」「使酒淋漓禮數疏，誰知俠氣屬狂奴。他年儻續宣和譜，畫史如今有灌夫。」乩所說罵座灌夫，當即指此。又不知此鬼何以知道此詩。

上則有幾點值得注意。一、「憔悴人間老畫師」，可見這位「自負書畫」的「狂士」亦爲懷才不遇者。二、「畫史如今有灌夫」，可見他是一介「狂奴」。據《史記·魏其武安侯列傳》，灌夫曾因酒使性，漫罵同座的人。三、強調歷史上的兩大著名畫家王羲之（右軍）、顧愷之（虎頭）均「意存沖挹，雅人深致」，絕非灌夫一流人物。將這三點綜合起來，就能弄明白紀曉嵐的意思了：文人萬不可恃才兀傲，有文無行。

傳聞不可輕信

秦相呂不韋的《呂氏春秋》中有篇《察傳》。其宗旨是：凡是傳聞的話，不可不審察明白。經過幾次轉述，白會被說成黑，黑會被說成白，因此狗像玃，玃像獮猴，獮猴像人，但人與狗相差就太遠了。輕信傳聞，這正是愚昧的人弄出大錯的原故；聽到傳聞而不知明辨，不如不聽的好！

《閱微草堂筆記》卷十一便提供了傳聞致錯的一例：

山西太谷縣西南十五里白城村，有糊塗神祠，土人奉事惟謹。據說稍有不敬，就會導致風雹。但不知神何代人，亦不知何以得此號。後查通志，才知是狐突祠，元中統三年敕建，本名利應狐突神廟。「狐」、「糊」同音，北人讀入聲皆似平，故「突」轉為「塗」也。

本來是「狐突祠」，但經過若干次轉述後，卻變成了「糊塗祠」。真是一樁糊塗事，妙在「神」居然甘於被名為「糊塗」，確乎糊塗到頂了。

據說，魯哀公曾問孔子：「夔眞的是一隻腳嗎？」孔子告訴他：「從前，舜想用音樂來輔助教化天下的人，就任命夔作樂正。夔於是訂正六律，調和五聲，與八方的風相協和，因而天下大服。舜讚賞道：『若夔者，一足矣。』（『像夔這樣的人，有一個就夠了。』）不是說他只有一隻腳。」

「三豕涉河」是《察傳》引用的一個事例。子夏到晉國去，經過衛國，聽見有人讀史書，說：「晉師三豕涉河。」子夏說：「錯了，應該是『己亥』。」「己」字和「三」字相近，「豕」字和「亥」字相像。子夏一到晉國，便問這事，回答說，是「晉師己亥渡河」。

無論是「糊塗祠」，還是「三豕涉河」，或是「夔只有一足」，其共同點都是：好像正確而實際錯誤。那麼，如何才能分清是非呢？只有根據事實及人之常情來判斷，即調查研究，或小心考證，如《閱微草堂筆記》卷二十所作的那樣：

京師有張相公廟，修建的原因無可查考，也不知張相公是誰。有些土人把他視爲河神。但河神應在沽水、滹縣之間，京城不是他管轄之處。另外，密雲縣也有張相公廟，這裡實爲山區，並非水鄉，不離河更遠嗎？委巷之談，根本不足徵信。我以為，唐代的張守珪、張仲武都曾鎮守平盧，考高適《燕歌行》序，此詩實為張守珪而作。一則曰：「戰士軍前半死生，美人帳下猶歌舞。」再則曰：「君不見邊庭征戰苦，至今猶憶李將軍。」對守珪隱含貶意。而張仲武則打敗入侵的奚軍，有保衛國家之功，其佈告今尚存於《文苑英華》中。以理推之，當是土人立廟祀仲武。旅行中無書可查，待回京後，當細加考證。

如果世人都像紀曉嵐一樣認眞、謹愼，許多錯誤本來是可以避免的。

古今異尚

猩唇是古代的「八珍」之一。《文選·張協〈七命〉》：「燕髀猩唇。」李善注：「肉之美者，猩猩之唇。」李賀《大堤曲》有句云：「郎食鯉魚尾，妾食猩猩唇。」

紀曉嵐沒有吃過猩唇，但曾有人送他兩枚。《閱微草堂筆記》卷十五載：

八珍惟熊掌、鹿尾較為常見，野駝的單峰，出於塞外，已難於見到。猩唇則僅聽說過名字。乾隆四十年，撫軍閔少儀贈我二枚，用錦函封裝，看上去很珍重。乃從額至下巴全部剝開了腌製而成，口鼻眉目，一一宛然，仿佛戲場面具，並非只有兩唇。廚師不會做這道菜，遂轉贈他友。其廚師亦不會做，又再次轉贈。不知最終到了誰家。直到今日也不知道如何烹飪。

紀曉嵐以博雅著稱，在他那個時代的讀書人中，要算得上知識特別豐富，眼界特別開闊的。連他也不知道猩唇的烹飪法，據我們推測，也許已失傳。

猩唇烹飪法的失傳，原因不外兩種：一是猩唇太難得，人們極少吃它，一是古今異尚，後世人不再以猩唇為重，缺少吃它的興趣。後一原因或許是主要的。

關於古今異尚，紀曉嵐搜集了很多例證，其中一部分即與菜肴有關，讀者不妨一閱：

金朝重牛魚，即沈陽鱘鰉魚，今尚重之。又重天鵝，今則不重矣。遼朝重毗離，亦曰毗令邦，即宣化黃鼠，明朝人尚重之，今亦不重矣。明朝重消熊棧鹿，棧鹿當是以棧飼養，今尚重之；消熊則不知為何物，雖極富貴家，問此名亦說未曾見過。蓋物之輕重，各以其時之好尚，無定准也。我幼年時，人參、珊瑚、青金石價皆不貴，今則日貴。綠松石、碧雞犀價皆至貴，今則日減。雲南翡翠玉，當時不以玉視之，不過如藍田乾黃，勉強叫做玉罷了；今則以爲珍玩，價遠出眞玉上矣。又灰鼠舊貴白，今貴黑。貂舊貴長毳，故曰豐貂，今貴短毳。銀鼠往日比灰鼠價略貴，遠不及天馬，今則與貂的價格差不多。珊瑚舊貴鮮紅如榴花，今則貴淡紅如櫻桃，且有以白類車渠爲至貴者。蓋相距五六十年，物價不同已如此，況隔越數百年乎！儒者讀《周禮》蚳醬，竊竊疑之，是因不懂古今異尚的緣故。（《閱微草堂筆記》卷十五）

古今的崇尚不同，不僅表現爲食物、珍玩之異，在文化的其他方面亦有跡象可尋，比如文學。明代胡應麟《詩藪·內編》說：

曰風、曰雅、曰頌，三代之音也。曰歌、曰行、曰吟、曰操、曰辭、曰曲、曰謠、曰諺，兩漢之音也。曰律、曰排律、曰絕句，唐人之音也。詩至於唐而格備，至於絕而體窮。故宋人不得不變而之詞，元人不得不變而之曲。

胡應麟津津於區別「三代之音」、「兩漢之音」、「唐人之音」，娓娓談論宋詞、元曲的時代特徵，所強調的正是「一代有一代之所勝」。異代不相襲，各有所長，亦必有所長才能占據一席之地。

論學術上的門户之見

紀曉嵐是易學專家。乾隆五十九年（一七九四），七十一歲的紀曉嵐爲德州李東圃《周易義象合纂》一書作序。他指出，由於《易》道廣大，無所不包，故隨舉一説而皆可通；不僅象數、義理各明一義，旁及爐火、導引、樂律、星曆，以及六壬禽遁風角之類，皆可引《易》以爲解，亦皆可引以解《易》。大概説來，可分爲三派：漢儒主象派；宋儒之主理派、主事派。

易學三派，五六百年間如水火不相容，論甘者忌辛，是丹者非素，斷斷相爭，各立門户。對這類爭論，紀曉嵐怎麼看呢？他以水爲喻，説：「譬如同是一水，農家以爲宜灌溉，舟子以爲宜往來，形家以爲宜沙穴，兵家以爲宜扼拒，遊覽者以爲宜眺賞，品泉者以爲宜茶荈，漂洗絹絮者以爲利瀚濯，各得所求，各適其用，而水則一也。」又以都會爲喻，説：「譬如一座一都會，可自南門入，可自北門入，可自東門入，可自西門入，各從其所近之途，各以爲便，而都會則一也。」最後，紀曉嵐得出結論：《易》之理亦然；學術上的諸多門户，其實並非尖銳對立，倒是互相補充的成份居多，我們不應固執地視某家之見爲《易》之整體。蘇軾《題西林壁》詩云：「橫看成嶺側成峰，遠近高低各不同。不識廬山眞面目，只緣身在此山中。」持這樣的見解去解《易》，易學就不會有門戶之爭了。

曾有這樣一個傳說：幾個瞎子摸一隻大象，摸到腿的說大象像一根柱子，摸到身軀的說大象像一堵牆，摸到尾巴的說大象像一條蛇，各執己見，爭論不休。學術上的門戶之見，缺陷也正在於對事物了解不全面，固執一點，不及其餘。紀曉嵐反對門戶之見，即著眼於全面準確地把握對象。

《閱微草堂筆記》卷十四載：

周書昌曾游歷鵲華，借宿於民家。窗外老樹森森，與岡頂相接。主人說，常能聽到鬼說話，但聽不清說的什麼。這天晚上月光黯淡，果然隱隱約約地聽到聲音，不甚了了。悄悄走近竊聽，原來是談論韓愈、柳宗元、歐陽修、蘇軾的散文，各標舉其佳勝之處。一人說：「如此乃是中聲，爲何前後七子，一定要排斥不提，而固執地倡言秦漢，遂引發門戶之爭？」一人說：「質文交替變化，不會採取一種方式。宋末文格猥瑣，元末文格纖穠，所以宋景濂諸公努力仿效韓、歐，救以春容大雅。三楊以後，流爲台閣之體，日就膚廓，故李夢陽諸公又努力仿效秦漢，救以奇偉博麗。隆慶萬曆以後，流爲僞體，故李東陽一派，又反唇相譏。大抵能挺然自爲宗派者，其初必各有根柢，是以能傳；其後亦必各有流弊，是以互詆。但董江都、司馬文園文格不同，同時而不相攻。李、杜、王、孟詩格不同，亦同時而不相攻。這是因爲他們所得甚深的緣故。後之學者，論甘則忌辛，是丹則非素，這是因爲他們所得甚淺的緣故。」

論質文遞變，指出各種宗派均有其發生、發展的合理性，這是史家卓識；倡導文格不同、詩格不同者「同時而不相攻」，仍旨在反對門戶之見。各種學術派別之間，毋需勢不兩立。

書痴

俗話說：「精誠所至，金石爲開。」無論做什麼事情，都要有孜孜不倦的追求的精神，沈湎、執著，仿佛要把全身心寄托於一隅。這種精神大爲紀曉嵐所讚賞。《閱微草堂筆記》卷十二中，一個伶人談他所以能超出同輩的原因，說：「吾曹以其身為女，必並化其心為女，而後柔情媚態，見者意消。如男心一線猶存，則必有一線不似女，烏能爭蛾眉曼睩之寵哉？若夫登場演劇，為貞女則正其心，雖笑謔亦不失其貞；為淫女則蕩其心，雖莊坐亦不掩其淫；為貴女則尊重其心，雖微服而貴氣存；為賤女則斂抑其心，雖盛妝而賤態在；為賢女則柔婉其心，雖怒甚無遽色；為悍女則拗戾其心，雖理詘無巽詞。其他喜怒哀樂，恩怨愛憎，一一設身處地，不以為戲而以為眞，人視之竟如眞矣。他人行女事而不能存女心，作種種女狀而不能有種種女心，此我所以獨擅長也。」李玉典由此引申出對事業心的禮讚：「此語猥褻不足道，而其理至精；此事雖小，而可以喻大。天下未有心不在是事而是事能詣極者，亦未有心心在是事而是事不詣極者。心心在一藝，其藝必工；心心在一職，其職必舉。小而僚之丸、扁之輪，大而皋、夔、稷、契之營四海，其理一而已矣。」這也正是紀曉嵐的意思。

所謂「書痴」，有兩種含義：一指讀書治學專心致志，一指書呆子。前一種含義的書痴，紀曉嵐自是欣賞備至；後一種含義的書痴，則受到紀曉嵐的調侃，因爲，讀書本是爲了使人聰明，如果越讀越傻，不能治家，不能涉世，又何取於讀書？紀曉嵐的兩位曾伯祖即有犯傻的經歷，爲了警醒讀者，紀曉嵐居然毫無忌諱地將其傻事寫入了《閱微草堂筆記》。故事是由紀曉嵐父親講述的：

崇禎十五年，厚齋公（紀曉嵐高祖）攜家眷居住河間，以避孟村土寇。厚齋公去世後，傳聞大兵將至河間，又打算鄉居。臨行，鄰居老人回頭看著門神嘆道：「假如今日有一個人像尉遲敬德、秦瓊，事情不會如此之糟。」紀曉嵐的兩個曾伯祖，一名景星，一名景辰，都是有名的秀才。正在門外收拾行李，聽見了，爭辯道：「這是神荼、鬱壘像，不是尉遲敬德、秦瓊。」老人不服，以邱處機《西遊記》爲證。景星、星辰認爲民間小說不足爲據，又入室取東方朔《神異經》與之爭辯。時已薄暮，檢尋既移時，反覆講論又移時，城門已關，遂不能出。次日將行，而大兵已包圍河間。城破，遂全家遇難。（卷二十一）

死生呼吸、間不容髮之時，還考證古書眞僞，紀曉嵐的這兩位曾伯祖，惟知讀書，而不知世事，何其可笑，亦何其可悲！

《閱微草堂筆記》卷十八所載，尤富喜劇意味，而後果則是悲劇性的：

奴子傅顯，喜讀書，頗知文義，亦稍知醫藥。性情迂緩，有如偃蹇老儒。一日，雅步行市上，逢人就問：「見魏三兄否？」（奴子魏藻，行三。）有人告訴他所在，復雅步而往。至相見，喘息良久。魏問相見何意？說：「剛才在苦水井前，遇見三嫂在樹下作針黹，倦而打盹。小兒嬉戲井旁，相距三五尺，似乎可慮。男女有別，不便將三嫂叫醒，故來尋兄。」魏大駭，奔往，妻子已趴在井上哭兒子了。夫僮僕讀書，可云佳事。但讀書旨在明理，明理旨在致用。食而不化，至昏憒僻謬，貽害無窮，亦何貴此儒者哉！

風尚

吳敬梓的《儒林外史》中有個馬二先生。他關於應考的一個核心見解是：「任你風氣變，理法總是不變。」不理睬和追隨考場風氣，結果，他一直未能中舉，他的這套作法也被高翰林鄙薄為「不中的舉業」。與風氣抗爭，看來很少有成功的。

對於風尚的這種不可抗拒的力量，紀曉嵐也意識到了。嘉慶七年（一八〇二），七十九歲的紀曉嵐充會試正考官，所撰《壬戌會試錄序》云：「質文遞變，踵事增華，趨向漸歧，門戶漸別。如食本以禦飢，其流至於講珍饈；衣本以禦寒，其流至於講纂組。波靡曼衍，有莫知其所以然者，雖聖人亦不能禁絕。」聖人亦不能禁絕，其力量該是何等強大！這裡，我們充分領略到了時俗的力量，時髦的力量，風尙的力量。

風尙的存在是客觀事實，但風尙是否合理又是另一回事。南宋陸游《老學庵筆記》卷八舉過兩個例子。北宋初年，人們崇尙「《選》學」，於是，凡寫到自然景物時，總不肯明白道出，偏要將「草」稱爲「王孫」，將「梅」稱爲「驛使」，將「月」稱爲「望舒」，將「山水」稱爲「淸暉」；誰不這樣做，就別想在考試中獲晫。宋高宗建炎（一一二七—一一三〇）以後，又改而崇尙三蘇，那種策士的風格爲人競相仿效，以致出現了下述俗語：「蘇文熟，吃羊肉；蘇文生，吃菜羹。」黃茅白葦，千篇一律，如此風尙，看來也不宜妄加讚許。

身爲會試正考官的紀曉嵐，既明瞭風尙的力量，又明瞭風尙的不合理性，所以，他提醒各位考官，「去取之間」應「知所輕重」，不要完全被風尙左右。他論述經義（時文之一種）的源流說：

明初以前，經義以明理爲主；成化、弘治、正德、嘉靖年間，變而以理法爲主；隆慶、萬曆年間以機局（命意構思）爲主；天啓、崇禎年間以才學爲主。各有眞僞，各有短長，「司衡者」（考官）務必把握好「黜僞崇眞」的尺度，力求衡鑒無差。這些意見，今日的各位主考官員亦應予以重視。

應酬之禮不可廢

某候選官員，在虎坊橋租借一宅。有人告訴他：「其中有狐，但不爲患，居住者祭之則安。」某性情倔強，不從，沒出現什麼變怪。不久納一妾，初到的那天，獨坐房中。聞窗外有數十人悄悄說話，品評其美醜。忸怩不敢抬頭。隨後滅燭就寢，滿室響起吃吃之聲。每一動作，即高唱其所爲。連幾個晚上，都是如此。向正一眞人上訴。其法官汪某說：「凡魅害人，乃可劾治；若止嬉笑，於人無損。譬如互相戲謔，未釀事端，即非王法之所禁。豈可以猥褻細事，瀆及神明！」某不得已，設酒肴拜祝。當晚寂然。某喟然嘆道：「今日才知應酬之禮不可廢。」

這則故事，見《閱微草堂筆記》卷十三。所謂應酬之禮，即交際往來的禮節。它在我們的生活中起著潤滑劑的作用。不講應酬交際，自然不是什麼大過失，但生活卻可能因此增加幾分不愉快。

近見陳四益《不易》一文，頗爲幽默：

曾直言以詩賦名家，望門投卷以求品題者不絕於途。初，直言以誠待之，指疵論失，略無隱諱，而投卷之人欣欣而來，悻悻而歸。久之，議論騰起，謂直言狂傲，亦有譏其浪得聲名、譽毀顛倒者。直言悔之，謂其友曰：「吾不欲直言招怨，亦不欲曲意阿世，當如何？」友曰：「勿毀勿譽，但言『不易』。」直言然之。有叟來，攜詩百卷，殊無可觀。直言溫言問曰：「叟吟詩有年耶？」答曰：「四十年矣。」直言以手撫卷，曰：「四十年間，得詩百卷，誠不易也。」有童來，示詩三首，皆「他騎竹馬來，我坐羊車去」之屬。直言摩其頂曰：「沖齡學詩，即可成章，誠不易也。」有生員持試帖詩來，直言曰：「君已入泮，猶虛懷若此，誠不易也。」自此，投卷者無不欣欣然歸，謂人曰：「此老謂我不易，眞正法眼藏！」方叵月，友謂直言曰：「君口碑滿天下，皆謂『生不願登瓊林宴，但願一識曾直言』。」直言苦笑道：「人間只見誠不易，世上難尋眞直言。」

世上難尋眞直言，這是什麼世道？看來合適的做法是學孔子。一方面絕不放棄自己的「道」，另一方面在待人接物時平易親切；一方面有崇高的追求，另一方面又通世故人情；其間的分寸很難把握，但須勉力爲之。

或許，我們永遠不應忘記下面這句格言：

禮節是所有規範中最微小卻最穩定的規範。

誰知盜賊有英豪

爲強盜翻案的，最早的也許是莊子。

跖是歷史上著名的大盜，孔子則是偉大的文化名人。但在莊子看來，跖即使不比孔子高尙，也至少跟孔子不相上下。所以，他在《盜跖》一文中，讓盜跖義正辭嚴地將孔子指責了一番：「今子修文武之道，掌天下之辯，以教後世；縫衣淺帶，矯言僞行，以迷惑天下之主，而欲求富貴焉，盜莫大於子。天下何故不謂子爲盜丘，而乃謂我爲盜跖。」盜跖的意思是：我跖是坦率地做強盜，而你孔子則是以「文武之道」爲工具來竊取富貴，外仁而內盜，眞是太卑鄙了！太狡猾了！

莊子的這種見解，晚明的凌濛初似乎格外欣賞。他在《拍案驚奇》卷八感嘆：「每訝衣冠多盜賊，誰知盜賊有英豪？試觀當日及時雨，千古流傳義氣高。」

說盜跖勝過孔子，說綠林勝過儒林，這都是紀曉嵐所謂的「有激之言」，即故意用偏激的言論來表達對不正常的生活現象的不滿。話雖有些過頭，但並非不可理解。

紀曉嵐是不大喜歡「有激之言」的，但他確曾爲強盜立傳。如《閱微草堂筆記》卷四：

獻縣史某，爲人不拘小節，而落落有直氣。偶從賭博場歸來，見村民夫婦子母相抱而泣。其鄰居說：「因欠豪家債，賣婦以償。夫婦本來感情甚好，兒子還在吃奶，所以傷心。」史問：「所欠幾何？」曰：「三十金。」「所賣幾何？」

曰：「五十金，與人為妾。」問：「可贖嗎？」曰：「契約才訂，金尚未付，何不可贖！」即出博場所得七十金授之，曰：「三十金償債，四十金持以謀生，不要再賣。」夫婦感史某恩德，烹雞留飲。酒酣，夫抱兒出，以目示婦，意在令她薦枕報恩。婦點頭，言語漸漸親狎。史正色曰：「史某半世為盜，半世為捕役，殺人從不眨眼。若危急中姦污人婦女，則實不能為。」飲啖畢，掉臂徑去，不發一言。

紀曉嵐為「半世為盜」的史某立傳，也許並沒有「盜比儒好」的用意。但他在《筆記》卷十五中確乎很有感慨地引用過南宋羅大經《鶴林玉露》所載詠朱亥詩：

高論唐虞儒者事，負君賣友豈勝言。
憑君莫笑金椎陋，卻是屠沽解報恩。

此外，他還一再記敘老僕施祥的諸多朋友（「廝養屠沽」）古道熱腸的情懷，並為他們喝采，如卷二十二：「祥之所友，不過廝養屠沽耳。而九泉之下，故人之情乃如是。」將這些材料排比在一起，我們有理由相信：紀曉嵐對下層社會的「英豪」不乏敬佩之情。

科名有命

乾隆二十四年（一七五九），三十六歲的紀曉嵐充山西鄉試正考官。「有二卷皆中式矣。一定四十八名，塡草榜時，同考官萬泉呂令㚟，誤收其卷於衣箱，竟覓不可得。一定五十三名，塡草榜時，陰風滅燭者三四，易他卷乃已。揭榜後，拆視彌封，失卷者范學敷，滅燭者李騰蛟也。頗疑二生有陰譴。然庚辰鄉試，二人皆中式，范仍四十八名。李於辛丑成進士。乃知科名有命，先一年亦不可得，彼營營者何爲耶？即求而得之，亦必其命所應有，雖不求亦得也。」（《閱微草堂筆記》卷二）

紀曉嵐相信功名有命，其實這也是明清筆記的一個常見話題。清阮葵生《茶餘客話》記鄭瑋會試奪魁的故事，可以爲例。乾隆十三年會試，兩江總督鄂容安閱江南卷，已定三十卷，又選其次者十卷，暗藏枕下，以防意外更易。及進呈前十卷，其中一卷因後場犯諱撤去，鄂急命書辦取枕下十卷來。這十卷本來也有先後次序，而書辦過於匆忙，跨門坎時摔倒，把次序給弄亂了。鄂容安即取最上面的一卷進呈，乾隆欽定第一，原來是鄭瑋的卷子。這種情形，的確使人感到，考試文字，眞是撞得著就中，撞不著就不中。而能否撞中，則取決於命運。

「科名有命」，在這個話題上，白話小說家亦不甘落後。明代凌濛初《拍案驚奇》卷四十開篇即暢發議論道：「話說人生只有科第一事，最是黑暗，沒有定準的。自古道：『文齊福不齊。』隨你胸中錦繡，筆下龍蛇，若是命運不對，倒不如乳臭小兒、賣菜傭早登科甲去了。就如唐時以詩取士，那李、杜、王、孟，不是萬世推尊的詩祖？卻是李杜俱不得成進士，孟浩然連官多沒有，止有王摩詰一人有科第，又還虧得岐王幫襯，把《鬱輪袍》打了九公主關節，才奪得解頭。若不會夤緣鑽刺，也是不穩的。只這四大家尚且如此，何況他人？及至詩不成詩，而今世上不傳一首的，當時登第的元不少。看官，你道有什麼清頭在那裡？所以說：文章自古無憑據，惟願朱衣一點頭。」

與凌濛初相比，紀曉嵐不止認定科名有命，他甚至相信，連考官的批語也已

「前定」。景州方夔典曾向乩仙問科第。乩判曰：「場屋文字，只筆酣墨飽，書味盎然，即中式矣，何必預問乎？」方後中乾隆丙辰科進士，本房同考官出閱卷簿視之，所注批詞即此八字。《閱微草堂筆記》卷十四記下了這件事，並意味深長地設問道：「然則科名前定，並批詞亦前定乎？」

科名有命，文章無憑，似乎無庸諱言。那麼，科舉制度是否就全是一本亂賬呢？也不盡然。王德昭《清代科舉制度研究》做過一個統計：全國各省獲中會元、三鼎甲和傳臚的人數，清代以江蘇、浙江、安徽、直隸和山東等五省最多；此五省中，又依次以江蘇和浙江爲盛。這表明，「科舉考試，個人的中與不中，固與歸有光所說的撞著與否，關係極大，然就全體言，則學風和文風發達的程度，對於不同地區中額的高下，仍是決定的因素。」「凡屬經濟繁榮、文風興盛之區，科名亦盛。」這結論是公允的。

科名有命，文章無憑，這是否意味著考官可以不負責任呢？並不。紀曉嵐向來主張對不同對象說不同的話。科名有命，這話是對考生說的，意在勸他們遭受挫折時不要牢騷太盛；作爲考官，卻絕不能以此爲藉口，在評卷時粗心大意。嘉慶七年（一八〇二），七十九歲的紀曉嵐充會試正考官，作詩云：

行行朱字細參稽，甲乙紛更亦自迷。
眼底幾回分玉石，筆端一瞬判雲泥。
只愁俗耳音難賞，敢諉高才命不齊。
我有兒孫書要讀，曾看學使舊留題。

透過此詩，不難想見紀曉嵐閱卷的艱辛、認眞和負責。

藥不可妄服

大倡服藥的是中國的道教徒。他們相信，按照一定的方法長期服食雲母、硫黃之類的補品，就可以成仙。而爲士大夫文人所特別熟悉的一種藥，即「五石散」，三國時魏國的何晏是服這種藥的祖師。名爲「五石散」，大概是由石鐘乳、石硫黃、白石英、紫石英、赤石脂配成。據何晏自己說：「服用五石散，不但可以治病，而且覺得神明開朗。」既然如此，「五石散」的延年益壽的功效是不必懷疑的。其他的藥，也應有助於身體的健康。

但紀曉嵐不大相信藥的神奇功用，尤其反對「不得其法」的「妄服」。他的意見建立在對生活事實的觀察上。《閱微草堂筆記》卷十九載：

神仙服藥之事，不止一次見於雜書，也偶然能見到服藥的人。但不得其法，則反能為害。據戴遂堂先生說：曾見一人服食松脂十餘年，肌膚充溢，精神強固，自以為得力。一段時間後，覺得腹中小有不適，繼而患燥結之症，以麻仁等藥治之，無效，以硝黃等藥攻之，大便細如一線。這才明白，松脂粘掛在腸中，越積越厚，終至大便不通。因無藥可醫，竟困頓至死。又見一服硫黃的人，皮膚乾裂如磔，置冰上，痛才稍減。古詩「服藥求神仙，多為藥所誤」，豈不信哉！

紀曉嵐所載，令我們想起晉代名士皇甫謐。他寫過一篇文章，專談服用「五石散」之苦。其中有不少經驗之談。比如，他指出：「五石散」藥性極猛，一旦發作，弄不好便會喪命，或者發狂，本來很聰明的人會變得痴痴呆呆。晉人多性情古怪，脾氣暴烈，原因怕就在服藥太多。六朝的一篇志怪故事敘某人服藥後變成老虎，大約即意在嘲諷不近人情的「名士氣」。

紀曉嵐所載，還令我們想起南宋的陸游。陸游曾長時間相信服藥的好處，六十七歲時，還在《跋彩選》一文中說：「子宅、季思下世，忽已數年。予今年六十有七，覽此太息。然予方從事金丹。丹成，長生不死直餘事耳。後五百年，過雲門草堂故址，思昔作彩戲，豈非夢耶？」那時，他相信人可以成仙。但七十以後的陸游，閱歷更深，對服藥的看法有了改變。他的侄兒陸相，因服食兔絲子過多，以致背生癰疽。幸虧治療及時，才免於一死。陸游在《老學庵筆記》卷三中記下了這件事，並鄭重強調：「以此知非獨金石不可妄服，兔絲過餌亦能作疽如此，不可不戒。」

《閱微草堂筆記》卷八記有馮巨源與某道士的對話。巨源問：「服食延年，其法如何？」道士答：「藥所以攻我疾病，調補氣血，而非所以養生。方士所餌，不過草木金石。草木不能不朽腐，金石不能不消化。彼且不能自存，而謂借其餘氣，反長存乎？」道士所說，尤爲篤實可信。

四救先生

所謂「四救先生」，指的是某些幕僚，他們在辦案時，奉行四句口訣，即：救生不救死，救官不救民，救大不救小，救舊不救新。何以救生不救死呢？因爲死者已死，無法救活；生者還活著，又殺了他抵命，豈不是多死一人？何以救官不救民呢？因爲平民起巷訴官員，如果冤屈得伸，那麼官員的禍福難測；如果敗訴，平民也不過受到軍流的懲處。何以救大不救小呢？因爲罪歸上官，權位愈重譴愈重，且牽連必多；罪歸小官，權位輕者罰亦輕，且結案較易。何以救舊不求新呢？因爲舊官已經離任，羈留其身，也未必能償還欠額；新官才來，強行逼取，還可以措辦。

「四救先生」的做法，無疑違背了辦案的公正原則，因爲，即使「死者」、「平民」、「小官」、「新官」遭受了冤枉，「四救先生」也會心安理得地照「四救」的準繩辦理。在「四救先生」看來，這樣做是「以君子之心，行忠厚長者之事，非有所求取巧爲舞文，亦非有所恩仇私相報復。」對這樣的「忠厚長者」，紀曉嵐不以爲然，理由是：「矯枉過直，顧此失彼，本造福而反造孽，本弭事而反釀事。」於是在這篇志怪中，他以戲謔的筆墨讓「四救先生」們在來生中處於「四不救」的境地，讓他們有冤無處伸。

紀曉嵐反對無原則的忠厚，意在懲戒惡勢力，使這個世界多一分正氣，使善良人生活得安全些。姑容壞人，即等於欺壓好人，如此淺顯的道理，「四救先生」卻不明白，故紀曉嵐反復予以強調。

紀曉嵐的朋友田白岩，向他講過這樣一個故事：

有位額都統，在雲貴之間的山路上行進，見一道士將一漂亮女子按在石塊上，準備剖她的心。額都統急忙拍馬趕了過去，攔住道士的手。女子噭然一聲，化作火光飛走了。道士跌腳叫道：「您壞了我的事！這個妖怪已經殺了百餘人，捕斬她是爲了除害。但她取精已多，歲久通靈，斬她的頭則神逃去，所以必須剖心才能置之於死地。您今日放了她，又貽害無窮了。惜一猛虎之命，放歸深山，不知山澤中的麋鹿，又有多少被它吃掉！」說完把匕首放入匣中，恨恨地渡溪而去。

田白岩的故事，寓有「一家哭何如一路哭」之意。「一路哭」，即許多善良人遭到侵害；「一家哭」，即惡人受到懲處。爲了衆多善良人的利益，身爲執法官員，理應對壞人毫不容情。對此，紀曉嵐非常贊同，他舉例說：「姑容貪官污吏，自以爲陰功，人亦多稱爲忠厚；而窮民之賣兒貼婦，皆未一思，亦安用此長者乎？」其他情形可以類推。

《閱微草堂筆記》卷九寫到一位「老于幕府」的「余某」。他司刑名四十餘年。「存心忠厚，誓不敢妄殺一人」，結果卻是以忠厚積怨。曾夜夢數人浴血立，指責他說：「君知刻酷之積怨，不知忠厚亦能積怨也。夫煢煢孱弱，慘被人戕，就死之時，楚毒萬狀；孤魂飲泣，銜恨九泉，惟望強暴就誅，一申積憤。而君但見生者之可憫，不見死者之可悲，刀筆舞文，曲相開脫。遂使凶殘漏網，白骨沈冤。君試設身處地：如君無罪無辜，受人屠割，魂魄有知，旁觀審此案者改重傷爲輕，改多傷爲少，改理曲爲理直，改有心爲無心，使君切齒之仇，縱容脫械，仍縱橫於人世，君感乎怨乎？不考慮這些，而詡詡以縱惡爲陰功。彼枉死者，不仇君而仇誰乎？」余某聽罷，自悔昔日所見大錯。這正是紀曉嵐的意思。

三種人的素描

紀曉嵐在《閱微草堂筆記》卷一爲三種人各畫了一幅素描，他們分別是俗士、輕脫少年、老儒。時値朱藤花盛開，衆賓客會賞於司農田山薑家。「一俗士言詞猥鄙，喋喋不休，殊敗人意。一少年性輕脫，厭薄尤甚，斥勿多言。二人幾攘臂。一老儒和解之，俱不聽，亦慍形於色。滿坐爲之不樂。」坐中有呂道士，善幻術，「畫三符焚之」，三人遂不由自主地進入了痴迷狀態：

俗客趨東南角坐，喃喃自語。聽之，乃與妻妾談家事。一會兒左右回顧若和解，一會兒怡色自辯，一會兒引作罪狀，一會兒屈一膝，一會兒兩膝並屈，一會兒叩首不已。

少年則坐西南角花欄上，流目送盼，妮妮軟語。一會兒嬉笑，一會兒謙謝，一會兒低唱《浣紗記》，呦呦不已，手自按拍，極盡治蕩之態。

老儒則端坐石磴上，講《孟子》齊桓、晉文之事一章。字剖句析，指揮顧盼，如與四五人對語。忽搖首曰「不是」，忽瞋目曰「尙不解耶」，咯咯痨嗽仍不止。

三幅素描，精采之極。俗士之俗，少年之輕脫，老儒之拘迂，俱繪形繪聲，令讀者忍俊不禁。

作不淨觀

作不淨觀是佛家用語，意謂對那些使人迷戀的東西，應持續不斷地想像其醜陋之處，這樣就不會產生邪念了。比如《紅樓夢》中的賈瑞，他正照風月寶鑒，見到的是明艷動人的鳳姐，而反照風月寶鑒，卻「只見一個骷髏兒立在裡面」——這是設想鳳姐終歸會成爲一堆枯骨。這一設想，即作不淨觀。

《閱微草堂筆記》卷三載：

某書生寵愛一個孌童，親密有如夫婦。孌童病重將死，淒戀萬狀，已斷氣，還手持書生手腕，用力拉才分開。去世後，書生在夢中見到他；在燈前月下見到他，漸漸地，白天也見到，相離通常七、八尺遠。問他，不說話；叫他，不向前；走近他，卻又後退。由此惘惘成心病，符籙劾治均無效。其父只好令書生借住寺院，但願鬼不敢進入佛地。到寺院後，情形依舊。一老僧說：「種種魔障，都起於心。眞的是這個變童嗎？是你的心招致。不是這個變童嗎？是你的心幻成。只要你的心一片空無，一切都會消失。」又一位老僧說：「師父這是對下等人說上法，他無定力，心怎能空？正如只說病證，而不開藥方。」於是，這位老僧對書生說：「邪念糾結，如草生根，應當像物體在孔中一樣，用楔子將它擠出。你應當這樣想：這變童死後，他的身體漸漸僵冷，漸漸膨脹，漸漸發臭，漸漸腐爛，漸漸蛆蟲蠕動，漸漸臟腑碎裂，血肉狼藉，呈種種令人作嘔的顏色。他的面目，漸漸變貌，漸漸變色，以至於儼如羅剎。你這樣想，則恐怖之念自會產生。你接著這樣想；這個變童要是活著，日長一日，漸漸壯偉，無復媚態，漸至鬑鬑有鬚，漸至修髯如戟，漸至面色蒼然，漸至頭髮花白，漸至兩鬢如雪，漸至頭禿齒缺，漸至駝背咳嗽，涕淚涎沫，穢不可近。你這樣想，則厭棄之念自會產生。你再接著這樣想：這個變童先死，所以我思念他。如果我先死，他容貌姣好，定有人引誘，或餌之以利，或脅之以勢，他未必如寡女一般守貞節。一旦引去，薦他人枕席，我在生時對我的種種淫語，種種淫態，都轉向他人，供其娛樂；從前種種昵愛，如浮雲散天，一絲不存。你這樣想，則憤恚之念自生。你還接著這樣想：如果這個變童還活著，或恃寵跋扈，使我不堪，偶相觸忤，迎面辱罵；或我財不豐，不滿足其要求，頓生二心，表情冷淡；或見他人富貴，棄我他往，與我相遇如陌路人。你這樣想，則怨恨之念自生。各種念頭起伏生滅於胸中，於是心無餘閒；心無餘閒，則一切愛根欲根無處安放，一切魔障不祛自退。」書生照老僧所說的去做，數日間或見或不見，又過了數日，變童的影子終於徹底消失。

老僧教書生斷絕「愛欲」的方法即持續不斷地作不淨觀，或生恐怖之念，或生厭棄之念，或生憤恚之念，或生怨恨之念，諸念起伏生滅，終於使變童的幻影徹底消失。

作不淨觀亦可調換位置運用：某農家子爲狐所媚，思念不已。狐女被其眞情所感動，希望農家子能擺脫這種狀態，遂故意現出本形，「蒼毛修尾，鼻息咻咻，目睒睒如炬。」農家子見了，「自是病痊」。這位狐女，可算心靈美的典範。

師東方朔故智

東方朔與漢武帝同時，曾任太中大夫。他長於以滑稽的方式表達嚴肅的旨趣。一個故事說：

漢武帝要處死他的乳母，乳母向東方朔求救。東方朔告訴她：「皇上發怒時，倘若旁邊的人加以勸阻，只會死得更快。你在臨走時，只管頻頻回頭看我，我一定用奇妙的方法來反激皇上，使他悔悟。」乳母照東方朔的話去做。東方朔侍立在皇帝身邊，對乳母說：「你應該快點死掉，皇上如今已經長大了，難道還指望你哺乳嗎？」武帝聞言，心中傷悲，就赦免了乳母。

東方朔的這種計謀，在後世不乏仿效者。《閱微草堂筆記》卷七所載，即是一例：

雍正初年，李家庄佃戶董某的父親去世，遺下一牛，既老且跛，董某準備將它賣給屠肆。牛伺機逃走，來到董某父親的墓前，伏地僵臥，無論牽挽，還是鞭棰都不起來，只是搖尾長鳴。村裡人聽說了這事，陸陸續續來看。忽然，鄰居老人劉某憤然而至，用木杖敲擊著牛說：「他的父親掉在河中，與你有何相干？讓他隨波漂流，被魚鱉吃掉，豈不是很好？你無故多事，把他帶出水面，多活十餘年，以致他活著要奉養，病了要醫藥，死了要棺斂，而且留此一墳，每年都需要祭掃，爲董氏子孫添了無窮累贅。你的罪太大了，死是你的本分，還哞哞地叫個什麼！」原來，董某之父親曾落在深水中，牛隨之跳入，董某之父牽其尾而出。起初董某不知道此事，聽說後大爲慚愧，自己抽自己的耳光說：「我眞不是人！」連忙牽回。數月後，牛病死，哭著掩埋了它。這位劉叟，殊有滑稽風，與東方朔救漢武帝乳母一事竟然暗合。

劉叟或許並非有意模仿東方朔，但無心而暗合，正表明東方朔故智已成爲一種民族智慧。

紀伯倫說：

幽默感就是分寸感。

斯威夫特說：

有許多眞實的話都是在笑話中講出來的。

看來，東西方的人生智慧是可以互通的。

曠達是牢騷

宋哲宗紹聖四年（一〇九七），被貶謫到惠州的蘇軾寫了一首《縱筆》詩：

白頭蕭散滿霜風，小閣藤床寄病容。
報道先生春睡美，道人輕打五更鐘。

據曾季貍《艇齋詩話》說，宰相章惇見了這首詩，說：「原來蘇東坡過得滿舒服！」於是下令將蘇軾貶謫到更遠的儋耳（今屬海南省）。

蘇軾因詩賈禍，紀曉嵐在批注蘇詩時說：「此詩無所譏諷，竟亦賈禍，蓋失意之人作曠達語，正是極牢騷耳。」

《閱微草堂筆記》卷十將「曠達是牢騷」的旨趣發揮得尤爲淋漓盡致：

海寧陳文勤公曾在某人家遇見扶乩，降壇者是安溪李文貞公。文勤拜問處世之道，文貞的判詞說：「得意時不要太快意，失意時不要太快口，就能永保吉祥。」文勤終身誦之。曾教誨弟子說：「得意時不要太快意，稍懂利害關係的人都能做到；失意時不要太快口，則有些賢者也未必做得很好。所謂快口，並非僅指怨尤，夷然不屑，故作曠達之語，其招致禍患有甚於怨尤。」我因而想起高祖《花王閣剩稿》中載宋盛陽先生贈詩，有句云：「狂奴猶故態，曠達是牢騷。」與文勤公所論，簡直完全一致。

「人家有奇器妙跡，終非佳事」

「人家有奇器妙跡，終非佳事。」這是紀曉嵐之父紀容舒的話。紀容舒還舉了一件眞事爲據：

癸巳同年牟瀜家有一硯，天然的鵝卵形，正紫色，一众鴝眼如豆大，突出於墨池中間，旋螺紋理分明，瞳子炯炯有神。撫之，滑不留手。敲之，堅如金鐵。呵之，水出如同露珠。下墨無聲，磨數遍即成濃瀋。沒有款識銘語，大約是愛其渾成，不想椎鑿。硯匣用紫檀根雕成；出入無礙，而包裹無一絲縫隙，搖之無聲。背有「紫桃軒」三字，其小如豆，由此知道這是明代太僕李日華的故物。我平生所見宋硯，這是第一。但後來，牟瀜因珍惜此硯觸忤上司，差點遭遇不測之禍，憤恚之下，竟將硯撞碎。禍快要發生時，夜間聞硯若有呻吟之聲。（《閱微草堂筆記》卷十四）

與牟瀜的遭遇相類似的事，史不絕書。

據明沈德符《野獲編》卷二「僞畫致禍」載：嚴嵩權勢煊赫時，「以諸珍寶盈溢，遂及書畫古董雅事。」聽說有宋代張擇端畫的《淸明上河圖》手卷，在故相王鏊胄子家，遂托王𤩽（著名文學家王世貞之父）去買，但王鏊不賣。嚴氏力索，王𤩽只好以摹本應命，後被人說出並非眞本，嚴氏惱羞成怒，遂決意殺害王𤩽。王𤩽並非《淸明上河圖》眞跡的收藏者，而《淸明上河圖》眞跡畢竟是致禍之由。

牟瀜、王𤩽均爲眞實人物。小說中人物因家有奇器妙跡而被害者，也不乏其例。比如《紅樓夢》中的石呆子。他窮得連飯也吃不飽，卻擁有二十把精美絕倫的舊扇子，且皆是古人寫畫眞跡。賈赦知道後逼著要買，石呆子抵死不肯，說：「要扇子先要我的命！」後來被賈雨村訛爲拖欠官銀，扇子被抄沒，石呆子憤而自盡。

清代蒲松齡的傳奇小說《石清虛》也是一個悲劇故事。邢雲飛酷愛佳石，往往不惜重金購買。一次在河中捕魚，意外得到一片徑尺之石，「四面玲瓏，峰巒疊秀。」「每值天欲雨，則孔孔生雲，遙望如塞新絮。」由於這片佳石，招致了多次巧取豪奪。某尚書的行徑是格外卑鄙的。他欲以百金購石，被拒絕，於是陷害邢雲飛，將邢收入獄中。邢的妻子獻石於尚書，才得以釋放。「邢出獄始知，罵妻毆子，屢欲自縊。」蒲松齡評論說：「物之尤者禍之府。至欲以身殉石，亦痴甚矣！」與紀容舒所論有相通之處。

《閱微草堂筆記》卷十一載：

高西園曾夢見一位客人前來造訪，名片是司馬相如。因驚奇而醒來，不知道是何吉兆。過了數天，無意中得到一枚司馬相如玉印，古澤斑駁，篆法精妙，眞是昆吾刀刻。常常佩戴在身上，不是特別親密的人不能見到。在鹽場做官時，德州盧雅雨任兩淮運使，聽說有這樣一枚玉印，燕見時提出想看一看。西園離席半跪，正色陳述道：「在下一生結交朋友，所有一切都可與朋友共享，不可以共享的只有二物：此印及荆妻。」盧丈笑著讓他走，說道：「誰要奪你所愛，就痴到這個程度！」西園畫品絕高，晚年得四肢癱瘓的病，右臂偏枯，遂以左手揮筆，雖生硬倔強，竟更具別趣。詩格尤灑脫。儘管寄身於微官，蹉跎而死，但在時士大夫中，猶能追隨前輩風流。

雅雨是盧見曾（一六九〇—一七六八）的別號，字泊園，又字抱孫，德州人。康熙六十年進士，歷官洪雅知縣、灤州知縣、永平知府、兩淮鹽運使等。性度高廓，不拘小節，形貌矮瘦，人稱「矮盧」。學詩於王漁洋、田山薑，有詩名，愛才好客，四方名士咸集，流連唱和，一時稱爲海內宗匠。他索觀司馬相如玉印，西園不予，僅一笑而罷，不愧「宗匠」之稱。倘居上位者皆能如此，則「人家有奇器妙跡」亦未嘗非「佳事」。

世態炎涼

唐代詩人武瓘《感事》詩云：

花開蝶滿枝，花謝蝶還稀。
唯有舊巢燕，主人貧亦歸。

武瓘將蝴蝶和燕子的性情作了比較。當鮮花盛開的時候，蝴蝶駕了輕風，雄赳赳地飛過來，落得滿枝都是，儼然成了群芳的主人。花衰老了，枯萎了，越來越需要得到安慰，蝴蝶卻扇著翅膀遠走高飛了。燕子則生性戀舊。它們選準一家做主人，在屋樑上築巢，又精巧，又穩當。一年一度，它們每年都回到這兒。主人家變窮了，顧不得修理房子，看上去一年不如一年，燕子也還是不遷居，好像是要用這樸樸實實的舉動帶給主人幾分快樂，幾分慰藉。

蝴蝶和燕子象徵著生活中的兩類人。一類人像蝴蝶，誰得意，他們就跟著誰；一類人則像燕子，他們看重的是故交之間的情誼，不在乎地位的升降。

唐懿宗咸通年間（八六〇—八七四），武瓘赴京參加進士考試，他把這首《感事》呈給主考官蕭倣。蕭倣品味一番，很欣賞武瓘對燕子的不勢利品格的推崇，於是錄取了他。

無論是武璀之寫作《感事》，還是蕭儆之欣賞《感事》，都表明世態炎涼，不追逐勢利的君子太少。紀曉嵐置身官場數十年，在這方面感受亦深。《閱微草堂筆記》卷二十一所載，尤爲眞切地展示了「有利生親」、「無利生疏」的淺薄世風：

有位門人曾在雲南做縣令，他家道貧寒，只帶了一個兒子，一個書僮，拮据前往，在省城等待補缺。過了好久，被任爲某縣縣令，在雲南中部，是比較富裕的地方。但距省城甚遠，其老家又處於荒村，寄信很不容易。偶然收到一封信，亦不免時日遷延，故與妻子幾乎斷了音訊。只是在坊本搢紳目錄中，查得他在某縣做官而已。偶因一僕人狡詐舞弊，縣令在予以杖責後驅逐了他，此僕懷恨在心。縣令家的事情他頗爲知悉，因僞造書僮的信說：主人父子先後去世，如今兩具靈柩尚在佛寺，當借錢來迎。並陳述遺命，處理家事甚是詳細。當初，縣令赴雲南時，親友以爲，他性情樸訥，未必能補缺；即縣令補缺，也不會有好地方。後來聽說在此縣做官，才稍稍親近，並有周恤其家的，有時相饋問的。他兒子如有所借貸，別人也答應，還有結爲兒女親家的。鄉人有宴會，他兒子沒有不參與的。等收到這封信，都大爲沮喪，有來吊唁的，有不來吊唁的。漸漸有逼債的，有在途中相遇好似不認識的。僮僕婢媪皆散，不到半年，門庭冷落，再無人光顧。不久，縣令托一位進京的官員寄來千二百金，才知道前面那封信是假的。全家破涕爲笑，如在夢中。親友亦漸相親近，後來縣令寫信給自己親密的人說：「一貴一賤之態，身歷者多矣；一貧一富之態，身歷者亦多矣。若夫生而忽死，死逾半載而復生，中間情事，能以一身親歷者，僕殆第一人矣。」

紀曉嵐這位門人的感慨何其深也！其實又何必感慨？「以勢交者，勢敗則離；以財交者，財盡則散。」古今都是如此，唯有冷眼對之。紀曉嵐深諳此理，故雖極盡調侃之能事，卻並未惡語相加，如卷九的一則：

炎涼轉瞬，即鬼魅亦然。程魚門編修說：「文莊公王遇陪祀北郊，必借宿安定門外一墳園。園故有祟，文莊弗睹。一歲，燈下有所睹，半年後文莊去世。世所謂山鬼能知一歲事！」

連鬼魅也趨炎避涼，犯得著去痛斥一頓嗎？譬如「王公貴人，辱罵其僕從，在僕從未必辱，而自己反損威重矣。」（袁枚《隨園詩話》補遺卷六）調侃一番，就足夠了。

唐代王梵志有一首詩，題爲《吾富有錢時》：

吾富有錢時，婦兒看我好。
吾若脫衣裳，與吾疊袍襖。
吾出經求去，送吾即上道。
將錢入舍來，見吾滿面笑。
繞吾白鴿旋，恰似鸚鵡鳥。
邂逅暫時貧，看吾即貌誚。
人有七貧時，七富還相報。
圖財不顧人，且看來時道。

家庭之內，亦因貧富變冷暖，誠如蘇秦所說：「嗟乎，貧窮則父母不子，富貴則親戚畏懼，人生世上，勢位富貴，盍可忽乎哉！」也許，這話不該在談紀曉嵐時提到；因爲，紀曉嵐決不會贊同這種策士的人生觀。

熟能生巧

熟能生巧，意謂熟練了就能產生巧辦法，或找出竅門。

北宋歐陽修的《歸田錄》中，記一個賣油翁的卓越技能，頗有情趣，大意是說：

陳堯咨的射技極好，當世無雙，堯咨亦以此自誇。一次，在自家的花園中習射，有個賣油翁放下擔子站著看他射箭，長時間不離開。見堯咨十中八九，只是微微點頭，並不表示特別佩服。堯咨忍不住問他：「你也知道射箭嗎？我射箭的本領不是很高明嗎？」賣油翁道：「沒有別的，只不過手熟罷了。」堯咨很生氣地說：「你竟敢輕視我射箭的本領？」賣油翁道：「憑我倒油的經驗就知道這不過是手熟。」於是取一個葫蘆放在地上，拿錢蓋住葫蘆口，用油杓舀起油慢慢地注入葫蘆，油從錢孔入，而錢不濕。然後說道：「我也沒有別的，只不過手熟罷了。」堯咨笑著打發他走了。

歐陽修記完了這件事，歸結說：這和莊子講的庖丁解牛、輪扁斫輪又有什麼兩樣呢？「庖丁解牛」敘述一個廚師很會剖牛，後者敘述一個匠人輪扁很會做車輪。二者都意在說明，只要反覆實踐，就能達到熟能生巧的境地。

《閱微草堂筆記》卷十一所記唐打虎之事，亦寓熟能生巧之旨：

族兄中涵做旌德縣令時，城區附近有老虎行兇，傷獵人數位，沒法捕獲。縣裡人說：「不請來徽州唐打獵，不能除此患。」於是派官吏持幣前往。回來報告說：「唐家選了手藝極精的兩人，馬上到了。」來的一個是老頭，鬚髮皓然，喉中不時地咯咯作嗽；一個是童子，才十六、七歲。中涵大爲失望，姑且叫人爲他們準備飯菜。老人察覺到中涵意有不滿，說：「聽說此虎離城不到五里，先補殺了他，再吃不晚。」於是命吏役帶他去。來到山谷口，不敢再走。老頭笑道：「我在，你還怕嗎？」進入山谷，約走了一半路程，老頭回顧童子說：「這畜牲好像還在睡覺，你把它叫醒。」童子學著老虎發出嘯聲。老虎果然從林中奔出，直撲老頭。老頭手持一短柄斧，長八、九寸，橫四、五寸，奮臂挺立。當虎撲過來時，側著頭讓開。老虎從頂上躍過，已流著血倒在地上。自首至尾，都被斧子劃開。中涵遂厚贈禮物送他回去。老頭自言煉臂十年，煉目十年。其目以毛帚掃之不瞬，其臂使壯夫攀之，懸身下縋不能動。《莊子》說：「習伏衆神，巧者不過習者之門。」的確如此。曾見舍人史嗣彪，暗中揮筆書條幅，與秉燭沒有差別。又聞靜海勵文恪公，剪方寸紙一百片，書一字其上，片片向日疊映，無一筆絲毫出入。均習而矣，並非別有技巧。

「熟能生巧」，這話的意思許多人都懂；但眞能照著去做、持之以恆地完成一件事業的，卻似乎不是太多。非知之難，行之難也。

羅丹說：

任何倏忽的靈感事實上不能代替長期的功夫。

旨哉此言！

對子女不可溺愛

顏之推是南北朝梁時極淵博的學者。所著《顏氏家訓》中有《教子》一篇，反覆強調「教子宜早」，有愛有教，才能收到「父母威嚴而有慈，則子女畏愼而生孝」的效果，否則，子女將成爲「敗德」之人。他舉了正反兩個例子來說明其觀點。正面的例子是：王僧辯的母親魏夫人，性情嚴正，僧辯在湓城時，身爲率三千人之將，年過四十，稍不如意，仍加捶楚，所以能成就王僧辯的勛業。反面的例子是：梁元帝時，有一讀書人，爲父所寵，一句話說對了，就遍告行路的人，終年稱讚不休，一件事做錯了，就遮蓋掩蔽，文過飾非，希望他自己改正。這個讀書人到了結婚做官的年齡時，凶暴傲慢的習氣一天甚於一天，終因說話不檢點被周逖殘酷處死。顏之推在這裡所強調的是：對子女萬不可溺愛；父母施教務必嚴正。

在子女教育的問題上，紀曉嵐與顏之推持相同見解。而且，紀曉嵐指出，不止是父母，其他長輩（如叔父、繼母）亦應對孩子嚴加督責，否則就是失職。

《閱微草堂筆記》卷七敘：

張二酉、張三辰，這是兩兄弟。二酉先去世，三辰撫養侄兒有如自己所生，經理田產，謀畫婚娶，都盡心竭力。侄兒患肺結核，爲之經營醫藥，幾乎到了廢寢忘食的程度。侄兒死後，常忽忽不樂，若有所失。過了幾年身患重病，昏瞀中自言自語道：「眞是怪事！剛才到陰間，二兄起訴我殺了他的兒子，斬了他的後祀，這豈不冤枉！」從此口中不時地喃喃自語，語音模糊不清。一天略微清醒些，說：的確是我錯了。兄在閻羅王面前指責我說：「這孩子並非不可教育的人，你是叔父，比父親差不了多少。但你知養而不知教，任他爲所欲爲，怕違反他的意願。他最終恣情花柳，得惡疾而死，不是你殺他是誰？我神情茫然，無以爲答。我後悔已經晚了。」反手自椎而死。三辰的所作所爲，亦末俗之所難。說他殺死了侄兒，是因爲《春秋》要求賢者盡善盡美，但不能說三酉苛求太甚。平定人王執信，是我乙卯年所錄取的考生。請我爲他的繼母寫墓誌銘，稱母生一弟，名執蒲；庶出一弟，名執璧。平時飲食衣服，三子無所區別；遇有過錯，責罵捶楚，亦三子無所區別。繼母之賢惠，這幾句話概括無遺了。

這一則顯示了紀曉嵐對生活的獨到觀察。一般說來，親生父母對孩子嚴加管教並不罕見，但叔父、繼母卻因避嫌之故，多重養輕教。紀曉嵐不滿於張三辰而爲王執信的繼母喝采，即旨在勉勵諸位長輩莫因避嫌放鬆對孩子的管理。

卷八甚至將溺愛與復仇相提並論：

一世家子弟，因奢侈放縱被依法制裁。死後數年，親串中有人召仙，這世家子弟忽然附乩自道姓名，且陳說他的愧悔之意。隨後，他又寫道：「我家訓飭子弟本來很嚴。我之所以遭遇災禍，是因爲祖母過於溺愛，養成驕恣之性，所以踏進陷阱還不知道。雖然如此，但我不恨祖母。我在上一輩子，欠祖母一條命，所以這一輩子以溺愛的方式殺我，隱報其仇。因果牽纏，並非偶然。」觀者皆爲嘆息。夫復仇而爲逆子，古已有之。復仇而爲慈母，還從未見過這樣的記載。但據其所言，乃鑿然中理。

視溺愛爲殺人的一種方式，也許言重了些。但溺愛之有百害無一益，卻毋庸置疑。所有爲人父母和長輩者，都應將紀曉嵐的忠告銘刻在心。正如盧梭所說：

你知道用什麼方法一定可以使你的孩子成爲不幸的人嗎？這個方法就是對他百依百順。

強中更有強中手

中國民間的格言中，「強中更有強中手」是婦孺皆知的，有關的佐證這一論斷的例子比比皆是。一則志怪故事說：漢武帝延和三年，西胡月支國獻猛獸一頭，形如五、六十日新生的小狗，和狸貓差不多大，拖著一條黃尾巴。那國使抱在手裡，進門來獻。武帝見它生得猥瑣，笑道：「此小物，何謂猛獸？」使者答道：「夫威加於百禽者，不必計其大小，所以神麟爲巨象之王，鳳凰爲大鵬之宗。」武帝不信，要聽聽猛獸的叫聲。使者將手一指，此獸搖首舐唇，猛發一聲，便如平地上起驚雷，兩目閃爍，射出兩道電光。武帝頓時顛出亢金椅子，急掩兩耳，不停發抖。身邊的侍從及仗下軍士，手中拿的東西全被震落。武帝不悅，即傳旨意，命將此獸付上林苑中，待群虎食之。結果是令人驚詫不已的：群虎一見此獸，都縮做一堆，雙膝跪倒。

晚明小說家凌濛初在《拍案驚奇》卷三引述了西胡月支國猛獸的故事後，感嘆道：「猛悍到了虎豹，卻乃怕此小物。所以人之膂力強弱，智術長短，沒個限數。正是：強中更有強中手，莫向人前誇大口。」「天地間，有一物必有一制，誇不得高，恃不得強。」

《閱微草堂筆記》卷十四轉述毛其人講的一個故事。也寓有「強中更有強中手」的旨趣：

有位姓耿的人，勇敢而蠻橫。在山路上遇見老虎，揮棍棒而鬥，老虎居然逃走，耿某自以爲是中黃、佽飛一流人物。偶然聽說某寺後多鬼，經常捉弄醉人，憤怒地前去驅逐。一群愛多事的人隨他同往。到寺院時，已是傍晚時分，於是縱飲至夜，坐後牆上等待鬼來。二更後，隱隱聽到呼嘯聲，遂高叫道：「耿某在此。」忽然人影無數；一湧而至，都吃吃笑道：「是你嗎，容易對付。」耿憤怒地跳了下來，鬼影則像鳥獸般散去，遠遠地叫著他的姓名而罵。往東追則在西，往西追則在東，此沒彼出，倏忽千變。耿像風輪一般四處旋轉，卻始終未見一鬼，疲極欲返，鬼又用嘲笑來反激他。漸引漸遠，忽一奇鬼當路而立，鋸牙電目，張爪欲搏。連忙揮拳打去，竟不由自主地摔倒在地，手指折斷，手掌裂開，原來錯打在墓碑上了。群鬼齊聲道：「好勇敢！」轉眼全消失了。各位在一旁觀戰的人聽耿某呼痛，一起將他抬了回來。臥床數日，才能站立，右手已成殘廢。從此猛氣都盡，竟有了唾面自乾的涵養。夫能與虓虎敵，而不能不爲鬼所困，是因爲虎鬥力而鬼鬥智。以有限之力，欲勝無窮之變幻，豈非天下之痴人？但一懲即戒，毅然自返，雖謂之大智慧人，亦無不可。

道家哲學向來主張以柔克剛。老子說：「天下沒有比水更柔弱的東西，而攻擊堅強的力量沒有能勝過它的。」「天下最柔弱的東西，能在堅硬的東西中穿來穿去。」如果我們將以柔克剛理解爲用智慧戰勝勇力，對「強中更有強中手」的內涵就能體悟更深，因爲，「強」常常不表現在勇力上，而表現在智慧上。耿某力能勝虎，而智不敵鬼，可見鬥智比鬥力更重要。

同類可畏

一天，幾個朋友聚會，在酒席上宣布罰酒的規定說：「各言所畏，無理者罰，非所獨畏者亦罰。」朋友們各抒己見，「有云畏講學者，有云畏名士者，有云畏富人者，有云畏貴官者，有云畏善諛者，有云畏過謙者，有云畏禮法周密者，有云畏緘默愼重、欲言不言者。」最後問到狐友，他出人意料地說：「吾畏狐。」大家都感到荒唐，因爲：「人畏狐可也，君爲同類，何所畏？」狐友的解釋是耐人尋味的，他指出：

天下惟同類可畏也。甌、越之人，與奚、霫不爭地；江海之人，與車馬不爭路，是因爲類別不同。凡爭產者，必同父之子；凡爭寵者，必同夫之妻；凡爭權者，必同官之士；凡爭利者，必同市之賈。勢近則相礙，相礙則相傾軋。且射雉者媒以雉，不媒以雞鶩；捕鹿者由以鹿，不由以羊豕。凡反間內應，亦必用其同類；非其同類，不能投其好而入，伺其隙而抵。由此看來，狐豈能不怕狐？

這一席狐談，尖銳地揭露了人與人之間利害相爭、爾虞我詐的關係，難怪宴席上幾位「經歷險阻」的賓客會「稱其中理」了。

美國的布恩哈特著有《嫉妒》一書，他談到了幾種類型的嫉妒，比如：

兒童的嫉妒　兄弟姐妹間的競爭或兒童嫉妒通常來自於對父母鍾愛的爭奪。兒童可能會用大喊大叫或打鬧來表示嫉妒。這類兒童可能多次威脅說要殺死或弄傷他的兄弟或姐妹，但實際上通常只是揍上一頓了事。他們常常學著採用更爲隱蔽的方法來表達他們的敵意，諸如貶低對方，輕蔑地稱呼對方的名字、饒舌等等，兒童的嫉妒通常與早期發展階段中分離和喪親的次數直接相關。

青少年的嫉妒　青少年都希望自己有許多伙伴，他們不斷地變更和建立新的關係，並且已開始注意很多異性具有吸引力。青少年嫉妒的方式不同於兒童，由通常被稱作的貶低或發火變成了正常的表達。

男人的嫉妒　男人將嫉妒看作是對手和自己之間的競爭。

女人的嫉妒　與男人的嫉妒相比，女人發現的是「對手」對關係的威脅。

在布恩哈特的描述中，我注意到嫉妒往往產生於同類之間這一事實。的確，「同類可畏」，兩個生活圈子不同的人，相互之間產生敵意的可能性要小得多。

耶穌說：

人的仇敵，就是自己家裡的人。

兄弟要陷害兄弟，而置之死地。

看來，耶穌的門徒，也令人望而生畏。

麗女假托爲狐

明清時代，狐幻化爲美女與人戀愛的故事，比比皆是，尤以蒲松齡《聊齋誌異》中爲多。而麗女假托爲狐則較爲少見。《閱微草堂筆記》卷十三載：

某游士在廣陵納一妾，文墨頗爲嫻熟。兩人情意相得，不時在閨中唱和。一天，夜飲歸來，僮婢已睡，室內暗無燈光。進來一看，寂然無聲，惟書桌上放著信札，上寫道：「妾本狐女，僻處山林。因上輩子的欠債要還，故從君半年。如今業緣已盡，不敢滯留。本想待君歸來，以伸永別之情，又恐兩相淒戀，更令人傷感。所以忍痛而去，不敢再見。臨風回首，百結柔腸。或由此一念，三生石上，再種後緣，也不可知。諸惟自愛，萬勿因一女子損傷精神。如能這樣，則妾身雖去而心尚可稍感寬慰。」某得信傷感，拿給朋友們看，都慨嘆不已。因為古書中記有這種事情，也未產生懷疑。一個月後，妾和她的情人一起北上，舟行被盜，向官府報案，等待追捕；在淮上稽留了幾個月，事情的眞相才暴露。原來，她母親又將她賣給了別人，故假托為狐女脫身而去。周書昌說：「這是眞狐女，何僞之云？我擔心志怪小說中所載，始遇仙姬，久而捨去者，其中就不無此類情形！」

這一則有三點值得注意。一，麗女假托為狐，以成其奸謀，故事寓有諷世之意。二，周書昌據此推論，認為「誌異諸書所載，始遇仙姬，久而捨去者」，其中可能就有這種情形，這是對人、狐戀愛故事的頗為高明的解構。三，「狐化為美女」，這是一個已經老化的故事套路。經過人們的反覆使用，它已不能引起讀者的新鮮感。但老化的套路也可被賦予新意。有人舉過一個例子，「遍體鱗傷」譯成英語的時候（be covered with bruises like the scdes of a fish——「身上傷痕遍佈有如魚鱗」），便重新以其鮮明的具象的悲慘令人震驚。與這種從新的角度來調整語言結構的技巧相似，紀曉嵐反用「狐化爲人」的構思，變爲「人托爲狐」，經過他的「陌生化」處理，讀者又被帶回到了新鮮的感覺中。單憑這一點，我們也得感謝紀曉嵐。

就諷世而言，《閱微草堂筆記》卷二所載也許更加辛辣：

京城中一座住宅，離空花園很近，花園中原本多狐。一位漂亮婦女，在夜間越過矮牆，與鄰居少年狎玩。起初，怕事情洩露，假造了一個姓名。後來，兩情逐漸融洽，估計不會被拋棄，遂冒充是花園中的狐女。鄰居少年喜歡她的漂亮，也不疑拒。過了一段時間，忽然有狐在此婦家的屋頂扔瓦罵道：「我在花園住的時間長，小兒女戲拋磚石，驚動鄰里，此事容或有之，但實無冶蕩蠱惑之事。你爲何污蔑我？」事情遂洩露了出來。

故事確鑿無疑地寓有「人不如狐」之旨，如紀曉嵐所說：「人善媚者比之狐，此狐乃貞於人。」比狐更爲冶蕩，已到無以復加的程度了。

長隨與中山狼

明代馬中錫的《中山狼傳》說，趙簡子在中山打獵，一隻狼中箭而逃；趙在後追捕。東郭先生從那兒路過，狼向他求救。東郭先生動了憐憫之心，把狼藏在書囊中，騙過了趙簡子。狼活命後卻要吃掉救命恩人東郭先生。通常用來比喻恩將仇報、沒有良心的人。

紀曉嵐曾將長隨與中山狼聯在一起。長隨，指隨從官吏聽侯使喚的僕役。《閱微草堂筆記》卷四載：

百工技藝，各祭祀一神爲祖。倡族祭祀管仲，因女閭三百之故。伶人祭祀唐玄宗，因梨園子弟之故。這些都很合典制。胥吏祭祀蕭何、曹參，木工祭祀魯班，這也可以說得通。長隨所祀曰鍾山郎，閉門夜奠，諱之莫深，竟不知是何神。曲阜顏介子曰：「必中山狼之轉音。」我的父親姚安公說：「這不一定如此，也不一定不如此。郢書燕說，固未爲無益。」

據紀曉嵐觀察，州縣官的隨從僕役，姓名籍貫皆無一定，「蓋預防奸贓敗露，使無可踪跡追捕也。」某長隨，在陳石窗家自稱山東朱文，在梁潤堂家則自稱河南李定。囊篋中有一小冊，「作蠅頭小字，記所閱凡十七官，每官皆疏其陰事，詳載某時某地，某人與聞，某人旁睹，以及往來書札、讞斷案牘，無一不備錄。」目的是挾制這些官員。其妻即某官之侍婢，盜之竊逃，留一函於茶几上，某官居然不敢追查。如此長隨，眞令作官者不寒而慄了。

《紅樓夢》中有個孫紹祖，是賈迎春的丈夫。孫家祖上係軍官出身，是當日寧榮府上的門生，彼此有世交之誼。孫紹祖世襲指揮之職，家資饒富，相貌魁梧，弓馬嫻熟，善於應酬權變。賈赦見是世交之孫，又覺人品家當都相稱，故將其女賈迎春許配於他。婚後孫紹祖劣性不改，沈溺酒色，家中所有的女僕丫頭幾乎都被他淫遍；還向丈人逼債，並百般虐待迎春至死。這樣一個「得志便猖狂」的「中山狼」式的人物，其社會地位自是高於長隨，但品性卻同樣的卑鄙可惡。

此地無銀三百兩

一則民間故事說，有人把銀埋在地裡，上面寫了個「此地無銀三百兩」的字牌，鄰居李四看到字牌，挖出銀子，在字牌的另一面寫上「對門李四未曾偷」。通常用來比喻打出的幌子正好暴露了所要掩飾的內容。

紀曉嵐對生活中「此地無銀三百兩」的現象一定見得極多，否則他不會反覆地陳述這一主題。作爲例證，我們來欣賞兩則。

《閱微草堂筆記》卷十三：

孫協飛先生夜宿山家，聞了鳥（了鳥，門上鐵繫也。）丁東聲，問爲誰？門外小語曰：「我非鬼非魅，鄰女欲有所白也。」先生曰：「誰呼汝爲鬼魅而先辯非鬼非魅也？非欲蓋彌彰乎！」再聽之，寂無聲矣。

「欲蓋彌彰」的意思是，想要掩蓋事實的眞相，結果反而更加暴露出來。自稱非鬼非魅，正表明了其鬼魅的身份。

《閱微草堂筆記》卷十一所載，包含了一個較爲曲折的故事：

某世家子讀書於墳園。園外居民數十家，都是大家族的守墓者。一天清晨，在牆缺處見一漂亮女子露出半面，正要注視，已經避開。過了幾天，見她在牆外採野花，時時凝眸望著牆內，有時居然登上牆缺，露出半身。世家子以爲這是鄰居女子，不免想入非非。又想到，居住此地的多是粗材，不應有此漂亮女子；另外，所見到的都穿粗布衣服，不應此女打扮得特別好。故懷疑她是狐鬼。所以，雖然流目送盼，但從未講過一句話。一天晚上，獨自站在樹下，聽到牆外兩個女子在低聲談話。一女說：「你意中人正在月下散步，何不去親近親近？」一女說：「他正懷疑我是狐鬼，何必徒然使他驚恐？」一女又說：「青天白日，哪有狐鬼？痴兒如此不懂事！」世家子聽了，暗暗高興，攬衣欲出；忽然醒悟道：「自稱不是狐鬼，其爲狐鬼無疑。天下小人，從沒有自稱小人的，非但不自稱小人，並且無不痛詆小人以證明自己不是小人。這個妖怪玩的就是這一套。」不顧而返。此日秘密察訪，鄰舍中果然沒有這兩個女子。此二女也不再來。

故事中的世家子，畢竟有些閱歷，否則就會受騙。「天下小人，未有自稱小人者，豈惟不自稱，且無不痛詆小人以自明非小人者。」警世良言，值得記取。

對那些熱衷於自我標榜的人，我們要多點心眼。

庸人自擾

俗話說：「疑心生暗鬼。」唐代皇甫氏的《原化記》中，有篇《京都儒士》，刻畫某書生在「凶宅」中的所作所爲，很是幽默風趣。話說某書生自誇膽氣過人，獨宿一「凶宅」中。但他其實非常膽小，故壓根兒不敢睡，只是滅燈抱劍而坐，驚恐不已。三更時分，月光斜照窗隙，見衣架上好像有鳥在扇動翅膀。書生鼓起勇氣勉強站了起來，拔劍一揮，那東西應手落壁，磕然有聲。後復歸於寂靜。到五更，忽然又有東西上台階推門，門不開；這東西在狗洞中伸出頭來，呼哧呼哧地喘氣。書生驚恐萬分，揮劍砍去；兩腿發軟，不覺倒地。劍失手拋落，又不敢尋。擔心這東西進來，只好蜷伏在床下，一動也不敢動。書生自以爲是在與妖怪搏鬥，其實大謬不然：他所砍的鳥，乃是一頂又舊又破爛的帽子；第二次砍殺的「怪物」，是他所騎的驢，驢嘴已被斫傷。

京都儒士的滑稽情形，令我們想起一句格言：「世上本無事，庸人自擾之。」《閱微草堂筆記》卷七的一則，所表達的正是這一旨趣：

雍正十二年，我初次隨父親到京城。聽說某御史性情多疑，最初在永光寺買一宅，其地空曠。擔心有盜賊，每晚派好幾位家奴輪番敲打鈴柝；還怕他們鬆懈，即使嚴寒溽暑，也一定要親自秉燭巡視。因不勝其勞，另在西河沿典買一宅，這裡屬於鬧市區。又擔心火災，每間房都備有儲水甕。到夜間，鈴柝巡視，一如在永光寺時。因不勝其勞，再於虎坊橋東典買一宅，與我們的住宅僅隔數家。見屋宇幽深，又擔心有妖怪。先請和尚誦經，放焰口，一連數天，鈸鼓錚錚，說是度鬼；再請道士設壇召將，懸符持咒，一連數天鈸鼓錚錚，說是驅狐。這住宅本沒有什麼，從此以後，妖怪大作，拋磚擲瓦，偷竊器物，沒有哪一夜得以安居。婢嫗僕隸，因緣爲奸，造成的損失難以計算。論者都說妖由人興。

庸人自擾，一般說來，不會造成重大的悲劇後果。京都儒士雖然「驚悸旬日方愈」，亦無大礙；御史某公一再遷居，也只是損失了些財產，浪費了些精力。但從藝術的眼光看，生活因此變得過於委瑣、過於卑陋，損失是太大了。

清代蒲松齡寫過一篇小說，題爲《狐嫁女》。記某凶宅無人敢居，而膽略過人的殷天官卻坦然地在其中睡了一夜。遇到妖怪了嗎？遇到了。只是，忙於嫁女的狐精非但未加害於他，反倒為有這樣一位「倜儻」的「相公」光臨而興奮不已，邀他陪客。評點家但明倫在篇末加了一段熱情洋溢的評語：「妖固由人興也。……今狐之言曰：『相公倜儻，或不叱怪。』可知狐本不為怪，特鄙瑣者自怪之耳。以倜儻之人，狐且尊之敬之，況能養浩然之氣者哉！」確實，對於開朗曠達的人來說，生活要明媚得多，富於詩意得多。

瑞與妖

《紅樓夢》第九十四回有這樣一個情節：時值十一月，正是海棠枯萎的季節，而怡紅院卻有幾株海棠開的很好。這究竟是瑞還是妖？

賈母、李紈、林黛玉以為是瑞。賈母道：「這花兒應在三月裡開的，如今雖是十一月，因節氣遲，還算十月，應著小陽春的天氣，因為和暖，開花也是有的。」李紈笑道：「據我的糊塗想頭，必是寶玉有喜事來了，此花先來報信。」黛玉聽說是喜事，心裡觸動，便高興說道：「當初田家有荊樹一棵，弟兄三個因分了家，那荊樹便枯了；後來感動了他弟兄們，仍舊歸在一處，那荊樹也就榮了。可知草木也隨人的。如今二哥哥認眞念書，舅舅喜歡，那棵樹也就發了。」賈母王夫人聽了喜歡，便說：「林姑娘比方得有理，很有意思。」

但探春、賈赦、賈政等卻以爲是妖。探春雖不言語，心裡想道：「必非好兆。大凡順者昌，逆者亡；草木知運，不時而發，必是妖孽。」但是不好說出來。賈赦說：「據我的主意，把它砍去。必是花妖作怪。」賈政道：「『見怪不怪，其怪自敗。』不用砍它，隨它去就是了。」結果受到賈母的喝斥：「誰在這裡混說？人家有喜事好處，什麼怪不怪的！若有好事，你們享去；若是不好，我一個人當去。你們不許混說！」

作者曹雪芹顯然是視之爲妖的，因爲，這一回的標目即是：「宴海棠賈母賞花妖，失寶玉通靈知奇禍。」因爲，從這以後，大觀園中變故迭起，悲劇情節一幕一幕地呈現在讀者面前。

《閱微草堂筆記》卷二也記述一件「物之反常者爲妖」的事例：

武淸王慶垞曹氏廳柱，忽生牡丹二朵，一紫一碧，瓣中脈絡如金絲，花葉葳蕤，過了七、八日才萎落。其根從杜而出，紋理相連；近杜二寸許，尚是枯木，以上則漸青。我的祖母是曹氏甥女，小時親眼見到，都說是吉兆。外祖雪峰先生說：「物之反常者爲妖，何瑞之有！」後曹氏亦衰微。

紀曉嵐引用雪峰先生的評議，藉以表達他本人的見地，意思是很明白的。但卷八卻又眞心誠意地記下一起瑞兆：

烏魯木齊泉甘土沃，雖花草亦皆繁盛。江西蠟五色皆備，朵若巨杯，瓣葳蕤如洋菊。虞美人花大如芍藥。大學士溫公以倉場侍郎出鎭時，階前虞美人一叢，忽變異色，瓣深紅如丹砂，心則濃綠如鸚鵡，映日灼灼有光；似金星隱耀，雖畫工設色不能及。公旋擢福建巡撫去。余以彩線係花梗，秋收其子，次歲種之，仍常花耳。乃知此花爲瑞兆，如揚州芍藥偶開金帶圍也。

單就這一則而言，並不難理解。但與上一則對看，讀者就不免感到糊塗。倘說「物之反常者爲妖」，虞美人「忽變異色」又何嘗不是反常？辨析瑞與妖時，是否有更合理的依據？

下面的二則，可以回答這個提問。分別見於《閱微草堂筆記》卷六、卷十二：

芝稱瑞草，但亦不必定爲瑞。靜海元中丞在甘肅時，署中生九芝，因以自號。但不久即罷官。舅氏安公五占，停柩在室，忽柩上生一芝。從此子孫衰落，今已無齠齔。蓋禍福將萌，氣機先動；非常之兆，理不虛來。只是爲吉爲凶，則不能預測。先兄晴湖則說：「人知兆發於鬼神，而人事應之。不知實兆發於人事，而鬼神應之。亦未始不可預測。」

霸州一位老儒，有古君子風，爲一鄉所共尊。他家忽然出現狐祟，老儒在家則寂然無聲，老儒出門則撼窗扉、毀器物、擲污穢，無所不至。老儒因此不敢出門，只是閉戶修省。當時霸州秀才因河工一事上訴太守，約定在學宮集會，打算將老儒的名字列在公文之首。老儒由於狐祟的緣故未能到場，遂另推王生爲首。後來王生以聚衆抗官的罪名伏法，老儒免於遭難。這一案件開始審理時，狐便走了，才知道狐的用意是阻止他外出。故云：小人無瑞，小人而有瑞，天所以厚其毒；君子無妖，君子而有妖，天所以示之警。

這兩則的含義是一致的，即：外界的瑞、妖取決於人自身的行爲；君子無妖，小人無瑞。如此立論，精警異常，也表現了紀曉嵐的一片淑世之心。

詩讖

相信詩讖的人，在古代頗多，比如南宋陸游。他在《老學庵筆記》卷四中曾以李煜和宋祁的詩爲評議對象。落花，在中國古典詩詞中，常是隱喻生命凋謝或青春流逝或國運衰頹的意象。因此，陸游以爲，李煜《落花》詩所云：「鶯狂應有限，蝶舞已無多」，即是亡國之兆；宋祁《落花》詩所云：「香隨蜂蜜盡，紅入燕泥乾」，即是「不久下世」的徵象。「詩讖蓋有之矣。」

陸游以「落花」爲讖，紀曉嵐則以「空花」爲讖。《閱微草堂筆記》卷十九載：

侍姬明玕，粗知文義，亦能以常言成韻語。某年夏夜月明，窗外夾竹桃盛開，影落枕上。因作花影詩說：「絳桃映月數枝斜，影落窗紗透帳紗。三處婆娑花一樣，只憐兩處是空花。」意頗自喜。次年竟病死。其婢玉台，侍奉我二年有餘，年才十八，亦相繼夭逝。兩處空花，遂成詩讖。氣機所動，作者殊不自知。

以「兩處是空花」的詩句作爲明玕與玉台去世的預兆，言之鑿鑿，紀曉嵐是深信不疑的。

乾隆三十三年（一七六八）春，紀曉嵐爲人題蕃騎射獵圖。詩云：

白草粘天野獸肥，彎弧愛爾馬如飛。
何當快飲黃羊血，一上天山雪打圍。

這年八月，紀曉嵐因兩淮鹽運使盧見曾一案，「漏言獲譴」，發往烏魯木齊效力，他以爲題蕃騎射獵圖詩即是預言。

紀曉嵐的業師何琇，字勵庵，雍正癸丑進士，官至宗人府主事。宦途坎坷，貧病以終。著有《樵香小記》。作詩多效法南宋陸游。一天，作《詠懷》詩云：

冷署蕭條早放衙，閒官風味似山家。
偶來舊友尋棋局，絕少餘錢落畫叉。
淺碧好儲消夏酒，嫣紅已到殿春花。

鏡中頻看頭如雪，愛惜流光倍有加。

紀曉嵐的父親見了，沈吟道：「何摧抑哀怨乃爾，殆神志已頹乎？」果在這年夏秋間謝世。紀曉嵐感慨說：「古云詩讖，理或有之。」

乾隆五十七年（一七九二）三月初二日，六十九歲的紀曉嵐偶在直廬，戲語諸公曰：「昔陶靖節自作輓歌，余亦自題一聯曰：『浮沈宦海如鷗鳥，生死書叢似蠹魚。』百年之後，諸公書以見輓足矣。」劉石庵參政曰：「上句殊不類公，若以輓陸耳山，乃確當耳。」才過了三天，耳山的訃音就到了。這件事，紀曉嵐亦視之爲「機之先見」。

詩讖之說，也有不信者，比如宋代的胡仔。他在《苕溪漁隱叢話前集》中說：

詩是妙觀逸想的寄寓之處，豈能用固定的標準加以限制？譬如王維畫雪裡芭蕉，詩眼見之，知其神情暫寓於景物，俗論則以爲王維眞不知道寒暑。荆公王安石剛接受重要任命，賀客盈門，忽然揮筆在牆上題詩說：「霜筠雪竹鍾山寺，投老歸與寄此生。」東坡在南海作詩說：「平生萬事足，所欠惟一死。」豈可與世俗論哉？我曾與客人討論這一問題，客人不贊同我的看法，我作詩自記其大概，詩云：「東坡醉墨浩淋浪，千首空餘萬丈光。雪裡芭蕉失寒暑，眼中騏驥略玄黃。」

比較而言，胡仔這種豪放不羈的氣概是更令人向慕的。倘禁忌太多，以爲「富貴中不得言貧賤事，少壯中不得言衰老事，康強中不得言疾病死亡事，脫或犯之，謂之詩讖」，那還能逸思騰飛、寫出傑作嗎？

捨命食河豚者亦有韻致

《聊齋誌異》卷五《秦生》寫嗜酒者的豪興，情趣盎然，連讀者也感受到了幾分醉意：

萊州秦生，在製藥酒時誤將毒味放在其中，捨不得倒掉，封後存放起來。過了一年多，夜晚正好想喝酒，卻無處得到。忽然想起那瓶有毒的酒，啓封嗅之，芳烈噴溢，腸癢涎流，抑制不住。取盞準備喝酒，妻子在一旁苦若地勸阻。秦生笑道：「痛痛快快地喝酒而死，比起饞渴而死強多了。」一盞喝盡，倒瓶再斟。妻子無法，將瓶子掀倒在地，酒流得滿屋都是。秦生連忙俯身而飲。過了一會兒，腹痛口噤，半夜時分便死了。妻子號哭不止，置備棺木，就要入殮了。第二天夜晚，家中忽然來了一位美女，一直走到靈床邊，將一小盆水灌入秦生口中，豁然甦醒。妻子問她怎麼回事，她說：「我是狐仙。剛才我丈夫入陳家竊酒醉死，我去救他，返回時正好路過您家，我丈夫同情君子與自己同病，所以令妾以剩下的藥相救。」說完，就不見了。

清代的馮鎭巒評點本篇，有云：「拼將一死消饞渴，歿去猶堪作酒仙。」「較捨命食河豚者稍覺韻致。」

其實，捨命食河豚者亦不乏韻致。《閱微草堂筆記》卷十四載：

河豚惟天津至多，土人食之如園中蔬菜；但也常有死者，因爲不是家家都善烹治。姨丈惕園牛公說：有一人嗜好河豚，忽然中毒而死。死後見夢於妻子說：「幹嘛不用河豚祭祀我？」這眞是死而無悔。

北宋詩人梅堯臣寫過《河豚詩》，開頭四句是：「春洲生荻芽，春岸飛楊花，河豚於此時，貴不數魚蝦。」另一位北宋詩人蘇軾，他的被紀曉嵐譽爲「興象實爲深妙」的名篇《惠崇春江曉景》，裡面也出現了河豚：

竹外桃花三兩枝，春江水暖鴨先知。
蔞蒿滿地蘆芽短，正是河豚欲上時。

河豚既然可成詩料，則捨命食河豚者當亦不俗。

紀曉嵐的博學與失誤

紀曉嵐曾評他自己「以雜博竊名譽」，這是謙虛。其博學在古代文人中是首屈一指的。

《閱微草堂筆記》卷二十考論海中三島十洲、昆侖五城十二樓、靈鷲山及銅城的虛實，即顯示了其學問之廣博與識見之精當。他考論三島十洲說：

海中三島十洲，昆侖五城十二樓，詞賦家沿用已久。朝鮮、琉球、日本諸國，都能讀中國書。日本我見到過其五京地誌及山川全圖，疆界縱橫數千里，沒有所謂仙人靈境。朝鮮、琉球的使節，則我曾多次與他們交談，拿這個問題詢問，都說東洋除了日本外，還有大小國土數十，大小島嶼不知幾千幾百，中國人所肯定不能到達的地方，常帆檣萬里，商舶往來，從未聽說過三島十洲。只有琉球的落漈，好像三千弱水。但落漈中的船，偶值潮平之時，亦可返回，也沒聽說有可望不可及的白銀宮闕。如此說來，所謂三島十洲，豈不是純粹的虛構嗎？

隨後，紀曉嵐經過詳密考證，依次得出結論：昆侖山的五城十二樓，屬「荒唐」之說；佛典所寫的靈山勝境，如大雷音寺等，「種種莊嚴，似亦藻繪之詞」；回部所傳「銅城」，也並不存在。這些結論是完全正確的。

但紀曉嵐卻緊接著出了個錯誤。他以上述結論爲前提，演繹道：「因是以推，恐南懷仁《坤輿圖說》所記五大洋洲，珍奇靈怪，均此類焉耳。」五大洋洲即亞洲、歐洲、非洲、美洲、澳洲，這是千眞萬確的地理學知識，紀曉嵐卻認爲亦屬虛構。他的錯誤推論以眞理爲前提，這頗耐人尋味。或許，這恰好印證了兩句格言：

眞理不能補充，否則因加得減。

眞理向前多走半步就成了謬誤。

兩個爲人不俗的道士

道士王昆霞，他的師父精通占卜，但從不爲人預測吉凶。昆霞還是小孩子時，一天早起，師父交給他一封短信，說：「拿著這個到某家借書。一定要在申刻趕到，早了或晚了都要打你。」相距七、八十里，竭力準時趕到，適值某家兄弟正在爭吵。啓封看信，只有小字一行，道：「借晉書王祥傳一閱。」兄弟相視默然，當即停止了爭吵。原來其弟正是繼母所生。（《閱微草堂筆記》卷八）

《晉書·王祥傳》記有王祥行孝的事。王祥，字休徵，琅邪郡人，生來就極孝順。他很早就失去了母親，繼母朱氏不喜歡他，多次誣陷他，致使父親也不再疼愛他，經常讓他去打掃牛圈。但父母親生病時，他總是盡心服侍，從不脫衣去睡。一次繼母想吃鮮魚，時值天寒地凍，王祥便脫了衣服，準備破冰下水抓魚，這時冰層忽然裂開，兩條鯉魚從水中跳出來，他就拿著這兩條魚回家了。繼母又想吃烤黃雀，便有幾十隻黃雀飛進了他的帷幕，王祥就把它們烤了給繼母吃。鄉鄰們驚嘆不已，認為這都是王祥的孝順感動神靈所致。這樣一位王祥，他在處理與繼母所生的弟弟的關係時，自是友愛有加。王昆霞的師父向「某家兄弟」「借晉書王祥傳一閱」，即是提醒兩兄弟不要再鬧糾紛。這裡，令讀者佩服的，倒不是王昆霞之師精曉六壬，把兩兄弟吵架的時間算得那麼準；而是他身為道士，卻滿懷救世之忱，連人家兄弟是否和睦也如此關切。

道士龐斗樞，同樣值得讀者尊敬。《閱微草堂筆記》卷九記其事曰：

世上有所謂圓光術：在牆上貼一張白紙，焚符召神，讓五、六歲的小孩來看。童子一定能見到紙上突現大圓鏡，鏡中人物，歷歷展示出來之事，猶如卦影。但卦影隱隱約約地暗示其情景，此則將情景明明白白地呈現出來。道士龐斗樞擅長此術。某生一向與斗樞關係親密，曾對某婦女有非分的企圖，悄悄求斗樞用圓光術，看此事能否成功。斗樞驚奇地說：「這種事怎能褻瀆鬼神。」某生一定要他幹。斗樞不得已，勉為焚符，童子注視了女子一段時間：才說：「見一亭子，裡面設一張床，三娘子和一個年輕男子坐在上面。」所說的三娘子，是某生的亡妾。某生罵童子胡說，斗樞大笑道：「我也看見了。亭中還有一匾，童子不認識上面的字。」怒問：「什麼字？」答：「『己所不欲』四字。」某生默然拂衣而去。有人說：「斗樞所焚其實不是符。他先用糕餅利誘童子，教他這樣說。」這說法大概接近眞相。雖說是令人難堪的玩笑，但規勸朋友改正過錯，做得是對的。

「己所不欲，勿施於人」，這是孔子的明訓。某生覬覦他人的妻妾，故龐斗樞讓他體驗體驗自己的妻妾與他人胡來時的心境，放棄不正當的念頭。

據本篇所記，龐斗樞的圓光術未必那麼「神」。但他所演示的「魚腹陣圖」倒眞令人拍案稱奇。「手撮棋子布几上，中間橫斜縈帶，不甚可辨；外爲八門，則井然可數。投一小鼠，從生門入，則曲折尋隙而出；從死門入，則盤旋終日不得出。」（卷九）紀曉嵐據此推論，歷史上相傳的八陣圖之類，「定非虛語」。

如何看待這種「術數」呢？龐斗樞以爲「這不過是遊戲而已。至國之興亡，係乎天命；兵之勝敗，在乎人謀。一切術數，皆無所用。從古及今，有以壬遁星禽成事的嗎？即如符咒厭劾，世多此術，亦頗有驗時。但數千年來，戰爭割據之世，此時豈竟無傳？亦未聞某帝某王某將某相死於敵國之魘魅，其他可由此類推。」這樣的話，非尋常術士所能道出。

天下之患，莫大於有所恃

田白岩是紀曉嵐青年時代最要好的朋友之一。他曾在濼陽買一勞山杖，自題詩曰：

月夕花晨伴我行，路當坦處亦防傾。
敢因恃爾心無慮，便嚮崎嶇步不平！

詩的大意是說，儘管有了這根勞山杖，仍不敢在行路時掉以輕心。紀曉嵐讚嘆道：「斯眞閱歷之言，可貫而佩者矣。」並講述了丁一士恃力而喪命的事，向世間一切「有所恃者」提出警戒：

里中有個叫丁一士的，矯健多力，兼擅長搏擊、跳高、跳遠、跳越障礙物。兩、三丈之高，可翩然而上。兩、三丈之寬，可翩然而越。我年幼時還見到過他，曾請求看看他的功夫。他令我站在一間過廳中，我面向前門，他就站在前門外與我相對；我轉向後門，他就站在後門外與我相對。連續七、八次，原來他一跳就可飛過屋脊。後來途經杜林鎮，遇一友人，邀他進橋畔酒店飲酒。酒酣，一同站在河岸。朋友問：「能跳過去嗎？」話音剛落，一士聳身過河。友人招他過來，應聲又至。足才到岸，不料河岸本就快要塌了，近水陡立處已經裂口。一士沒注意到，誤踩在上面，河岸崩塌兩尺左右。一士遂掉入河中，順流而去。他不習水性，只能從波心跳起數尺，能直上而不能靠近岸邊，這樣跳了數次，終於力盡而被淹死。

這故事見於《閱微草堂筆記》卷二十二。紀曉嵐由此得出的人生敎訓是：「蓋天下之患，莫大於有所恃。恃財者終以財敗，恃勢者終以勢敗，恃智者終以智敗，恃力者終以力敗。有所恃，則敢於蹈險故也。」這是經驗之談，涉世未深的人尤當記取。

《閱微草堂筆記》卷十二提到兩個「恃術者終以術敗」的僧人，亦堪與丁一士連類：

某僧人善禁咒之術，被狐引誘到曠野上，千百爲群，嗥叫搏噬，僧人揮動鐵棒，擊倒一人形老狐，才突圍而出。後來在途中相遇，老狐投地膜拜，說：「以前承蒙不殺，深自懺悔。如今願意皈依受五戒。」僧人撫摩其頂，老狐突然扔出一物，罩住僧人的臉，然後隱形而去。這東西，非布帛，非皮革，色如琥珀，粘若膠漆，牢不可脫。昏悶不可忍，令人盡力揭開，則面皮全被扯掉，差點疼死。痂落後，不再像個人的樣子。

另有一位遊僧，在門上掛著兩字匾額：「驅狐」。亦有狐來引誘，遊僧認出是妖怪，搖鈴誦禁咒。狐驚惶地逃走了。一個月後，有位老太婆敲門，說她家近墓地，整天受到狐的侵擾，請僧人前往禁治。僧人拿出鏡來照，見她確實是人，便跟著去了。老太婆將他帶到堤畔，忽然搶過他的書袋，扔入河中，符籙法物，盡隨水去。老太婆跑進高粱地中躲起來，怎麼也找不到她的蹤跡。正在懊惱之時，瓦石飛擊，面目俱傷；幸賴梵咒自衛，狐不能近身，才得以狼狽逃回。第二天，就慚愧地往別處去了。過了好長一段時間，才知老太婆就是當地人，她女兒與狐親密；狐借助此女，賄賂老太婆，叫她盜走遊僧的符籙。

上面提到的兩位僧人，他們的法術都足以勝狐，爲什麼最終卻遭到狐的算計呢？這是因爲狐有計策而僧無準備，狐有黨羽而僧無助手。可見完全靠法術是不夠的。何況那些法術還不太好的人呢？

窮寇勿追

中國古代有個成語，叫「窮寇勿追」。典出《孫子·軍爭》，本作「窮寇勿迫」；《後漢書·皇甫嵩傳》引作「窮寇勿追」。意謂對殘敵不要過分逼迫，以防止它作最後的掙扎、反撲，造成自己的損失。

「武強一大姓」的故事，幾乎就是對「窮寇勿追」的衍義：

武強某大姓人家，夜逢劫盜，群起捕逐。盜賊逃去，衆人合力窮追。盜賊奔入大姓祖墳的松柏林中，林深月黑，追者不敢入，盜亦不敢出。正在相持不下之際，松林內忽旋風四起，沙石亂飛，所有的人都瞇著眼睛，看不見他人，盜賊趁機突圍逃出。衆人都感到詫異，先輩的神靈怎麼反倒幫助盜賊呢？主人當夜夢見其先祖說：「盜賊搶劫人的財物，不能不捕，官府捕得而依法予以制裁，盜賊亦不能怨恨主人。如果沒有搶得財物，可不必追趕；如果追上了，盜返鬥傷人，損失不是太大了嗎?即使衆人的力量足以殺死盜賊，盜死必然報官，倘若官府不諒解，定以擅殺的罪名，損失不是更大嗎?而且，我們的人沒有組織，而盜賊全是死黨;盜賊可以夜夜窺伺我們，我們卻不能夜夜防備強盜。一旦與之結仇，隱憂將越來越大，能不深謀遠慮嗎?旋風是我所爲，意在解此冤結，你又抱怨什麼呢?」主人醒來，喟然嘆道:「我這才知道老成遠慮，比少年勝氣強多了。」

(《閱微草堂筆記》卷十八)

讀這則故事，又想起另外的兩個典故:背城借一;背水一戰。背城借一，語見《左傳·成公二年》，意謂在自己的城下跟敵人決一死戰，即作最後的奮鬥。背水一戰，典出《史記·淮陰侯列傳》。漢將韓信率兵攻趙，出井陘口，令萬人背水列陣，大敗趙軍。諸將問背水之故，韓信曰:「兵法不曰『陷之死地而後生，置之亡地而後存』?」按背水陣即沿河設陣，背靠大河;前臨大敵，後無退路，目的是堅定戰士拼死求勝的決心。

背城借一與背水一戰，可視爲窮寇勿迫的軍事智慧的反仿。「敵」被「置之亡地」，則困獸猶鬥;「我」被「陷之死地」，則拼死求勝。敵、我有別，而心理依據卻是共同的。

不如不遇傾城色

唐代詩人白居易，寫過許多新樂府，其中《李夫人》一篇，是專爲「鑒嬖惑」而作，提醒唐憲宗莫蹈前朝覆轍。詩針對周穆王惑於盛姬、漢武帝惑於李夫人、唐玄宗惑於楊貴妃的史實深發感喟：「生亦惑，死亦惑，尤物惑人忘不得。人非木石皆有情，不如不遇傾城色。」另一篇《古冢狐》，其旨意也是「戒艷色」：「狐假女妖害猶淺，一朝一夕迷人眼。女爲狐媚害則深，日增月長溺人心。何況褒妲之色善蠱惑，能喪人家覆人國；君看爲害淺深間，豈將假色同眞色！」其語氣嚴肅，亦有如臨大敵之感。

無論是「不如不遇傾城色」的感喟，還是「女爲狐媚害則深」的提醒，白居易所注意到的是同一事實，即：由於人與生俱來的弱點，極容易沈溺於對女色的迷戀之中；爲了保持品格的純潔性，最好能迴避「傾城色」。不見可欲則心不亂。

白居易對人類弱點的揭示，紀曉嵐亦深有同感。《閱微草堂筆記》卷六載：

鄭成功占領台灣時，某粵東異僧泛海而至，搏擊的功夫超群絕倫，露臂端坐，用刀去砍，如中鐵石；還兼通壬遁風角之術。與他討論兵法，亦娓娓而談，有條有理。成功正招收豪傑，對他頗爲敬重。時間長了，漸漸傲慢起來。成功不能忍受，並懷疑他是間諜，想殺他又怕勝不了他。其大將劉國軒說：「一定要除掉他，這事情交給我。」於是去造訪僧人，來往親密，談話中，忽然問道：「大師已經是到了佛地位的人，但不知道遇見摩登伽，還受不受吸引？」異僧說：「我和參寥和尙一樣，心如同沾泥的柳絮，再不會動。」劉因而開玩笑說：「想試試你的道力，使衆人更加信奉，可以嗎？」於是選了十多個姣麗善淫的孌童妓女，布席設枕，恣縱放蕩，柔情曼態，極盡天下之妖惑。異僧談笑自若，好像什麼也沒有見到，什麼也沒有聽到；過了一段時間，忽然閉目不視。國軒拔劍一揮，僧頭欻然落地。國軒說：「此僧的功夫，並非眞有鬼神，不過煉氣自固而已。心定則氣聚，心一動則氣散。此僧的心，最初未動，所以敢縱情觀看。到他閉目不看時，我知道他正強行控制已動的心，所以揮刀砍去，他抵禦不住。」此論已達到極其深刻、細緻的地步。

這位粵東異僧，自比爲北宋禪僧參寥子，眼孔甚大。蘇軾曾特遣一妓請參寥子題詩，他援筆立成：「寄語巫山窈窕娘，好將魂夢惱襄王。禪心已作沾泥絮，不逐春風上下狂。」沾泥絮是不會再動的，粵東異僧也自以爲可以抵御色的誘惑。然而，他的心卻終於動了，並因此而被人輕易殺死。

粵東異僧，無論多麼奇異，也還是凡人，他見可欲而心亂並不令人感到詫異。《閱微草堂筆記》卷八所記「學道百餘年」的女仙（我確信她是女仙，因爲她已能飛），也會見可欲而心亂，更顯出「色」的誘惑力之大：

某孝廉曾遊嵩山，見一女子在溪邊取水。試著求點水喝，很高興地遞過來一瓢；試著向她問路，也很高興地指點示意。於是一起坐在樹下聊天，似頗涉翰墨，不像農家婦女。懷疑是狐魅，因愛其娟秀，姑且親密一番。女子忽然拂衣而起，說：「眞危險，我差點毀了自己！」孝廉感到奇怪，問她原因，女子不好意思地說：「我隨師學道一百餘年，自以爲心如靜止不動的水。師父說：『你只是能不起妄念而已，妄念其實還在。不見可欲故不亂，見了心就亂了。平沙萬頃中，留一粒草籽，見了雨水便會發芽。你的魔障就要到了，明日試之，自己就知道了。』今天果然與君相遇，問答流連，已微動一念；再過片刻，自己便把握不住了。眞危險，我差點毀了自己！」奮身一跳，直上樹梢，像飛鳥一般迅捷地消失了。

這位女仙，雖見可欲而心亂，但當機立斷，割斷塵緣，畢竟高人一等。凡夫俗子，理當效法她的處世技巧。

僧人吳慧貞講過一個故事，亦堪作爲「不如不遇傾城色」的註腳：

某浙江僧人精心一志，努力上進，誓願堅苦，脅未嘗至席。一天晚上，有個漂亮女子在窗外窺探，心裡知道是魔來了，好像沒有見到一樣。女子蠱惑萬狀，始終不能靠近禪榻。此後夜夜必來，也始終不能使浙僧產生邪念。女子的伎倆用盡了，遠遠地對他說：「師父如此定力，我本應斷絕妄想。雖然這樣，但師父是忉利天中的人，知道靠近我就必然毀壞道體，所以視我如虎狼般可怕。即使努力到達非非想天，也不過柔肌近體，好像抱著冰雪；媚姿到眼，好像見到了塵埃，依舊離不開色相。如果心到了四禪天，則花自照鏡，鏡不知花；月自映水，水不知月，這才離開了色相。接著到達諸菩薩天，則花亦無花，鏡亦無鏡，月亦無月，水亦無水，這才是無色無相，無離不離，自在神通，不可思議。師父倘若敢容我靠近，而眞空不染，那麼我便一心皈依，不再打擾師父。」浙僧估計自己的道力足以勝魔，坦然許之。偎依撫摩，終於毀了他的道體。浙僧懊喪失意，侘傺而死。

魔女的話接近於禪宗的理論，頗能聳動人心，浙僧聽了，果然上當。紀曉嵐由此得出結論：「夫『磨而不磷，涅而不緇』，惟聖人能之，大賢以下弗能也。此僧中於一激，遂開門揖盜。天下自恃可爲，遂爲人所不敢爲，皆此僧也哉！」尋常人處世，還是像紀曉嵐說的那樣，避開誘惑的好；或如某狐仙所云：「修道必世外幽棲，始精神堅定。」（《閱微草堂筆記》卷十五）「非道力堅定，多不敢輕涉世緣，恐浸淫而不自覺也。」（卷十六）然則人欲之險，其可畏也哉！

紀曉嵐的觀弈詩

弈，就是下棋。下棋自然免不了競技能，較短長，判輸贏，所以世人常常以戰爲喩，名爲「棋戰」。桓譚《新論·言體》曰：「世有圍棋之戲，或曰是兵法之類也」；班固、馬融、應瑒等描寫弈勢，無不以軍戎戰陣作比。

但紀曉嵐對於下棋，另有見地。

乾隆二十七年（一七六二）七月，三十九歲的紀曉嵐請錢塘沈雲浦畫《桐陰觀弈圖》，自題一詩曰：

不斷丁丁落子聲，紋楸終日幾輸贏。
道人閒坐桐陰看，一笑涼風木末生。

紀曉嵐的意思是，下棋不過是遊戲而已，何必有那麼強的勝負之心？觀弈者尤其應置身局外，「不預其勝負」。

乾隆五十八年（一七九三），紀曉嵐已七十歲了，閱歷更深，對生活持一種更爲超脫的看法。這年五月的一天，他偶然檢視《桐陰觀弈圖》及自題詩，興之所至，又題詩二首。詩前有小序云：

壬午七月，屬沈雲浦作《桐陰觀弈圖》，意謂不參與其勝負而已，勝負之心猶存。後讀王半山詩曰：「莫將戲事擾眞情，且可隨緣道我贏。戰罷兩奩收黑白，一枰何處有虧成？」尤悟並勝負亦只是幻象。癸丑五月，偶然檢視，題此二詩。但半山能言而不能行，我則僅能知之而已。因附識以誌予愧。

詩云：

桐陰觀弈偶傳神，已悵流光近四旬。
今日髟參髟參頭欲白，畫中又是少年人。
一枰何處有成虧，世事如棋老漸知。
畫裡兒童今長大，可能早解半山詩。

* * *

「一枰何處有成虧」，即「勝負亦只是幻象」之意。連「勝負」本身都是幻象，當然不會有勝負之心存在。

《閱微草堂筆記》卷一載：

寧波吳生，好遊妓院。後來與一狐女親昵，不時幽會，但仍出入於妓院。一天，狐女說：「我能幻化，凡君所眷戀的，我一見就可微妙微肖地模仿其面貌。君一想念，應念而出，不比黃金買笑強嗎？」試試，果然頃刻換形，與眞的一模一樣。於是不復外出。曾對狐女說：「眠花卧柳，實在令人快意。可惜是幻化而成，感覺中畢竟隔了一層。」狐女道：「不能這樣說。聲色之娛，本如電光石火。瞬息即逝。豈只我模仿某某爲幻化，即某某自身亦是幻化。豈只某某自身爲幻化，即妾亦是幻化。即千百年來，名姬艷女，全屬幻化。白楊綠草，黃土青山，何處不是遠古以來的歌舞之場。握雨攜雲，與埋香葬玉、別鶴離鸞，不過曲臂伸臂的功夫。這中間兩美相合，或用時刻計算，或用天計算，或用月計算，或用年計算，總有訣別之日。到他們訣別之時，那些數十年而散，與片刻相遇而散的，都同樣是懸崖撒手，轉眼成空。倚翠偎紅，不都恍如春一場春夢嗎？就算夙契本深，終生相聚，但紅顏不駐，白髮已侵，一人之身，非復舊態。照此看來，當日的黛眉粉頰，也不妨視之爲幻化，爲何只把我模仿某某視爲幻化呢？」吳生灑然大悟。幾年後，狐女辭去。吳生竟不再遊妓院。

這段故事自與下棋無關，但視一切爲幻象，並以空幻警人，其主旨正與紀曉嵐的觀弈詩相同。

鬼隱

「隱士」即隱居不仕的人。南宋的朱熹說：「隱者多是帶氣負性之人爲之。」這話是千眞萬確的。謂予不然，可讀北宋黃庭堅的《登快閣》一詩：

痴兒了卻公家事，快閣東西倚晚晴。
落木千山天遠大，澄江一道月分明。
朱弦已為佳人絕，青眼聊因美酒橫。
萬里歸船弄長笛，此心吾與白鷗盟。

此詩表現黃庭堅由厭倦官場到決心歸隱的情緒發展，極爲清晰自然，流轉灑脫，有七言歌行那種浩浩蕩蕩的氣勢。

「痴兒了卻公家事」，語氣中已含有對繁冗公務的厭倦，因此，當他公事既了，登上快閣，江山勝景果然使他一身輕快，其樂陶陶，情不自禁來回眺望。第二聯即寫其眺望所見。「落木千山天遠大，澄江一道月分明」，境界遼闊，意態閒遠，由此可見登臨者舒展、爽朗的情懷。

登臨多感，卻無人共語，於是又產生了孤獨、寂寞的心情。「朱弦已為佳人絕」——世無知音，懷才不遇，故落落難合；儘管如此，詩人卻仍不失其兀傲之態，「青眼聊因美酒橫」，寧可在酒中消磨時光。

官場既然找不到知音，而江山勝景卻能給人慰藉，對比之下，黃庭堅想到了歸隱。「萬里歸船弄長笛，此心吾與白鷗盟。」泛舟江湖，結伴鷗鳥，這就是詩人所嚮往的歸宿。

自然，黃庭堅在詩中所表達的隱居願望並未在生活中兌現，但隱居與「帶氣負性」的聯繫卻在詩行中充分地顯示出來了。

人間有隱士，鬼世界也有隱士。

人間的隱士多為「帶氣負性之人」，鬼世界的隱士則多為「帶氣負性」之鬼。

《閱微草堂筆記》卷六載：

明末宋某，因選擇葬地來到歙縣深山之中。傍晚時分，風雨欲來，看見岩下有洞，進裡面暫時躲避。聽見洞內有人說道：「此中有鬼，君不要進來。」問：「你爲何進洞？」說：「我就是鬼。」宋某想見見他。說：「與君相見，則陰陽二氣衝突，君定會得輕微的寒熱之疾。不如君燃火把自衛，我們離遠些，隔座而談。」宋某問：「君一定有自己的墳墓，爲何居在此處？」答：「我在神宗時任縣令，討厭那些做官的財利相奪，進取相軋，於是放棄官職，歸隱田園。死後請求閻羅，不願再轉生人世。於是將下輩子的俸祿，改入陰官。沒料到陰間的攘奪傾軋，也和陽間一樣，又放棄陰官，歸隱墳墓。我的墓位於群鬼之間，往來囂雜，不勝其煩，不得已又避居於此洞。雖然淒風苦雨，冷落難堪，但與宦海風波，世路機阱相比，就有如生活在忉利天了。寂寞空山，都忘年月。與鬼不打交道，不知已多少年；與人不打交道，更不知已多少年。自喜解脫萬緣，冥心造化。不料又通人跡，明早當即遷居。武陵漁人，不要再訪桃花源。」說完不再應對。問其姓名，也不回答。宋某攜有筆硯，因在洞口大書「鬼隱」二字而歸。

這位隱君子，因厭惡宦海風波，而寧願在淒風苦雨中寂寞度日。不獨避人，亦且避鬼，其落落寡合的脾氣，於生硬中帶幾分豪邁。

卷九中的書生鬼，狷介，孤僻，亦是隱士一流：

膠州某寺院，經樓的後面有片菜園。一天晚上，僧人開窗納涼，月明如晝，看見一人在老樹下徘徊。懷疑是偷竊蔬菜的，喝問是誰。恭敬地答道：「師父不要驚訝，我是鬼。」問：「是鬼，爲何不回你的墳墓？」說：「鬼有徒黨，各從其類。我本是書生，不幸葬在荒野的衆墳中間，不能與那些諂媚之徒爲伍。此輩也討厭我不是他們的同類。落落難合，所以寧願在這裡避開囂雜。」說完便冉冉消失了。後來常遠遠見到他，但叫他也不答應。

這位書生鬼，自值得尊敬，但「器量未宏」，迂僻冷峭，畢竟是一短處。嚴正與練達的完美融合，才是紀曉嵐所提倡的風度。

蕉鹿何須問是非

《列子‧周穆王》說，春秋時，鄭國樵夫打死一隻鹿，怕被別人看見，把它藏在無水的濠裡，蓋上蕉葉。但後來要去取鹿時，卻記不起藏的地方了。於是他以爲是一場夢。後多用來比喻把眞事看作夢幻。元代貢師泰《寄靜庵上人》詩云：「世事同蕉鹿。」

紀曉嵐謫戍烏魯木齊期間，曾目睹一樁以眞爲夢的事。這在《閱微草堂筆記》中有記載：

在在西域時，跟隨辦事大臣巴公巡視軍台。巴公先回，我因事情未辦完暫作停留，與前副將梁君同住。二更時分，有急件需要傳遞，軍台的兵士都被派出去了，我只好將梁從熟睡中叫醒，令他趕快送出，約定在途中遇到軍台的士兵則令士兵接著傳遞。梁走了十多里，與士兵相遇即回，仍繼續酣睡。第二天，告訴我說：「昨夢夢見您派我送一急件，恐怕耽誤時間，鞭馬狂奔。今天大腿還疼。眞是奇怪事！」以爲眞夢，奴僕吏役無不大笑。我在《烏魯木齊雜詩》中寫道：「一笑揮鞭馬似飛，馳驅鞅掌夢中歸。人生事事無痕過（東坡詩：事如春夢了無痕。）、蕉鹿何須問是非？」就是記這件事。

以眞爲夢，眞幻不辨，最早寫到這一現象的也許是莊子。據《莊子》說，莊子做過一個夢，夢見自己變成了一隻翩翩振翅的蝴蝶；醒來後，卻又依舊是莊子。他弄不明白，究竟是莊子變成了蝴蝶呢，還是蝴蝶變成了莊子？莊子對蝴蝶夢的反省，提出了一個「人生是否眞實」的嚴峻課題。既然人生的眞實性尚存疑問，世間的榮華富貴自是一派虛幻，不值得爲之費神了。

南北朝時期的劉義慶寫過一個《焦湖柏枕》的故事。講一個賈客，名叫楊林，他在焦湖廟裡的柏枕上睡了一覺，夢見自己娶了趙太尉的女兒，過了幾十年榮華富貴的生活。醒後愴然。楊林悲傷什麼呢？也許是痛苦於夢畢竟是夢吧！但人生本來就像夢一樣短促啊！又何必追究眞幻之別呢？

紀曉嵐說得對：「蕉鹿何須問是非？」

安分守拙

元代詩人薩都剌，字天錫，是中國古代出色的穆斯林詩人。他寫過一首題爲《安分》的七律：

心求安樂少思錢，無辱無榮本自然。

春日賞花唯貰酒，冬天踏雪旋添綿。
頻將棋局消長日，時爇香熏篆細煙。
萬事皆由天理順，何愁衣祿不周全。

安分是一種處世態度，安分也是一種養身之道。如《菜根談》所說：「茶不求精，而壺亦不燥，酒不求冽，而樽亦不空。素琴無弦而常調，短笛無腔而自適。終難希遇羲皇之世，亦可匹儔嵇、阮之倫。」「釋氏之『隨緣』，吾儒之『素位』，四字是渡海的浮囊。蓋世路茫茫，一念求全，則萬緒紛起，惟隨遇而安，斯無入而不自得矣。」安分的人，絕不會因名利之念太切而焦慮，而痛苦。

《閱微草堂筆記》卷十一載：

劉熥，河北滄州人。他母親生於康熙三十一年，至乾隆五十七年，一百零一歲，依然身體健康，飯量很好。屢逢朝廷的頒恩佈告，當地吏役想替她申報官府支取糧食布帛，總是堅決推辭，不願這樣做。去年，又想爲她請求旌表（立牌坊賜匾額），仍是堅決推辭，不願意。有人問她爲何不願意，慨然答道：「貧家寡婦，賦命蹇薄，正因爲顚連困苦，才爲神所哀憐，活這樣大年紀，一旦求取過分之福，死期就到了。」這老太婆的見地特別高。計其生平，一定不會膠膠擾擾地做分外之營求，無怪乎恬淡閒適，頤養天和，有如此高壽了。

安分與守拙是聯在一起的。安分守拙的人，往往不求福而福自至。據紀曉嵐的朋友胡牧亭說：「其鄉一富室，厚自奉養，閉門不與外事，人罕得識其面。不善治生，而財終不耗；不善調攝，而終無疾病。或有禍患，亦意外得解。」「鄉人皆言其蠢然一物，乃有此福，理不可明。」後來扶乩招仙，以此事問之。乩仙的答案是：「諸君誤矣，其福正以其蠢也。此翁過去生中，乃一村叟，其人淳淳悶悶，無計較心；悠悠忽忽，無得失心；落落漠漠，無愛憎心；坦坦平平，無偏私心；人或凌侮，無爭競心；人或欺紿，無機械心；人或謗詈，無嗔怒心；人或構害，無報復心。故雖槁死牖下，無大功德，而獨以是心爲神所福，使之食報於今生。其蠢無知識，正其身異性存，未昧前世善根也。諸君乃以爲疑，不亦誤耶！」（《閱微草堂筆記》卷十七）民間俗語所謂「憨人有憨福」，大約就是指這種情形；紀曉嵐「有味斯言」，確信「理固有之」，讀者亦不妨深思之。

苦樂相對論

苦樂是相對的。「人生苦樂，皆無盡境；人心憂喜，亦無定程。曾經極樂之境，稍不適即覺苦；曾經極苦之境，稍得寬則覺樂矣。」這段話見於《閱微草堂筆記》卷十三。

紀曉嵐在提綱挈領地闡述了上述哲理後，還引了于南溟的經歷為證：于南溟曾在康寧屯做私塾先生，房子低矮狹小，幾乎不能抬頭。門無簾，床無帳，院落無樹。久旱之後，熱氣積鬱，有如坐在蒸籠之中。脫衣午休，蒼蠅擾擾，眼皮也合不上。心裡煩躁到了極點，自以為這就是猛火地獄。過了好久，才因困倦至極而睡去。夢見在大海中乘舟，颶風陡作，天日晦冥，桅檣帆毀，心膽碎裂。頃刻之間，船覆沒於風浪之中，忽然像被人從水中提出，扔到岸上，隨之有人用繩索綑綁，丟入地窖中。裡面一片漆黑，什麼也看不見，呼吸亦堵塞不通。恐懼窘迫，不可言狀。一會兒，聽到耳畔有人叫喚，霍然醒來，見自己依然躺在三腳木榻上。頓覺四體舒適，心神開朗，好像在蓬萊仙山的瓊閣之間。這晚月亮很好，與弟子在河岸散步，坐柳樹下，談論這一道理。隱約聽到草中嘆息道：「這話有理。我輩沈淪水次，畢竟勝過地獄中人。」

仔細分析，于南溟的感受與鬼的「嘆息」是有所區別的。「沈淪水次」勝於置身「地獄」，這是客觀的比較。因夢入地窖而感到「湫隘」的「館室」有如「蓬萊方丈」，其實是心理上的退一步想使然。

凡事退一步想，乃是化解痛苦的一劑良方。比如北宋的蘇軾。他曾被貶到偏遠的惠州。換了另一個人，也許會傷感之極。但他在惠州給人寫信說：「譬如原是惠州秀才，累舉不第，有何不可！」這樣一想，惠州就成了他的故鄉了。待在故鄉，有何不好的呢？而且，這個故鄉，不僅風景美好，還有新鮮的荔枝吃。於是，他興高采烈地寫了一首《食荔枝》詩：

羅浮山下四時春，盧橘楊梅次第新。
日啖荔枝三百顆，不辭長作嶺南人。

在苦境中仍感到快樂，這是蘇軾的過人之處。

一則諺語說：

樂觀者於一個災難中看到一個希望，悲觀者於一個希望中看到一個災難。

傑·列文說：

會不會笑，是衡量一個人能否對周圍環境適應的尺度。

赫爾岑說：

不僅會在歡樂時微笑，也要學會在困難中微笑。

他們談的都是對待苦樂的辯證法。

龍蟲並雕

文章各有體裁

「文各有體，得體爲佳。」這是紀曉嵐的一貫主張。

《閱微草堂筆記》開卷第三篇，寫到一老學究與鬼友的對話。鬼友以光爲喻，對中國文化史上出類拔萃的學者、文人加以褒揚：「凡人白晝營營，性靈汩沒。惟睡時一念不生，元神朗澈，胸中所讀之書，字字皆吐光芒，自百竅而出，其狀縹緲繽紛，燦如錦繡。學如鄭、孔，文如屈、宋、班、馬者，上燭霄漢，與星月爭輝。次者數丈，次者數尺，以漸而差，極下者亦熒熒如一燈，照映戶牖；人不能見，惟鬼神見之耳。」老學究聽了，大爲興奮，自以爲讀書一生，睡中當有光芒，但鬼友卻告訴他：「昨過君塾，君方晝寢。見君胸中高頭講章一部，墨卷五、六百篇，經文七、八十篇，策略三、四十篇，字字化爲黑煙，籠罩屋上。諸生誦讀之聲，如在濃雲密霧中。實未見光芒，不敢妄語。」鬼友的話，使學究惱羞成怒。

這段對話明白地表達了紀曉嵐對漢學的好感。所謂鄭、孔，指的是漢代的經學大師鄭玄和孔安國，以訓詁見長。所謂高頭講章，指天頭上滿是批注的八股文。所謂墨卷，指科舉考試中的一種文體。紀曉嵐的意思是：用於求取功名的八股文之類，其中沒有眞學問。這裡暗含了他對宋學的不滿，因爲八股文的考試答卷必須依據宋儒朱熹的注釋。

紀曉嵐不滿於宋學而偏愛漢學，這本不足爲奇。使人感到驚異的倒是：曾數任考官的紀曉嵐，堅決反對科舉考試中背離朱注的做法。

據清代梁章鉅《制義叢話》記載，有個叫王惕甫的考生，在嘉慶丙辰科的考試中，採用漢人的注而不用朱熹的集注，結果，儘管他文章寫得很好，還是被考官紀曉嵐給刷掉了。紀曉嵐爲什麼要這樣做呢？

目的在於「正文體」。紀曉嵐所撰《丙辰會試錄序》說：「竊以爲文章各有體裁，亦各有宗旨。區分畛域，不容假借於其間。」「國家功令，五經傳注用宋學，而十三經注疏亦列學官。良以制藝主於明義理，固當以宋學爲宗，而以漢學補苴其所遺，糾繩其太過耳。如意以訂正字畫，研尋音義，務旁徵遠引以炫博，而義理不求其盡合，毋乃於聖朝造士之法稍未深思乎？」「試官奉天子之命，其職在於正文體，幸承簡任，不敢不防其漸也。是以臣等所錄，惟以平正通達，不悖於理法爲主；而一切支離塗飾，貌爲古學者，概不錄焉。」在紀曉嵐看來，個人在學術上的獨立見解不應損害文體的純正性。

「文各有體，得體爲佳。」這一主張，《閱微草堂筆記》亦屢屢論及，如卷九：「晉殺了秦的間諜，六天後甦醒，或者是因爲縊死，或者是因爲打死，所以能復活，但不知未甦醒以前，作何情狀。詁經有體，不能如小說瑣記那樣詳細。」一片婆心，不嫌苦口。

詩詞體性之別

一個秋天的晚上李秋崖與金谷村坐在濟南的歷下亭賞玩風景。當時微雨初晴，片月初生。秋崖說：「韋蘇州的『流雲吐華月』興象天然，覺得張子野的『雲破月來花弄影』太費氣力。」谷村尚未回答，忽然暗中有人說道：「豈只是著力不著力，意境迥然不同。一是詩語，一是詞語，格調亦迥然不同。就像《花間集》中的『細雨濕流光』，在詞家是妙語，在詩家則顯得柔弱。」愕然驚顧，寂無一人。

這是《閱微草堂筆記》中的一則。故事裡的「暗中人」，不妨說就是紀曉嵐自己。他向來主張「文各有體，得體爲佳」，因此很重視詩詞的體性之別。「流雲吐華月」是唐代韋應物的詩，「雲破月來花弄影」是宋代張先的詞，李秋崖只注意兩者在意境方面「興象天然」與「著力」的差異，紀曉嵐卻進一層揭示了兩者的格調之別：一爲詞語，一爲詩語；並引「細雨濕流光」爲例，說明有些詞中的佳句，放在詩中卻未必好。詩詞之「體」不容混爲一談。

紀曉嵐的說法，確係眞知灼見。北宋的晏殊，作過一首《浣溪沙》詞：

一曲新詞酒一杯，去年天氣舊亭台，夕陽西下幾時回？

無可奈何花落去，似曾相識燕歸來，小園香徑獨徘徊。

這首詞傳誦千古，不愧名作，而「無可奈何」一聯，尤爲精警，晏殊非常喜歡這兩句，還曾寫入七律《示張寺丞王校勘》中。全詩如下：

元巳清明假未開，小園幽徑獨徘徊。
春寒不定斑斑雨，宿醉難禁灩灩杯。
無可奈何花落去，似曾相識燕歸來。
遊梁賦客多風味，莫惜青錢萬選才。

「無可奈何」一聯，在詩中的效果如何呢？清代張䎖《詞林紀事》卷三說：「細玩『無可奈何』一聯，情致纏綿，音調諧婉，的是倚聲家語。若作七律，未免軟弱矣。」「倚聲家」即詞家。詞中的妙語，在詩中卻成了庸音。

我的老師胡國瑞先生，對詩詞體性之別有很深的研究。他曾說：晏殊的詞，如《踏莎行》云：「垂楊只解惹東風，何曾係得行人住。」「無窮無盡是離愁，天涯地角尋思遍。」晏幾道的詞，如《玉樓春》云：「憶曾挑盡五更燈，不記臨分多少話。」《木蘭花》云：「欲將恩愛結來生，只恐來生緣又短。」「紫騮認得舊遊蹤，嘶過畫橋東畔路。」《鷓鴣天》云：「今宵剩把銀釭照，猶恐相逢是夢中！」這些在詞中是天然好語，卻是斷不可施之於詩的。

胡先生的議論，倘紀曉嵐泉下有知，一定會拍手稱是。

關於「支機別贈」的討論

唐代李商隱《海客》詩云：

海客乘槎上紫氛，星娥罷織一相聞。
只應不憚牽牛妒，聊用支機石贈君。

這是一首寓言體的詩。《閱微草堂筆記》卷二十二論及織女題材的古典詩時曾說：。「『海客乘槎上紫氛，星娥罷織一相聞。只應不憚牽牛妒，故把支機石贈君。』這是李商隱的詩。商隱之意，在於令狐。文士掉弄筆墨，借爲比喻，與織女無關。」令狐即令狐綯，屬於牛黨；李商隱先後追隨的幕主鄭業、盧弘止則屬於李黨。在牛李黨爭中，李商隱因最初靠令狐綯荐引得中進士，後又與李黨人士過從密切，因此處於夾縫中，被人指爲投機。紀曉嵐的意思是說：李商隱用牛郎織女的典故來暗示他與牛、李兩黨的關係，這是象徵手法，並不是爲了塑造織女形象。

「支機別贈」，典出《太平御覽》卷八引劉義慶《集林》。相傳曾有一個人（即「海客」）追尋河源，乘木筏到了天上，見一女子在室內織布，她便是織女。織女送了這個人一塊石頭。回來後問嚴君平，君平說：「這是織女的支機石。」織女是牛郎的妻子，卻不僅因爲海客到來而停止了織布，又以支機石相贈，所以說她「不憚牽牛妒」。後因以「支機別贈」指婦女有外遇。

唐代張荐的《靈怪集》中，有篇《郭翰》，也寫到織女支機別贈的事，大意是說：

太原人郭翰，姿度美秀，善於談論，草書、隸書俱工。父母早逝，獨處一室。時當盛暑季節，卧在庭院中賞月。淸風吹來，微聞香氣漸濃。郭翰感到很奇怪，仰望空中，見有人冉冉而下，一直來到郭翰面前，原來是一個少女。明艷絕代，光彩溢目。侍女二人，都長得很漂亮。郭翰情緒激動，整飾衣巾下床拜謁。少女微笑道：「我是天上織女。長期不和丈夫在一起，一年中只有七月七日晚上才能相聚一次，故幽情滿懷。上帝賜命我來人間一遊，因仰慕你的風度儀態，希望能締結姻緣。」郭翰更加激動。於是攜手登堂，解衣共臥。裡面的一件輕紅綃衣，如小香囊，香氣充滿房間。柔肌膩體，深情密態，妍艷無比。天快亮時告辭而去，臉上脂粉如故。試著擦去，原來是其本色。郭翰送到門外，凌雲而去。自後夜夜都來，感情更爲親密。郭翰跟她開玩笑說：「牛郎何在？你怎敢獨自外出？」答道：「陰陽變化，與他有什麼相干？而且隔著一條河，他也沒法知道。即使知道，也不必憂慮。」後來快到七月七日了，忽不再來，過了好幾天才來。郭翰問道：「見面快樂嗎？」笑著答道：「天上哪比得上人間。只是因爲交相感應，必須如此，沒有別的緣故。君不必吃醋。」……

《郭翰》中的織女，她對丈夫牛郎只是迫於婚姻關係而勉強應付，對外遇郭翰才眞是「情意重疊」，這樣的設想受到紀曉嵐的嚴厲指責：「純構虛詞，宛如實事；指其實地，撰以姓名，《靈怪集》所載郭翰遇織女事」，「悖妄之甚矣！」

同樣是寫支機別贈，爲什麼紀曉嵐寬待李商隱的《海客》詩而不能容忍張荐的《郭翰》呢？這就要提到紀曉嵐的一貫主張了：「文各有體，得體爲佳。」詩筆空靈，「借爲比喻」，讀者不會當成實事來看待，所以即使「出格」也無傷大雅。但「小說」質實，它長於模仿生活，其描寫易於被視爲「實事」，因此，在「借以抒意」時便須非常謹慎。《閱微草堂筆記》卷六說過：「儒者著書，當存風化，雖齊諧志怪，亦當不收悖理之言。」《郭翰》有傷風化，怎麼可能見容於紀曉嵐呢？

北朝情歌與南朝情歌之異

豐宜門外風氏園古松，前輩多有題咏。錢香樹先生還見到過，而今已成爲柴草。相傳古松未枯時，每風靜月明之夜，有時可聽到絲竹之聲。某巨公偶遊此地，陪同賓友一同去聽。二更之後，響起琵琶聲，似出樹腹，似在樹梢。過了一會兒，小聲緩唱道：「人道冬夜寒，我道冬夜好。繡被暖如春，不愁天不曉。」巨公喝斥道：「哪裡來的老妖怪，敢對著我唱這樣的淫詞！」戛然而止。一會兒，登登復作，又唱道：「郎似桃李花，妾似松柏樹；桃李花易殘，松柏常如故。」巨公點頭說：「這才略近風雅。」餘音搖曳之際，隱約聽到樹那邊低聲道：「此老眞好對付。只要作此等語言，便生歡喜之心。」撥刺一響，有如弦斷。再聽，已寂然無聲。

這故事見於《閱微草堂筆記》卷七。紀曉嵐或許旨在揭示「淫詞」與「風雅」之別，但我讀過之後，聯想到的卻是南朝樂府情歌與北朝樂府情歌之異。北朝樂府情歌，如《捉搦歌》：

誰家女子能行步，反著裌禪後裙露。
天生男女共一處，願得兩個成翁嫗。

《折楊柳枝歌》：

門前一株棗，歲歲不知老。
阿婆不嫁女，那得孫兒抱？

直截了當，無絲毫含蓄。這樣質樸的表白，「禮義」的氣息很淡。

南朝樂府情歌卻纏綿宛轉，注重華美的形容，注重雙關隱語等修詞技巧，一往情深，又含蓄有致。如《子夜歌》：

始欲識郎時，兩心望如一。
理絲入殘機，何悟不成匹！

＊　＊　＊

儂作北辰星，千年無轉移。
歡行白日心，朝東暮還西。

《子夜四時歌》：

秋風入窗裡，羅帳起飄揚。
仰頭看明月，寄情千里光。（秋歌）

＊　＊　＊

淵冰厚三尺，素雪覆千里。
我心如松柏，君情復何似？（冬歌）

與北朝樂府情歌相比，兩者的剛柔之別，質樸與艷麗之別，直率乾脆與宛轉纏綿之別，無不一目了然。

紀曉嵐是北方人，或許對質樸直率的情歌更有好感。他筆下的「亘公」，想來當是南方人了。

又一駱賓王

范蘅洲曾乘船過錢塘江，有一僧附舟而行，徑置坐具，背靠桅竿，不相問訊。與他說話，隨口答應，目視他處，心不在焉。蘅洲嫌他態度傲慢，也不再開口。時值西風太緊，蘅洲偶然得到兩句詩：「白浪簸船頭，行人怯石尤。」想不出下聯，再三吟哦。僧人忽閉目微吟道：「如何紅袖女，尚倚最高樓？」蘅洲不明白他的意思，再和他講話，仍不回答。船靠岸時，恰好一少女站在樓上，身著紅袖上衣。蘅洲大驚，再三詰問，只是說：「偶然望見罷了。」但煙水渺茫，房屋遮映，的確不可能望見。疑心他能前知，欲行禮，已揮動錫杖而去。蘅洲惘然莫測，道：「此又一駱賓王矣！」

上則見《閱微草堂筆記》卷一。說到「又一駱賓王」」不能不提唐代宋之問的《靈隱寺》詩：

鷲嶺郁岧嶢，龍宮鎖寂寥。
樓觀滄海日，門對浙江潮。
桂子月中落，天香雲外飄。
捫蘿登塔遠，刳木取泉遥。
霜薄花更發，冰輕葉未凋。
夙齡尚遐異，搜對滌煩囂。
待入天台路，看余度石橋。

關於此詩有一個神奇的傳說。計有功《唐詩紀事》載：

宋之問被貶爲瀧州參軍，從嶺南回京時，路過杭州，遊靈隱寺。夜月極明，在長廊上一邊行走，一邊吟道：「鷲嶺郁岧嶢，龍宮鎖寂寥。」好久想不出下面的詩句。一位老僧點著長明燈，問道：「夜深了，年輕人爲何還不睡？」之問說：「偶然以此寺爲題，想寫一首詩，而詩思接不上。」老僧即說道：「何不云：樓觀滄海日，門對浙江潮。」之問愕然，驚其遒麗。明日再訪，則不復見。寺僧有知道實情的，說：「這是駱賓王。」

駱賓王（六四〇？——六八四），「初唐四傑」之一。婺州義烏（今屬浙江）人。歷官奉禮郎、長安主簿等職，曾隨薛仁貴遠征西北吐蕃。入朝爲侍御史，被人誣告下獄，出獄後入裴行儉幕府，又授臨海縣丞，故後人又稱其爲駱臨海。光宅元年，隨徐敬業起兵反武則天，兵敗後不知所終，成爲傳說中的一個神秘人物。其詩深沉慷慨，多悲憤之辭。

宋之問的《靈隱寺》一詩，第二聯寫得極爲壯觀，被以爲出於駱賓王之手，是可以理解的。而駱賓王的行蹤飄緲，愈襯出詩句的神秘意味。神秘而壯觀，也許可移用來評價「如何紅袖女，尙倚最高樓」二句。

張繼《楓橋夜泊》

唐代詩人張繼，字懿孫，南陽（今河南鄧縣）人。天寶進士，曾官鹽鐵判官、檢校祠部郎中。詩多紀行之作。其《楓橋夜泊》一詩傳誦極廣：

月落烏啼霜滿天，江楓漁火對愁眠。
姑蘇城外寒山寺，夜半鐘聲到客船。

楓橋在江蘇省蘇州市閶門外十里楓橋鎭。創建於唐代，於淸咸豐十年（一八六〇）被毀。現有單拱石橋爲同治六年（一八六七）重建。橋南面不遠即六朝古剎寒山寺。

第一句是整首詩展開的時空背景。月落；烏啼；霜滿天；三個並列的意象，渲染出迷濛的夜景，使讀者不知不覺沉浸在一片淸寒逼人的無邊夜氣之中。緊接著，江中的點點漁火浮現出來，畫面頓時顯得活動起來。然後由景入情，淡抹出主人翁置身於這種氛圍中的情懷。後兩句是全詩的重心，集中描寫「夜半鐘聲」，透過聽覺形象表現作者此時的感受，千百年來爲人們所激賞不已。張繼此詩一出，楓橋和寒山寺亦隨之不朽，此後「南北客經由，未有不憩此橋而題咏者」。（范成大《吳郡志》）

但「夜半鐘聲」的細節眞實問題卻曾引起反覆不已的爭論。陸游《老學庵筆記》卷十云：

張繼《楓橋夜泊》詩云：「姑蘇城外寒山寺，夜半鐘聲到客船。」歐陽公嘲之云：「句則佳矣，其如夜半不是打鐘時。」後人又謂惟蘇州有半夜鐘，皆非也。按於鄴《褒中即事》詩云：「遠鐘來半夜，明月入千家。」皇甫冉《秋夜宿會稽嚴維宅》詩云：「秋深臨水月，夜半隔山鐘。」此豈亦蘇州詩耶？恐唐時僧寺，自有夜半鐘也。京都街鼓今尙廢，後生讀唐詩文及街鼓者，往往茫然不能知，況僧寺夜半鐘乎？

或以爲實有「夜半鐘聲」，或以爲「夜半不是打鐘時」，都以是否合乎日常生活的事實作爲論詩依據。而紀曉嵐論《楓橋夜泊》，卻不管是否實有「夜半鐘聲」，而只就詩的機杼著眼。語見《閱微草堂筆記》卷十一：

杜甫詩曰：「巴童渾不寢，夜半有行舟。」張繼詩曰：「姑蘇城外寒山寺，夜半鐘聲到客船。」均從對面落筆，以半夜得聞，寫出未睡，非咏巴童舟、寒山寺鐘也。

確實，詩的核心是透過夜半不眠來表現作者的旅愁，故是否實有鐘聲是無關宏旨的。長期執教於武漢大學的劉永濟先生說過：「此詩所寫楓橋泊舟一夜之景，詩中除所見、所聞外，只一愁字透露心情。半夜鐘聲，非有旅愁者未必便能聽到。後人紛紛辨半夜有無鐘聲，殊覺可笑。」與紀曉嵐所論，若合符節。

據說，東晉顧愷之畫人，往往重神輕形。他爲裴楷畫像，在臉頰上多畫了三根毛。人問其所以，顧答道：「裴楷雋朗有識具。這正是他的識具的表徵。看畫者揣摩揣摩，會覺得添三毛如有神明，遠遠勝過未添之時。」唐代詩人王維的雪裡芭蕉圖也是一個著名的典故。雪是冬景，芭蕉是夏景，豈能同時出現？但北宋惠洪《冷齋夜話》則說：「詩者，妙觀逸想之所寓也，豈可限以繩墨哉？如王維畫雪中芭蕉，詩眼見之，知其神情暫寓於物，俗論則誚以爲不知寒暑。」取其雋逸，略其玄黃，只要能傳達出「逸想」，即使違背日常的生活情理亦可。如果依據顧愷之、王維的作法來立論，那麼，夜半是否有鐘聲是不必介意的。

明代馮夢龍《廣笑府》卷一《賦詩》嘲笑人寫詩太「實」，亦饒有趣味。蘇州某人有兩個女婿：長秀才，次書手。秀才經常鄙薄書手，說他「不文」。書手不服，請比試一番。岳父指庭前山茶爲題，書手咏道：「據看庭前一樹茶，如何違限不開花？信牌即仰東風去，火速明朝便發芽。」岳父道：「詩非不通，但純是衙門氣。」再命咏月，書手道：「領甚公文離海角？奉何信票到天涯？私度關津猶可恕，不合夤夜入人家。」岳父大笑道：「你大姨夫亦有此詩，何不學他？」書手請岳父朗誦，第一句是：「清光一片照姑蘇。」書手聽了，大叫道：「這句不對，難道月亮只照姑蘇嗎？應該說『照姑蘇等處』。」書手拘於日常生活的情理，如此寫詩、評詩，當然會鬧出笑話。由此推論，糾纏於是否實有鐘聲的爭論，亦是不明智之舉。

紀曉嵐、劉永濟著眼於詩人的不眠與客愁，而撇開鐘聲有無的問題不談，確有眼力。

物是人非之感

唐代趙嘏《江樓感舊》詩云：

獨上江樓思渺然，月光如水水如天。
同來望月人何處，風景依稀似去年。

風景依舊，而人在何處？這種物是人非之感，既蒼涼，又縹渺，曾令多少人感慨萬端，不能自已！

《閱微草堂筆記》卷十五載：

京城中最古的花木，當首推給孤寺呂氏藤花，其次則我家青桐，都已數百年。青桐的樹幹直徑一尺五寸，挺拔突出，夏日整個庭院都是碧色。可惜蟲蛀了一孔，雨水漬在裡面，時間長了，中間一直爛到根部，竟因此而枯槁。呂氏的住宅，後來賣給高兆煌太守，又轉賣給程振甲主事。藤花至今仍在，花架用棟樑之材，才能支撐住。其陰覆蓋住整個廳堂院落，藤蔓向旁伸展，又覆蓋住西邊的書房院落。花盛開時如紫雲垂地，香氣襲衣。慕堂孝廉健在時，或自己宴請客人，或友人借用宴請客人，飲酒賦詩，幾乎沒空過一天。至今四十餘年，再到舊遊之地，已非故主。鄰笛之悲尤深。年丈倪穟疇曾爲題一聯道：「一庭芳草圍新綠，十畝藤花落古香。」書法精妙，如渴驥怒猊，如今也不知所在了。

在京師花木中，這株「最古」的「藤花」已歷數百年，而藤花所在的居第，僅紀曉嵐所見，就已三易其主。這株藤花，彷彿是一位人世滄桑的見證人。以她爲中心來寫，頗具詩心。

據《晉書·羊祜傳》記載，晉羊祜鎮襄陽，登峴山，曾說：「自有宇宙，便有此山。由來賢達勝事，登此遠望，如我與卿者多矣！皆湮沒無聞，使人悲傷……」人世滄桑，山水永恆，在兩者的對比中，更見出人生的短暫、人事的空虛！紀曉嵐筆下的古藤花，與羊祜眼中的峴山，都起了襯托「人易湮滅」之旨的作用。

紀曉嵐提到「殊深鄰笛之悲」，典出向秀《思舊賦序》：「余與嵇康、呂安居止接近；其人並有不羈之才，然嵇志遠而疏，呂心曠而放。其後各以事見法……余逝將西邁，經其舊廬，於時日薄虞淵，寒冰凄然，鄰人有吹笛者，發聲寥亮，追思曩昔遊宴之好，感音而嘆，故作賦云。」後因用作傷逝懷舊的象徵。

唐代賀知章《回鄉偶書》詩云：

離別家鄉歲月多，近來人事半消磨。
惟有門前鏡湖水，春風不改舊時波。

鏡湖依舊，而人事消磨，此情此景，亦令讀者不勝浩嘆。

惆悵殘花剩一枝

趙嘏有一首《題汾陽舊宅》詩：

門前不改舊山河，破虜曾輕馬伏波。
今日獨經歌舞地，古槐疏冷夕陽多。

「汾陽」即汾陽王郭子儀。他和李泌，一武一文，是唐肅宗的兩個傑出的輔佐。安史之亂的平定，郭子儀功勛最爲卓著。史載他「以身係天下安危者二十年」，足見中唐人對他的敬仰。然而，時序更易，不到一百年光景，當趙嘏路過他的故居時，昔日的歌舞繁華之地，已是古槐疏冷，枯瘦的枝葉在夕陽中凄涼地搖曳著。盛衰對比，怵目驚心。

唐代的另外兩個名人，魏徵與宋璟，其家族也經歷了由盛而衰的變遷。時至北宋，魏徵的子孫，大字不識一斗，早與農夫為伍；宋璟的後裔宋立，其衰敗又進一層，竟成了軍營中的兵士。面對這種盛衰無常的人生現象，詩人陸游不禁潸然淚下，感慨不已地在《老學庵筆記》中記下了這兩件事。

盛衰無常的主題也曾觸動紀曉嵐的心靈。《閱微草堂筆記》卷二載：東光李又聃先生，嘗至宛平相國廢園中，見廊下有詩二首。其一曰：「颯颯西風吹破櫺，蕭蕭秋草滿空庭。月光穿漏飛檐角，照見莓苔半壁青。」其二曰：「耿耿疏星幾點明，銀河時有片雲行。凭闌坐聽譙樓鼓，數到連敲第五聲。」墨痕慘淡，殆不類人書。

曾是相國花園，讀者不難想見那種萬卉爭艷的繁華景象。然而，李又聃見到的，卻是秋草蕭蕭，莓苔滿地，西風從破窗穿過，簌簌作響，與它回應的是遠方譙樓的鼓聲。

伶人方俊官的身世尤令人唏噓不已，他幼以色藝擅場，為士大夫所賞。老而販鬻古器，經常往來京師。嘗覽鏡自嘆道：「方俊官乃作此狀！誰信曾舞衫歌扇，傾倒一時耶？」詩人倪餘疆以其身世爲題，作《感舊》詩云：「落拓江湖鬢欲絲，紅牙按曲記當時。莊生蝴蝶歸何處？惆悵殘花剩一枝。」

方俊官之事見《閱微草堂筆記》卷九。郭子儀等人，以一個家族而經歷了盛衰之變，自是令人言之嘆息；方俊官以一身而親歷盛衰之變，無疑更令人惆悵不已。

評香奩體

香奩體，指唐末韓偓《香奩集》所代表的一種詩風。韓偓（八四〇——？），字致堯，小名冬郎，自號玉山樵人。少有才名，姨父李商隱曾稱讚他「雛鳳清於老鳳聲」。歷任左拾遺、諫議大夫、翰林學士和兵部侍郎等職；以不附朱全忠，貶濮州司馬。天祐六年，詔復原官，偓不敢入朝，依閩王王審知而卒。他的《翰林集》中有一部分感時傷亂之作。而他自己最著力、影響也最大的，還是《香奩集》。南宋嚴羽《滄浪詩話·詩體》云：「香奩體，韓偓之詩，皆裙裾脂粉之語。有《香奩集》。」

對於香奩體，清高宗曾加以指斥。乾隆四十六年（一七八一）十一月初六日，上諭：「昨閱四庫館進呈書，有朱存孝編組《回文類聚》補遺一種，內載《美人八咏詩》，詞意媟狎，有乖雅正。夫詩以溫柔敦厚為教，孔子不刪鄭衛，所以示刺示戒也，故《三百篇》之旨，一言蔽以無邪。即美人香草以喻君子，亦當原本風雅，歸諸麗則，所謂托興遙深，語在此而意在彼也。自《玉臺新咏》以後，唐人韓偓輩，務作綺麗之詞，號為『香奩體』，漸入浮靡，尤而效之者，詩格更為卑下。今《美人八咏》內所列華髮等詩，毫無寄托，輒取俗傳鄙褻之語，曲為描寫，無論詩固不工，即其編造題目，不知何所根據。朕輯《四庫全書》，當采詩文之有關世道人心者，若此等詩句，豈可以體近香奩，概行采錄。所有《美人八咏詩》，著即行撤出。至此外各種詩集內有似此者，亦著該總裁督同總校、分校等，詳細檢查，一併撤出。」

在這道上諭中，清高宗雖然將香奩體與《美人八咏詩》區別開來，似乎承認韓偓的香奩詩有所寄托；但與《玉臺新咏》歸為一類，則仍視之為浮靡一流。比較起來，紀曉嵐對香奩體的評價要高得多。乾隆二十五年（一七六一），紀曉嵐三十七歲，作有《書韓致堯翰林集後》、《書韓致堯香奩集後》，對韓偓其人其詩，隱然多所推崇，如：

韓偓詩格不能超出五代諸人。即使有所寄托，亦多淺露，但在與詩教符合之處，竟欲勝過玉溪、樊川。這是因為忠義之氣，發乎情而見乎詞，遂能風骨內生，聲光外溢，足以振作其纖靡之風。

身為士人，而仿效俳優之詞，如以名教作為準繩，誠不免輕薄子之誚。但在唐王朝政局混亂之時，比之長樂老的所謂醇謹，究竟如何呢？九方皋相馬，取之於牝牡驪黃之外，的確是有原因的。

在上面兩段話中，紀曉嵐將韓偓與李商隱（玉溪）、杜牧（樊川）相提並論，其規格甚高。又就人品立論，稱許他遠勝於馮道（長樂老）。字裡行間，熱情洋溢。

從乾隆三十八年（一七七三）始，紀曉嵐長期擔任四庫全書總纂官。在評價韓偓時，處境頗為尷尬，因為他的意見與清高宗不合。我們看到，紀曉嵐雖有所讓步，卻堅持對韓偓的讚譽，如《四庫全書簡明目錄·韓內翰別集一卷》云：「唐韓偓撰。偓孤忠盡節，爲唐末完人。劉克莊詩話乃詆其國蹙主辱，絕無感時傷事之作，似克莊所見僅香奩一集耳。此集忠憤之氣，溢於句外，激昂慷慨，有變風變雅之遺。何可執其遊戲之筆，遽概生平乎？」作爲學者，紀曉嵐在皇帝面前並非一味地自屈自卑。

獷氣

《有美堂暴雨》是蘇軾久負盛名的作品之一。詩云：

遊人脚底一聲雷，滿座頑雲撥不開。
天外黑風吹海立，浙東飛雨過江來。
十分瀲灧金樽凸，千杖敲鏗羯鼓催。
喚起謫仙泉灑面，倒傾鮫室瀉瓊瑰。

據宋代陳肖岩《庚溪詩話》卷上，有美堂是嘉祐二年（一〇五七）杭州太守梅摯所建，位於吳山上。宋仁宗賜梅摯詩，首二句爲：「地有吳山美，東南第一州」，因以爲名。歐陽修曾爲之作記。

《有美堂暴雨》作於熙寧六年（一〇七三）。蘇軾豪邁地寫出他對一場暴雨的感受，筆勢倏起倏落，極不尋常，正如查愼行《初白庵詩評》卷下所說：「通首多是摹寫暴雨，章法亦奇。」第三句「天外黑風吹海立」化用杜甫《朝獻太清宮賦》「四海之水皆立」的成句，以描寫海水洶湧的情景，尤爲詩話所盛推，如洪邁《容齋隨筆》之「有美堂詩」條，蔡絛《西清詩話》卷中、《御選唐宋詩醇》卷三十四等。第五句寫錢塘江水勢浩大，好像十分滿的酒凸過了杯面，第六句寫風聲急驟，好像千錘急下敲打著羯鼓，第七、八句設想天帝欲喚起謫仙李白，故特意下了場暴雨，都給人別開生面之感。

但耐人尋味的是，紀曉嵐卻對此詩提出了非議：「此首爲詩話所盛推，然獷氣太重。」

批評蘇詩的「獷氣」，表現了紀曉嵐個人的審美趣味。

紀曉嵐《閱微草堂筆記》卷十八描述過「才子之筆，務殫心巧；飛仙之筆，妙出天然」的境界。在他看來，所謂「天然」，即「如春雲出岫，疏疏密密，意態自然，無杈椏怒張之狀」「如空江秋淨，煙水渺然，老鶴長唳，清飆遠引，亦消盡縱橫之氣。」卷二十四又特別倡導「無筆墨之痕」而反對「努力出棱，有心作態」。紀曉嵐說的「獷氣」，指的就是「縱橫之氣」，「務殫心巧」，「努力出棱，有心作態」；而「妙出天然」、「意態自然」、「無筆墨之痕」的「天仙之筆」，則可視爲紀曉嵐理想的書卷氣風範。他一向反對「才子之筆」。《有美堂暴雨》氣勢健旺，引起了他的批評；同樣，蒲松齡的《聊齋誌異》亦因長於鋪張、渲染，招致了他的不滿。紀曉嵐的審美趣味是一以貫之的。

橫看成嶺側成峰

蘇軾《題西林壁》詩云：

橫看成嶺側成峰，遠近高低各不同。

不識廬山真面目，只緣身在此山中。

此詩並非寫廬山的一景一勝，而是遊廬山的總的觀感。在詩中，這種觀感藉助形象表達出來，並同哲理的闡述結合在一起。隨著橫側、遠近、高低角度的改變，廬山呈現出不同的姿容。廬山的千姿萬態難以窮盡，無怪乎詩人感到「不識廬山眞面目」了。從認識論的角度看，這是令人信服的。所處不同，所見各異，認識無不受到條件的局限，帶有某種片面性。要識廬山眞面目，只有跳出「此山」。寓哲理於感興之中，意味深長。

紀曉嵐的批語云：「亦是禪偈而不甚露禪偈氣，尚不取厭，以爲高唱則未然。」

從這批語看，紀曉嵐對《題西林壁》並不特別推崇。但他寫作《閱微草堂筆記》，經常採用的技巧之一即從各種角度看問題，提供多種可能性，啓發讀者跳出「此山」，擺脫片面性。這也許是紀曉嵐人生智慧的不期然而然的呈現，與《題西林壁》無甚關係。但機杼相似，亦表明蘇軾所揭示的哲理頗具普遍性、深刻性。

試讀卷九的一則：

有位故城人：和狐女生了個兒子，他的父母很惱火地罵他。狐女流淚說道：「公婆見逐，這是不能抗拒的。但兒子還未斷奶。我應該帶走。」過了兩年多，忽然抱著兒子來找丈夫，說：「兒子已大，現在還給你。」她丈夫遵守父母的禁戒，扭頭不和她說話。狐女嘆口氣，抱著兒子走了。此狐特別富於人情味，但她抱走的兒子，不知究竟如何？是人所生的還是人，住房屋，吃熟食，生活於人間呢？還是妖所生的就是妖，幻化通靈，藏身於墟墓之中呢？或者雖然是妖卻保持了父親的姓，養育子孫，在非妖非人之間呢？雖然是人卻依然和母親的同類一起過日子，往來洞穴，在亦人亦妖之間呢？可惜見首不見尾，竟無處問個明白。

不用說，紀曉嵐旨在推測狐女與人所生子女的生存狀況。狐女與人戀愛，這是志怪小說中的一個常見題材，但許多志怪作者卻忽視了一個問題：他們的後代究竟是人是妖？或亦人亦妖？或非人非妖？紀曉嵐以爲，無論怎樣定性都不能完全使人信服。正所謂「橫看成嶺側成峰，遠近高低各不同。」移步換形，其可能性難以窮盡。

菩薩心腸

蘇軾《雨中遊天竺靈感觀音院》詩云：

蠶欲老，麥半黃，前山後山雨浪浪。
農夫輟耒女廢筐，白衣仙人在高堂。

天竺在浙江杭州靈隱寺南面山中，有上、中、下三天竺之分。靈感觀音院在上天竺。詩中的「白衣仙人」指觀音菩薩像。

這首詩是仿民歌形式寫的。後兩句說：正值蠶老麥黃、農事正忙的時候，卻淫雨不斷，妨礙農活，影響收成；而官僚們卻深居高堂，毫不關心。故紀曉嵐批云：「刺當事之不恤民也，妙於不盡其詞。」「似諺似謠，盎然古趣。」

《閱微草堂筆記》卷三的一則可與此對讀：

滄州插花廟的尼姑姓董。觀音大士誕辰那天，置辦供佛的香花、飲食、幡蓋等物，快就緒時，忽然覺得有些疲倦，靠著小桌子打盹。恍惚夢見觀音大士對她說：「你不獻供，我也不會挨餓；你獻了供，我也不會更飽。寺門外有四、五個流民，乞食不得，快要餓死了。你何不將供佛的飲食拿給他們吃，其功德勝過供我十倍。」霍然驚醒，開門去看，果然不錯。從此以後，每年供佛完畢，都用來施捨乞丐，說這是菩薩的意思。

或調侃「白衣仙人」不體恤百姓，或頌揚菩薩對民生疾苦的關心，對觀音形象的「塑造有別」，而歸趣卻是一致的：希望居上位者多關心黎民百姓，具有菩薩心腸。

非大雅所宜

蘇軾《李思訓畫長江絕島圖》詩云：

山蒼蒼，水茫茫，大孤小孤江中央。

崖崩路絕猿鳥去，惟有喬木攙天長。

客舟何處來?棹歌中流聲抑揚。

沙平風軟望不到，孤山久與船低昂。

峨峨兩煙鬟，曉鏡開新妝。

舟中賈客莫漫狂，小姑前年嫁彭郎。

詩中所寫的大孤山，在江西九江市東南鄱陽湖中，四面洪濤，一峰獨峙；小孤山在江西彭澤縣北、安徽宿松縣東南，屹立江中，與大孤山遙遙相對。委巷流傳，「孤」轉爲「姑」，「江側有一石磯，謂之彭浪磯，遂轉爲彭郎磯，云彭郎者，小姑婿也。」（歐陽修《歸田錄》卷二）

關於蘇軾此詩，紀曉嵐的批語是：「綽有興致。惟末兩句佻而無味，遂似市井惡少語，殊非大雅所宜。」

所謂「綽有興致」，指這首詩興會淋漓。作者觸景生情，因事寄興，情趣盎然。詩人先從整幅畫面寫起，粗略地勾出輪廓，給人天高地闊之感。然後轉向細部，特寫險峻的山崖，挺拔的樹木。詩行間一伸一縮，頗有氣勢。由「客舟何處來」一句，牽動讀者視線，由遠漸近，繼而「沙平風軟望不到」，又由近漸遠。最後仍落筆小島，以女子對鏡梳妝、撫弄髮髻的比喻，極寫大、小孤山的妖嬈。逐次勾勒細描，當得起「神完氣足，遒轉空妙」之評。

紀曉嵐對末兩句的非議，大概是由於其風格近於打油體，或近於油滑。唐人張打油的代表作是其《雪詩》：

江上一籠統，井上黑窟籠。
黃狗身上白，白狗身上腫。

所寫不能說不真切，但俚俗詼諧，過於輕佻。再如通俗流傳的《千家詩》中的「有梅無雪不精神，有雪無詩俗了人。……」（盧梅坡《雪梅》）意思雖好，亦因語言油滑，令人生厭。

也許應該提到蘇軾的《新城道中》詩：

東風知我欲山行，吹斷簷間積雨聲。

嶺上晴雲披絮帽，樹頭初日掛銅鉦。

野桃含笑竹籬短，溪柳自笑沙水清。

西崦人家應最樂，煮芹燒筍餉春耕。

關於此詩的三、四句，方回《瀛奎律髓》評曰：「乃是早行詩也」，「頗拙」。紀曉嵐評曰：「此乃平心之論，無依附門牆之俗態。」「絮帽、銅鉦究非雅字。」

「究非雅字」，也就是俗。陸游《老學庵筆記》卷五載：

紹興中，有貴人好爲俳諧體詩及箋啓，詩云：「綠樹帶雲山罨畫，斜陽入竹地銷金。」《上汪內相啓》云：「長楸脫卻青羅帔，綠蓋千層；俊鷹解下綠絲縧，青雲萬里。」後生遂有以爲工者。賴是時前輩猶在，雅正未衰，不然與五代文體何異。此事係時治忽，非細事也。

比較一下，不難發現，絮帽、銅鉦之喻，與某貴人的俳諧體詩是頗爲相近的。蘇軾雖爲大家，亦不必爲賢者諱。《李思訓畫長江絕島圖》的末兩句亦近於俳諧。

歐陽修《六一詩話》有這樣一條：

聖俞曾說：「詩句義理雖通，如果語涉淺俗而顯得可笑，亦是一病。如有《贈漁父》一聯道：『眼前不見市朝事，耳畔唯聞風水聲』，解釋者說這是患肝腎風。又有《咏詩》詩道：『盡日覓不得，有時還自來』，本意是說好詩句難得，解釋者說這是人家丟了貓的詩。人們都以之做笑話講。」

比照《李思訓畫長江絕島圖》的末兩句，我們可以說：蘇軾採取民間傳說，運用諧聲雙關的技巧，寫得頗爲聰明；但淺俗油滑，有損詩的雅正風度。紀曉嵐的批評是對的。

此種眞非東坡不能

宋神宗元豐三年（一〇七九），蘇軾因反對新法，被貶謫到黃州（今屬湖北黃岡）。開始，他住在城東的定惠院。「黃州定惠院東小山上有海棠一株，特繁茂，每歲盛開，必攜客置酒。」酷愛如此，蘇軾情不自禁地寫了一首詩，對之加以讚美，並寄托自己的天涯流落之概。這首詩題爲《寓居定惠院之東，雜花滿山，有海棠一株，土人不知貴也》，詩云：

江城地瘴蕃草木，只有名花苦幽獨，
嫣然一笑竹籬間，桃李漫山總粗俗。
也知造物有深意，故遣佳人在空谷。
自然富貴出天姿，不待金盤荐華屋。
朱唇得酒暈生臉，翠袖卷紗紅映肉。
林深霧暗曉光遲，日暖風輕春睡足。
雨中有淚亦悽愴，月下無人更清淑。
先生食飽無一事，散步逍遙自捫腹，
不問人家與僧舍，柱杖敲門看修竹。
忽逢絕艷照衰朽，嘆息無言揩病目。
陋邦何處得此花，無乃好事移西蜀？

寸根千里不易致，銜子飛來定鴻鵠。

天涯流落俱可念，為飲一樽歌此曲。

明朝酒醒還獨來，雪落紛紛那忍觸！

據南宋朱弁《風月堂詩話》記載：「東坡嘗自咏《海棠》詩，至『雨中有淚還悽愴，月下無人更清淑』之句，謂人曰：『此兩句乃吾向造化窟中奪將來也。』」足見其自負不淺。而紀曉嵐對此詩的評價亦極高：「純以海棠自寓，風姿高秀，興象深微；後半尤煙波跌宕。此種眞非東坡不能，東坡非一時興到亦不能。」

這首詩的前半咏海棠，「先生」句以下，轉入作者感慨。「天涯流落俱可念」，兼指名花和作者，起收束全詩的作用。

紀曉嵐以爲此詩「非東坡不能」，也許是由於，在「天涯流落」的逆境中而依舊「風姿高秀」，達到這一人生境界並能將之「興象深微」地表達出來的，只有蘇軾。

蘇軾的曠達性情一向爲後世讀書人所景仰。他的一生仕途坎坷，曾三次遭貶：元豐三年，因反對王安石的新法而謫居黃州；元祐年間，又被指爲第二個王安石，外調杭州、定州等地；紹聖年間，新黨再度上台，蘇軾一貶再貶，從惠州直到遙遠的儋州（今海南省）。但宦途的挫折並沒有銷蝕他對人生的熱愛。他謙遜坦白，將浪漫與閑適融而爲一，從而樹立起自己和諧的人格，創造了極富個性的明淨的生活方式。

陸游《老學庵筆記》卷一講述過蘇軾的一件軼事。蘇軾高曠豁達，而他弟弟蘇轍的心底卻總是潛伏著某種人生的憂鬱。於是，當兩兄弟同遭貶謫，在廣西藤縣的路旁小店吃「粗惡不可食」的麵條時，其反應便大不相同了：轉眼之間，蘇軾已將麵條吃光，但蘇轍卻放下筷子在那兒嘆氣。蘇軾詼諧地問：「爾尚欲咀嚼耶？」（「莫非你還想細細品味嗎？」）言外之意是：對生活中的痛苦切莫反覆咀嚼。因爲，越咀嚼便越傷感，越傷感便越覺悲劇難以承受。

蘇轍的舉動令我們想起唐代的柳宗元。這位散文大家曾被貶到永州（今湖南省零陵縣），後改官柳州，比海南島近多了，但他卻悲憤莫名，一次又一次地爲自己的命運唏噓感慨。他在《永州八記·鈷鉧潭西小丘記》中借題發揮說：以此丘之勝，如果是在長安附近的話，那麼貴遊子弟一定會出辣價錢購買；可是如今，被拋棄在偏遠的永州，連農夫漁父都看不起它。這裡所隱喻的正是他本人的不得志。由於心情抑鬱，柳宗元才四十七歲就病死在柳州。

蘇軾則較好地做到了隨緣自適。在困頓的境遇中，他雖有「嘆息」，卻不失豪邁。那種「散步逍遙自捫腹」的瀟脫，那種「明朝酒醒還獨來」的跌宕，何其爽朗超逸！一句話，貶謫中的蘇軾，並沒有倒下來。這種「高秀」的「風姿」，正是此詩成爲「千古絕作」的根基。

在黃州時，蘇軾還有一首海棠詩，亦境界不俗。謹附錄於此，供讀者欣賞。

〈海棠〉：

東風裊裊泛崇光，香霧空蒙月轉廊。
只恐夜深花睡去，故燒高燭照紅妝。

寫難狀之景

宋仁宗嘉祐六年（一〇六一），蘇軾出任簽書鳳翔府判官，前去赴職。其弟蘇轍被任命爲商州推官，但因父親蘇洵在京編修《禮書》，蘇軾又赴外任，故留京侍奉。他送蘇軾至鄭州，然後折返汴京。與蘇轍剛分手，蘇軾便寫了《辛丑十一月十九日，既與子由別於鄭州西門之外，馬上賦詩一篇寄之》，詩云：

不飲胡為醉兀兀！此心已逐歸鞍發。
歸人猶自念庭闈，今我何以慰寂寞？
登高回首坡隴隔，但見烏帽出復沒。
苦寒念爾衣裘薄，獨騎瘦馬踏殘月。
路人行歌居人樂，童僕怪我苦悽惻。
亦知人生要有別，但恐歲月去飄忽。
寒燈相對記疇昔，夜雨何時聽蕭瑟？

君知此意不可忘，慎勿苦愛高官職！

紀曉嵐批點「登高」二句說：「寫難狀之景。」

「登高」二句所寫的情景是：蘇軾登上高處，遠望返回汴京的弟弟，卻被坡隴遮蔽，只見蘇轍的烏帽時出時沒。許顗《彥周詩話》、陳岩肖《庚溪詩話》在評析：《登高》二句之妙時，引了一系列前人的名句作爲參照，如王維：「車徒望不見，時見起行塵」，歐陽詹：「高城已不見，況復城中人。」張先：「眼力不如人，遠上溪橋去。」都表達出一種「臨歧執別」、「戀戀不能遽去」的惜別之情。

許顗、陳岩肖沒有提到李白的《黃鶴樓送孟浩然之廣陵》，其實李詩與蘇詩大有可比照之處。李詩云：

故人西辭黃鶴樓，煙花三月下揚州。

孤帆遠影碧空盡，唯見長江天際流。

如劉永濟先生所說：此詩寫別情在三、四句。故人之舟既遠，則帆影亦在碧空中消失，此時送別之人所見者「長江天際流」而已。行者已遠，而送者猶佇立，正以見其依戀之切，非交深之友，不能有此深情也。善寫情者不貴質言，但將別時景象有感於心者寫出，即可使誦其詩者，發生同感也。

蘇詩所寫亦爲「行者已遠而送者猶佇立」的情景，只是送者所見，非「長江天際流」，乃「烏帽出復沒」。相形之下，一巨一細，一壯闊，一入微，蘇軾在藝術表達上所要克服的困難更大，故紀曉嵐才會佩服他這種「狀難寫之景」的筆力。

寫這首詩時，蘇軾才二十六歲。

評《王維吴道子畫》

蘇軾寫過一首題爲《王維吴道子畫》的詩：

何處訪吴畫？普門與開元。

開元有東塔，摩詰留手痕。
吾觀畫品中，莫如二子尊。
道子實雄放，浩如海波翻。
當其下手風雨快，筆所未到氣已吞。
亭亭雙林間，彩暈扶桑暾。
中有至人談寂滅，悟者悲涕迷者手自捫。
蠻君鬼伯千萬萬，相排競進頭如黿。
摩詰本詩老，佩芷襲芳蓀；
今觀此壁畫，亦若其詩清且敦。
祇園弟子盡鶴骨，心如死灰不復溫。
門前兩叢竹，雪節貫霜根。
交柯亂葉動無數，一一皆可尋其源。
吳生雖妙絕，猶以畫工論。
摩詰得之於象外，有如仙翮謝籠樊。

吾觀二子皆神俊，又於維也斂衽無間言。

紀曉嵐的評語說：「奇氣縱橫，而句句渾成深穩。」他的意思是什麼？

也許這首先是就筆勢（「氣」）而言。從結構上看，這首詩很容易寫得呆板枯燥。前六句總評吳、王，確定他們在畫家中的地位；繼十句專論開元寺大殿上的吳畫；接下十句專論開元寺東塔的王畫；最後六句合論兩家，評定吳、王高下。四個層次的安排缺少變化。但由於詩人恰當發揮了以議論為詩的長處，揮灑自如，筆勢多變，因而顯得活潑有致。正如汪師韓《蘇詩評選箋釋》卷一所說：「以史遷合傳論贊之體作詩，開合離奇，音節疏古。道子下筆入神，篇中摹寫亦不遺餘力。將言吳不如王，乃先於道子極意形容，正是尊題法也。後稱王維，只云畫如其詩，而所以譽其畫筆者甚淡，顧其妙在筆墨之外者，自能使人於言下領悟，更不必如《畫斷》鑿鑿指爲神品、妙品矣。」

王維、吳道子都是唐代著名畫家，但王維屬於南宗，吳道子屬於北宗。蘇軾自己在《書吳道子畫後》裡曾以杜甫詩、韓愈文、顏眞卿書和吳道子畫並提，推爲四絕，爲什麼這一首詩又揚王抑吳呢？原來他尊崇的是王的畫品，因爲中國畫史上最有代表性的、最主要的流派是「南宗文人畫」，如王文誥所說：「道元（玄）雖畫聖，與文人氣息不通；摩詰非畫聖，與文人氣息通，此中極有區別。自宋元以來，爲士大夫畫者，瓣香摩詰則有之，而傳道元衣鉢者則絕無其人也。」

紀曉嵐是否也抑吳揚王呢？並不。他的另一條批語說：「摩詰、道子畫品，未易低昂。」紀曉嵐對北宗畫心香一炷，或許與他身爲北方人不無關係。

三四寫景自眞

宋仁宗嘉祐七年（一〇六二），二十七歲的蘇軾登覽名勝，寫了《題寶雞縣斯飛閣》詩：

西南歸路遠蕭條，倚檻魂飛不可招。
野闊牛羊同雁鶩，天長草樹接雲霄。

昏昏水氣浮山麓，汎汎春風弄麥苗。
誰使愛官輕去國，此身無計老漁樵。

紀曉嵐批曰：「三、四寫景自眞。」所謂「寫景自眞」，在於「野闊」兩句準確地表達出了遠望的錯覺。

由此我想到北宋陶弼的《碧湘門》詩。陶弼（一〇一五——一〇七八），字商翁，永州祁陽（今屬湖南）人。以功授陽朔縣主簿，歷官知邕州、東上閤門使、康州團練使。年輩稍長於蘇軾。其《碧湘門》詩云：

城中煙樹綠波漫，幾萬樓台樹影間。
天闊鳥行疑没草，地卑江勢欲沉山。

碧湘門即長沙（今屬湖南）城門。作品所描繪的是詩人在門樓上憑高四望所見的景色，句句寫遠，卻又始終未著「遠」字，表現出形象描繪的高度技巧。

開頭兩句展開一幅長沙城內的夏日風光圖。畫面的中心是樹。登樓一望，遠樹如煙，故稱「煙樹」。萬木葱籠，層層疊疊，有似水波浩蕩，所以喻爲「綠波」。「漫」本來是一個極爲平常的字眼，用在這裡卻很新鮮，使讀者淸晰地感到，綠樹如海，無所不在，彷彿不僅充滿了整個長沙，並且正在漫溢出去。這就給人一種置身於無邊濃綠之中的感覺。「幾萬樓台樹影間」是進一步點染。「幾萬」，可見數量之多。如此衆多的崇樓高台，卻若隱若現於「樹影」之間。這一襯托，這一裝點，「城中煙樹」的壯美景象就更其鮮明，也更富於立體感。

三、四兩句寫遠望中的錯覺，與蘇軾詩適成對照，我們且多說幾句。

第三句目光移向城外。著一「疑」家，意味深長地表明所寫的是遠望的錯覺。不錯，鳥行最初出現在上空時，還需要仰視，而當漸漸地飛向遠處，雖然實際上並未降低高度，但卻顯得越來越低，彷彿是在貼地而飛，以至於似乎沒入了草中。這裡，「鳥行沒草」是一個緩慢的過程，是動景，用以襯托「天闊」這一靜景。因爲沒有「天闊」，就不見鳥行的遠飛，也就絕不會有這般錯覺。此句以「天闊」領起，用意顯然。

第四句寫遠望中的「江」，即湘江。舊題王維《山水論》云：「遠水無波，高與雲齊。」這一帶地勢本來就「卑」（低），與遠水相形，自然如同陷進去一般，所以，就連那些山巒也彷彿要被淹沒似的。「沉」是經過錘煉所得的詩眼。陶弼另一首《公安縣》詩也有句云：「遠水欲沉城。」由此一字的重複使用，更可以體會到，用它描寫遠水浩茫的情景，確實和王維《漢江臨泛》中「郡邑浮前浦」之「浮」異曲同工，意義相反的字眼同樣眞切地寫出了水勢之盛。「欲」字亦宜著眼。「欲沉」者，將沉而未沉也，既傳達出了遠水浩茫給詩人的強烈主觀感受，又恰當地把握住了描寫的分寸。看似尋常卻奇崛。

談過了《碧湘門》，再來看蘇詩的三、四句。牛羊怎麼會同雁鶩一般大呢？原來是因田野廣闊，顯得小了；草樹怎麼可能與天相接呢？原來是因藍天渺遠，人的錯覺如此。「寫閣下所望之景，奇警如見」，故當得起「眞切」之評。

寫遠望中的錯覺，乃蘇軾所擅長，《題寶雞縣斯飛閣》是一例，《澄邁驛通潮閣》又是一例：

餘生欲老海南村，帝遣巫陽招我魂。

杳杳天低鶻沒處，青山一髮是中原。

宋胡仔《苕溪漁隱叢話·後集》卷三十說：「《澄邁驛通潮閣》詩云：『杳杳天低鶻沒處，青山一髮是中原。』《伏波將軍廟碑》有云：『南望連山，若有若無，杳杳一髮耳。』皆兩用之。其語倔奇，蓋得意也。」青山宛如髮絲，這正是遠望的感覺，故紀曉嵐批曰：「神來之筆。」

海市蜃樓

所謂海市蜃樓，實爲大氣中由於光線的折射作用而形成的一種自然的現象。當空氣各層的密度有較大的差異時，遠處的光線透過密度不同的空氣層就發生折射或全反射，這時可以看見在空中或地面以下有遠處物體的影象。這種現象多在夏天出現於沿海一帶或沙漠地方。古人誤以爲蜃吐氣而成，所以叫海市蜃樓，也叫蜃景。

宋神宗元豐八年（一〇八五）十月，蘇軾到登州任知州，見到了海市，欣喜之餘，作《登州海市》一詩：

東方雲海空復空，群仙出沒空明中。
蕩搖浮世生萬象，豈有貝闕藏珠宮？
心知所見皆幻影，敢以耳目煩神工。
歲寒水冷天地閉，為我起蟄鞭魚龍；
重樓翠阜出霜曉，異事驚倒百歲翁。
人間所得容力取，世外無物誰為雄？
率然有請不我拒，信我人厄非天窮。
潮陽太守南遷歸，喜見石廩堆祝融。
自言正直動山鬼，豈知造物哀龍鐘。
伸眉一笑豈易得，神之報汝亦已豐。
斜陽萬里孤鳥沒，但見碧海磨青銅。
新詩綺語亦安用？相與變滅隨東風。

紀曉嵐批曰：「海市只是『重樓翠阜』，此正不盡形容，亦正不能形容也。從未見之前、既見之後、與歲晚得見之實，結撰成篇，煒煒精光，欲奪人目。」

紀曉嵐讚賞的是蘇軾的寫作技巧。海市蜃樓雖是詩題的中心，但蘇軾並未詳加描摹，因爲，海市不過是「重樓翠阜」而已，形容不盡，也無法形容。而將未見之前、既見之後以及歲晚得見的緣由鋪敘出來，卻頗有個性，並有效地映襯出了海市之奇。

《閱微草堂筆記》卷十六寫海市蜃樓，與蘇詩機杼相近，讀者可以參看：

朱子穎運使在任敘永同知時，從成都回官署，偶然見到一片茂密的樹林，停車休息片刻。遠遠望見萬峰之頂，似有人家；但壁立千仞，實非人跡所能到。正好帶有西洋望遠鏡，試著用來觀看，但見草屋三楹，向陽開門，有老翁靠著松樹站立，一幼女坐屋檐下，手中拿著什麼，好像在低頭縫補；屋柱上似有對聯，看不清楚。一會兒，雲氣滃郁，便再也見不到了。後來再過此地，林麓依然，再用望遠鏡看，只見空山而已。莫非是仙靈之宅，誤爲人見，遂遷往他處去了嗎？

紀曉嵐推想朱子穎所見乃「仙靈之宅」，其實，解釋爲海市蜃樓也許更合理些。

論陸游人品

南宋陸游，是中國文學史上的大家之一。對他的詩，紀曉嵐評價甚高，譽爲「清新刻露，而出以圓潤，實能自辟一宗」。但對陸游的人品卻多次加以非議，如《四庫全書總目·〈誠齋集〉提要》將他與楊萬里比較：「以詩品論，萬里不如游之鍛煉工細；以人品論，則萬里倜乎遠矣。」紀曉嵐立論的主要依據是：他曾在韓侂胄執政時官居顯位，並爲韓侂胄撰有《南園閱古泉記》一文。

其實，批評陸游人品不高，不如批評他「識度甚淺」。

陸游時值南宋中期，懷有恢復中原的強烈願望，但他對當時局勢卻並無準確的了解。比如，宋孝宗淳熙十一年（一一八四），六十歲的陸游說：「虜酋遁歸漠北」，「虜政衰亂」，認爲是進攻金國的好時機。他豪情滿懷地寫了《聞虜政衰亂掃蕩有期喜成口號》詩：

遺虜遊魂豈足憂，漢家方運幄中籌。
天開地闢逢千載，雷動風行遍九州。
習斗令嚴青海夜，旌旗色照鐵關秋。
功名自是英豪事，不用君王萬戶侯。

其實，此時的金國正在英明君主世宗的統治之下，處於最安定的狀態。既不知己，又不知彼，陸游的北伐主張只能視為良好的願望。

大學者朱熹對陸游的「識度甚淺」深有了解。朱熹是極佩服作為詩人的陸游的，曾在《答徐載叔賡》中說：「放翁之詩，讀之爽然，近代唯見此人為有詩人風致。」但對置身於政治漩渦中的陸游，卻經常不放心。比如，宋寧宗嘉泰二年（一二〇二），陸游已經七十八歲了。韓侂冑把持朝政，排斥趙汝愚、朱熹等，並頒布了「僞學」、「僞黨」的禁令。為了提高自己的聲望，韓侂冑大力籠絡負有時譽的人士，陸游因此成了重要的延攬對象。朱熹生怕陸游把握不住自己，在寫給鞏仲至的信中說：「頃嘗憂其跡太近，能太高，或為有力者所牽挽，不得全此晚節。」但陸游到底眼光短淺了些，接受了史館修撰的任命，並爲韓侂胄寫了《南園閱古泉記》。

陸游「識度甚淺」，毋庸諱言。倒是紀曉嵐將其「識度甚淺」誤會爲人品不高，有必要加以辨析。因爲，「識度甚淺」並不影響陸游的文學家地位，而人品卑污卻可能從根本上損害其形象。

劍南之眞

蘇軾《病中遊祖塔院》詩云：

紫李黃瓜村路香，烏紗白葛道衣涼。
閉門野寺松陰轉，攲枕風軒客夢長。
因病得閑殊不惡，安心是藥更無方。
道人不惜階前水，借與匏樽自在嚐。

祖塔院即現在的虎跑寺。

紀曉嵐評這首詩說：「此種已居然劍南派。然劍南別有安身立命之地，細看全集自知。楊芝田專選此種，世人以易於模仿而盛傳之，而劍南之眞遂隱。」所謂「劍南」，指陸游。公元一一七〇年，陸游入蜀任夔州通判。三年任滿，入四川宣撫使王炎幕府。一一七五年，又入四川制置使范成大幕府任參議官。陸游在蜀中歷時九年，以一個馬背上的「狂生」形象，英姿颯爽地挺立在世人面前。這是陸游人生中最爲輝煌的一個時期。爲了紀念這段生活，他將全部詩作題名爲《劍南詩稿》。

但在明、清兩朝，大多數讀者心目中的陸游卻只是個「閑適細膩」的詩人，其長處在於「咀嚼出日常生活深永的滋味，熨貼出當前景物的曲折的情狀」。就此造成了陸游是個「老清客」的印象。明清人經常提到的是陸游七十歲那年初冬所作的《書室明暖，終日婆娑其間，倦則扶杖至小園，戲作長句》。全詩如下：

美睡宜人勝按摩，江南十月氣猶和。
重簾不卷留香久，古硯微凹聚墨多。

月上忽看梅影出，風高時送雁聲過。
一杯太淡君休笑，牛背吾方扣角歌。

終日盤桓於書房內外，或美睡，或飲酒，或吟詩，或酣歌，徜徉自適，快樂地享受人生，這種閑適風味，與《病中遊祖塔院》何其神肖！

《紅樓夢》第四十八回，香菱說：「我只愛陸放翁的『重帘不卷留香久，古硯微凹聚墨多。』說的眞切有趣。」黛玉說：「斷不可看這樣的詩。你們因不知詩，所以見這淺近的就愛；一入了這個格局，再學不出來的。」黛玉的話自然是對的，但她忘了指出：這些淺近的詩並非「劍南之眞」；陸游之爲陸游，「別有安身立命之地。」還是紀曉嵐的意見深刻。

那麼，何爲「劍南之眞」呢？

紀曉嵐《四庫全書總目·〈劍南詩稿〉提要》云：

游詩法傳自曾幾，而所作呂居仁集序，又稱源出居仁，兩人皆江西派。然游詩清新刻露，而出以圓潤，實能自辟一宗，不襲黃、陳之舊格。劉克莊號爲工詩，而《後村詩話》載游詩，僅摘其對偶之工，已爲皮相。後人選其詩者，又略其感激豪宕沈鬱深婉之作，惟取其流連光景，可以剽竊移掇者，轉相販鬻，放翁詩派，遂爲論者口實。……今錄其全集，庶幾知劍南一派，自有其眞，非淺學者所可藉口焉。

陸游之「眞」，主要體現於那些「感激豪宕沉鬱深婉之作」，尤其是他的「從軍」詩。誠如梁啓超《讀陸放翁詩》組詩第一首所寫：

詩界千年靡靡風，兵魂銷盡國魂空。
集中十九從軍樂，亘古男兒一放翁。

題秋海棠詩

南宋詩人陸游在婚姻問題上所受的打擊是許多讀者都熟悉的。大約二十歲時，陸游和舅舅的女兒唐琬結婚，夫婦感情很好。但不知爲什麼，陸游的母親卻不喜歡這個媳婦，逼著他們離婚。後來，陸游另娶了王氏，唐琬也改嫁給同郡的趙士程。十年以後，陸游三十出頭了，一次春日出遊，在紹興禹迹寺南的沈園，遇見了唐琬和她的後夫。唐琬以酒餚殷勤款待。陸游極爲傷感，便在園壁上題了一首《釵頭鳳》：

紅酥手，黃縢酒，滿城春色宮牆柳。東風惡，歡情薄，一懷愁緒，幾年離索。錯！錯！錯！

春如舊，人空瘦，淚痕紅浥鮫綃透。桃花落，閑池閣。山盟雖在，錦書難托。莫！莫！莫！

相傳唐琬看見之後，和了一首詞，其中有「世情薄，人情惡」之句，並從此抑鬱成病，不久便去世了。

唐琬之死，在陸游的心靈上刻下了一道永遠也不能彌合的傷痕。四十年後，陸游已是七十餘歲的老人，舊地重遊，依然心頭隱隱作痛，寫下了兩首著名的《沈園》詩。第二首是：

夢斷香消四十年，沈園柳老不吹綿。
此身行作稽山土，猶吊遺蹤一泫然！

如此若澀的人生之酒，竟擺在一位偉人的餐桌上，千載以下，猶令人爲之感慨唏噓。

讀陸游的《沈園》，驀然想起紀曉嵐的《題秋海棠》詩，因爲兩者的措詞頗有相似之處。《題秋海棠》作於乾隆三十六年（一七七一），當時紀曉嵐四十八歲。詩云：

憔悴幽花劇可憐。斜陽院落晚秋天。
詞人老大風情減，猶對殘紅一悵然。

據紀曉嵐說，這首詩彷彿是專爲一位名叫文鸞的姑娘寫的，雖然創作的初衷乃題咏海棠。

《閱微草堂筆記》卷二十記下了文鸞與紀曉嵐的一段情緣：

四叔母李安人的侍婢文鸞，最受安人喜歡。正好我寄信尋一位侍女，叔母在各位侄兒中最喜歡我，擬以文鸞相贈。私下徵求文鸞的意見，也毫無拒絕之意。叔母爲她置備衣裳簪制珥，已準備登車起程了。有人妒忌她，唆使她的父親多提些要求，事情遂受到阻礙。文鸞竟因此鬱鬱不樂，生病而死。當初我不知道此事，幾年後才漸漸聽說，亦如雁過長空，影沈秋水。今年五月，將侍從皇帝出巡，收拾行李，有些疲倦，坐著打盹。忽然夢見一年輕女子翩翩然而來。因從不相識，驚問道：「是誰？」凝神站立，沒有說話。我也突然醒來了，不明白是什麼緣故。適逢家人在一起吃飯，我偶然說起這事。第三個兒媳婦，是我的甥女，從小在外家與文鸞嬉戲，又熟知她抱恨而死一事，驚奇地說：「莫不是文鸞？」因細述其容貌身材，與我夢中所見相符。是不是呢？爲何二十年來長期置之度外，忽然無緣無故地進入夢中？詢問她的葬處，打算將來爲她立一碑刻。都說墳墓已平，久已埋沒於荒榛蔓草，沒辦法辨認了。姑且記錄於此，以告慰黃泉下的死者。

紀曉嵐對文鸞的一片情愫，當然不像陸游之於唐琬那樣痛徹骨髓，然而這倒是生活的眞面目。雪泥鴻爪，萍水相逢，人的一生中會有許多次動人情懷的兩相邂逅。來了，又去了；生活本身就是如此。「茜紗窗下，我本無緣；黃土壠中，卿何薄命」，其中有惆悵，有嘆惋，惆悵嘆惋之餘，仍歸於以理性的愛去品味生活。紀曉嵐正是這樣。「猶對殘紅一悵然」，較之「猶吊遺蹤一泫然」，傷感的程度自有輕重之別。

聽說楊濤的《紀曉嵐外傳》已將文鸞一事演義成愛情故事，我沒有見到，但希望作者不要渲染過份，將「悵然」處理爲「泫然」。

李芳樹刺血詩

《李芳樹刺血詩》，世無傳本，僅見於《永樂大典》，不著朝代，亦不詳芳樹始末。紀曉嵐校勘《四庫全書》，偶見之，令館吏錄出一紙，久而失去。後檢點舊帙，忽於小篋內得之，特收入《閱微草堂筆記》卷十二。詩云：

去去復去去，凄惻門前路。

行行重行行，輾轉猶含情。
含情一回首，見我窗前柳；
柳北是高樓，珠簾半上鉤。
昨為樓上女，簾下調鸚鵡；
今為牆外人，紅淚沾羅巾。
牆外與樓上，相去無十丈；
云何咫尺間，如隔千重山？
悲哉兩決絕，從此終天別。
別鶴空徘徊，誰念鳴聲哀！
徘徊日欲晚，決意投身返。
手裂湘裙裾，泣寄稿砧書。
可憐帛一尺，字字血痕赤。
一字一酸吟，舊愛牽人心。
君如收覆水，妾罪甘鞭捶。

不然死君前，終勝生棄捐。
死亦無別語，願葬君家土。
儻化斷腸花，猶得生君家。

關於此詩的作者，紀曉嵐以爲，「不知爲所自作，如竇玄妻詩；爲時人代作，如焦仲卿妻詩也。」存疑待考。關於此詩的時代，紀曉嵐介紹了陸耳山的看法：「此詩次韓蘄王孫女詩前；彼在宋末，則芳樹必宋人。」表示「以例推之，想當然也」。

《李芳樹刺血詩》表達的是一個棄婦的情愫。其命運與古詩中的焦仲卿妻相近。如柯慶明先生所說：「由於古代婦女有三從之教，往往其命運皆不能自己做主，所以苦難的降臨更爲無辜。」「無辜而蒙受重大的苦難，適足以激發我們深刻的恐怖與強烈的哀憐。」「這種苦難透過女性形象來呈現的形式，往往能夠經由女性本身所自然予人的美麗印象的融滲於作品的整體情調之中，而使作品不致淪爲醜惡的完全充斥。因爲那不但有違藝術爲美之創造的宗旨，更有背於『溫柔敦厚』的詩教精神。」「在這裡女性的溫柔就更呈現為『蒲葦紉如絲』的一種摧而不折的堅韌的對抗邪惡，維護人性的力量。而在苦難漫長的黑夜中。乍現一線人道之曙光。這正是所謂溫柔敦厚精神的最佳體現，也是最好註腳。」

紀曉嵐之欣賞《李芳樹刺血詩》，首先即在於它體現了溫柔敦厚的詩教精神。「愛其纏綿悱惻，無一毫怨怒之意，殆可泣鬼神。」的確，李芳樹越是溫柔厚道，她在讀者心目中所引起的同情就越深沉，越厚重，令人不能自已地為她感慨唏噓。

紀曉嵐之欣賞《李芳樹刺血詩》，還表達了他對那些含冤負屈的婦女的眞摯同情。《閱微草堂筆記》卷十二另一則記載：

紀中涵在旌德做官時，有人因掘地發現古墓，棺木和骨頭都已成為灰土，惟有心臟尚存，血色猶紅，感到害怕，忙投入水中。另有一塊一尺見方的石頭，字跡還可以辨認。中涵聽說了，想取來看。鄉民怕受連累，砸碎石頭，沉入水中，隱瞞說，沒有這回事。中涵罷官後，才購買到石刻的過錄本，上面的文字是：「白璧有瑕，黃泉蒙恥。魂斷水滑，骨埋山跖。我作誓詞，祝䨓壙底。千百年後，有人發此。爾不貞耶，消爲泥澤。爾儻銜冤，心終不死」。文末題「壬申三月，耕石翁爲第五女作。」大概他的女兒含冤而死，以此代替墓誌。觀心臟依舊完好，知道她確實受了冤枉。但耕石翁沒有姓名，他女兒沒有夫族，歲月沒有年號，不知是誰。無從考其始末，遂令奇跡不能彰顯於世，太可惜了！

貞女含冤而死，其心歷千百年不朽；與此相似，《李芳樹刺血詩》「沉湮數百年，終見於世，豈非貞魂怨魄，精貫三光，有不可磨滅者乎！」紀曉嵐對貞魂怨魄，是滿懷敬佩悲憫之情的。

紀曉嵐之欣賞《李芳樹刺血詩》，還潛在地包含了一個意思。即：爲婦之道，當忍辱負重，即使遭受極不公平的待遇，仍應自我克制。《閱微草堂筆記》卷四載：

申蒼嶙先生，名丹，謙居先生之弟。謙居先生性情隨和，蒼嶺先生性情豪爽，但立身耿介則兩人相同。同里有兒媳婦不堪婆婆的虐待自縊而死，蒼嶺先生因爲兩家都是士族，勸媳婦的父兄不要打官司。這天晚上，聽到哭聲由遠而近，漸漸入門，漸漸到了窗外，一邊哭一邊訴說，言詞凄楚，極恨先生的不打官司之論。先生喝斥道：「婆婆虐待媳婦至死，法律沒有抵命的條文。即使起訴，也不能使你稱心。而且起訴必然驗屍，驗屍必然裸露，不是使兩家受到更大的污辱嗎？」鬼仍然嘮嘮叨叨地哭泣不已。先生說：「君臣之間沒有官司，父子之間沒有官司。人們同情你受冤而死，責備你的婆婆太暴戾是可以的。你以兒媳婦的身分想起訴婆婆，這一念頭已干名犯義。任憑你向哪一位明神起訴，也不會以你為直。」鬼居然悄悄地走了。謙居先生說：「蒼嶺這話，可以告訴天下的兒媳婦，但不能告訴天下的婆婆。」我的父親說：「蒼嶺之言，子與子言孝。謙居之言，父與父言慈」。

顯然地，紀曉嵐同時強調兩個方面，即：為姑者不可虐待兒媳，而為婦的雖受虐待亦不可做干名犯義之事。李芳樹無辜而蒙受了重大苦難，卻依然無絲毫怨怒之意，這才是紀曉嵐所認可的「可泣鬼神」的人格。

滄桑之感

紀曉嵐的友人吳惠叔，曾攜一小幅掛軸請紀曉嵐題字。「紙色似百年外物，云得之長椿寺市上。筆墨草略，半以淡墨掃煙靄，半作水紋，中惟一小舟，一女子坐篷下，一女子搖櫓而已。」右角濃墨寫一詩曰：

沙鷗同住水雲鄉，不記荷花幾度香。
頗怪麻姑太多事，猶知人世有滄桑。

落款：「畫中人自畫並題。」由於無年月，無印記，故關於它的作者，只能推測。「或以為仙筆，然女仙手迹，人何自得之？或以為遊女，又不應作此世外語。」紀曉嵐則「疑是明末女冠。避兵於漁莊蟹舍，自作此圖」。紀曉嵐的依據，一是畫中情景，一是詩所蘊含的滄桑之感。

麻姑是東晉葛洪《神仙傳》中的女仙，她曾自說云：「接待以來，已見東海三為桑田，向到蓬萊，水又淺於往者會時略半也，豈將復還為陵陸乎？」方平笑曰：「聖人皆言海中復揚塵也。」後因以「滄海桑田」比喻世事變遷之大，或比喻改朝換代。亦簡作「滄桑」。紀曉嵐所見詩的作者故為「世外語」，所以可能是女道士；為「世外語」而仍未忘卻明清易代的「人世滄桑」，所以可能是明末人。紀曉嵐的推論自有其理由。

紀曉嵐的門人王金英，撰有詩話數卷。其中一條云：江寧一廢宅，壁上微有字跡。拂塵諦視，乃絕句五首。其一曰：「新綠漸長殘紅稀，美人清淚沾羅衣。蝴蝶不管春歸否，只趁菜花黃處飛。」其二曰：「六朝燕子年年來，朱雀橋圮花不開。未須惆悵問王謝，劉郎一去何曾回。」其三曰：「荒池廢館芳草多，踏青年少時行歌。譙樓鼓動人去後，回風裊裊吹女蘿。」其四曰：「土花漠漠圍頹垣，中有桃葉桃根魂。夜深踏遍階下月，可憐羅襪終無痕。」其五曰：「清明處處啼黃鸝，春風不上枯柳枝。惟應夾凥雙石獸，記汝曾掛黃金絲。」字極怪偉，不著姓名，不知爲人語鬼語。

對於這五首絕句，王金英不知其作者爲人爲鬼，紀曉嵐則根據其內容，斷定「此福王破滅以後前明故老之詞也」。這是極有見地的。五首絕句的情調略近於唐末韋莊的《金陵圖》：

誰謂傷心畫不成，畫人心逐世人情。

君看六幅南朝事，老木寒雲滿故城。

歷史上的金陵曾經是盛極一時的。東吳、東晉、宋、齊、梁、陳六朝都先後在此建都，青山環繞，繁華競逐，民物蕃阜。然而六朝終於相繼滅亡了，只留下一派破敗遺跡，木老雲寒，令人唏噓不已。目睹唐亡的詩人、畫家，面對荒涼的故國台榭，常常展開歷史的追憶和想像。吊古傷今，流露出無限的滄桑之感。韋莊這首詩，藉題詠《金陵圖》，概括了這種「傷心」的世人之情，表現了當時許多讀書人的精神狀態。王金英詩話中所錄的五首絕句，亦題詠金陵（江寧），亦不勝今昔之感，只能出於明末遺民之手。

《閱微草堂筆記》卷十九載：

同年蔡芳三言：嘗與諸友遊西山，至深處，見有微徑，試緣而登，寂無居人，只破屋數間，苔侵草沒。視壁上大書一我字，筆力險勁。因入觀之，復有字跡，諦審乃二詩。其一曰：「溪頭散步遇鄰家，邀我同嚐嫩蕨芽。攜手貪論南渡事，不知觸折亞枝花。」其二曰：「酒酣醉卧老松前，露下空山夜悄然。野鹿經年相見熟，也來分我綠苔眠。」不著年月姓名。味其詞意，似前代遺民。或以爲仙筆，非也。

這兩首詩，滄桑之感較淡，但「攜手貪論南渡事」一語，卻洩露了作者心底的秘密。一位屈原似的關注著國計民生的人，怎麼可能是仙呢？

仙詩

大同人宋瑞曾在家中扶乩，乩動，請問仙號。即寫道：「我本住深山，來往白雲裡。天風忽颯然，雲動如流水。我偶隨之遊，飄飄因至此。荒村茅舍靜，小坐亦可喜。莫問我姓名，我忘已久矣。且問此門前，去山凡幾里？」書畢，乩遂不動。或者此乃眞仙歟？

這一則見於《閱微草堂筆記》卷十四。紀曉嵐猜測是位「眞仙」，乃基於對詩的超塵脫俗情調的體認。這種情調，令人想起山林中的隱士。

明代的曹臣編過一部《舌華錄》，其中《淸語》一類，集中收錄隱士的言論，可與「仙詩」參證處頗多。試錄幾則，供讀者比照。

田游岩頻召不出，唐高宗幸嵩山，親至其門。游岩野服出拜，儀止謹樸。帝問：「先生比佳不？」游岩對曰：「臣所謂泉石膏肓，煙霞痼疾。」（田游岩一再被徵召卻不出山，唐高宗駕臨嵩山，親自來到他的門前。游岩身著山野人的服裝，出門拜見，舉止恭敬、淳樸。高宗問：「先生近來好嗎？」游岩答道：「臣就是人們所說的，愛好山水泉石成為癖好，如病入膏肓，不可救藥。」）

有客過陳眉公岩栖草堂，問是何感慨而甘栖遁，陳拈古句答曰：「得閑多事外，知足少年中。」問是何功課，曰：「種花春掃雪，看籙夜焚香。」問是何利養，曰：「硯田無惡夢，酒谷有長春。」問是何往還，曰：「有客來相訪，通名是伏羲。」（一位客人造訪陳繼儒岩栖草堂，問陳有何感觸以至於甘心隱居，陳拈取古人的詩句回答道：「得閑多事外，知足少年中。」問陳平日有什麼學業，陳說：「種花春掃雪，看籙夜焚香。」問有什麼好處，陳說：「硯田無惡夢，酒谷有長春。」問與什麼人來往，陳說：「有客來相訪，通名是伏羲。」）

吾鄉汪曼容，工古篆刻，老而愈精，即文三橋、何雪漁不及也。結室黃蘿山下，曰：「一樹庵」，日誦唄其中，偶有事暫至市，裾袖間冉冉有白雲時出，事畢即返。人或問曰：「何返之速也？」答曰：「白雲伴我出山，安可不送白雲入山？」（我故鄉的汪曼容，長於古篆刻，年紀越大越精，即使是文三橋、何雪漁也趕不上他。在黃蘿山下造屋，名叫「一樹庵」，整天在裡面誦讀佛經。偶爾有事去集市，衣袖間斷斷續續地有白雲飄出，事辦完了立即返回。有人問他：「幹嘛這麼快就返回？」汪答道：「白雲陪我出山，我怎能不送白雲入山？」）

羅遠游家呈坎山中，多古書舊帖。曹臣常過之，數日不歸。一日臣欲急歸，羅留之，不允。時天欲雨，鄰山初合，松樹之顛，半露雲表，指謂臣曰：「汝縱不戀故人，忍舍此米家筆耶？」復留累日。（羅遠游家在呈坎山中，多古書舊帖。曹臣經常探望他，往往幾天不歸。一日，曹臣急著回家，羅挽留，不答應。正值天將下雨，鄰山剛被雲籠罩，眺望松樹，只見上半截露出雲外。羅指著對曹臣說：「就算你不留戀老朋友，難道忍心丟下這一幅米家山水嗎？」於是又待了好幾天。）

南安翁者；漳州陳元忠客居南海日，嘗赴省試，過南安，會日暮，投宿野人家，茅茨數椽，竹樹茂密可愛。主翁雖麻衣草履，而舉止談對，宛若士人，几案間有文籍散亂。陳扣之曰：「翁訓子讀書乎？」曰：「種園爲生耳。」「亦入城市乎？」曰：「十五年不出矣！」問藏書何用，曰：「偶有之耳！」（南安翁是南安的一個隱士。漳州人陳元忠客居南海時，曾去參加省試，路過南安，正値天晚，到郊野人家借宿，茅屋數間，竹樹茂密可愛。主人雖布衣草鞋，但舉止言談，好像讀書人，桌子上書籍散亂。陳問他：「您教兒子讀書嗎？」老人說：「以種菜爲生。」「也到城市裡去嗎？」「十五年沒有去過。」問藏書有什麼用，答道：「偶然有幾本罷了！」）

屠緯眞曰：「翠微僧至，衲衣全染松雲；斗室殘經，石磬半沉蕉雨。」（屠隆說：「山上的僧人來到，衲衣全染上松樹的顏色；在狹小的房子裡念唱剩下的佛經，一半磬聲消失在雨打芭蕉的聲音中。」）

屠緯眞曰：「籬邊杖履送僧，花須罥於巾角；石上壺觴坐客，松子落我衣裾。」（屠隆說：「在籬邊持杖著履送僧人回山，花須牽掛住頭巾的一角；在石上擺酒招待客人，松子落在我的衣服上。」）

讀上面的這些片斷，細加品味，不也有一種置身仙界之感嗎？明代的陳繼儒談到「山居勝於城市」的好處時，略舉了八條：「不責求苛細的禮節，不見不熟悉的客人，不胡亂飲酒吃肉，不爭田產，不聽世態炎涼，不糾纏是非，不用怕人徵求詩文而躲避，不議論官員的籍貫。」其實，能過這種「八不」的生活，是隱士，也是神仙。

才士不遇

滄州人潘班，以書畫見長。自稱黃葉道人。曾在友人書房中過夜，聽到牆壁間小聲說話，道：「君今晚不要留人共寢，我會出來陪你。」潘班大驚，移出書房。友人說：「書房中以前就有此怪，乃一年輕美麗的女子，並不爲害。」後來，友人私下對親密的人說：「潘君一輩子怕只能得到秀才的功名了。這怪非鬼非狐，不知道是什麼，遇粗俗人不出，遇富貴人也不出，惟有在遇見淪落不偶的才子時，才出來相陪。」後來，潘班果然困頓一輩子。過了十多年，忽然夜聞書房中有哭泣聲。第二天，大風折一株老杏，其怪遂絕。外祖張雪峰先生開玩笑說：「此怪大佳，其見地在綺蘿人之上。」

這則見於《閱微草堂筆記》卷一。研究《聊齋誌異》的學者，曾不止一次地指出，在蒲松齡那裡，性愛是一種調節器，女性是衡量男性價值的重要尺度，只有「絕慧」、「工詩」而又懷才不遇的狂生才有可能享受艷福，於是落拓文人在科場失去的一切透過情場獲得了補償。紀曉嵐無疑是熟悉《聊齋誌異》的，所以他反用蒲松齡的構思，由潘生的意外艷遇推斷他終生淪落不偶。設想極巧，亦頗爲詼諧，將才士的不遇處理爲一幕輕喜劇。

《閱微草堂筆記》卷九錄有一首題硯詩：

祖龍奮怒鞭頑石，石上血痕胭脂赤。
滄桑變幻幾度經，水春沙蝕存盈尺。
飛花點點粘落紅，芳草茸茸挼嫩碧。
海人漉得出銀濤，鮫客咨嗟龍女惜。
云何強遣充硯材，如以嬙施司洴澼。
凝脂原不任研磨，鎮肉翻成遭棄擲。

音難見賞古所悲，用弗量才誰之責。

案頭米老玉蟾蜍，為汝傷心應淚滴。

詩後題曰：「康熙己未重九，餐花道人降乩，偶以頑硯請題，立揮長句。因鐫諸硯背以記異。」款署「弈嶹」兩字，不著其姓，不知爲誰，餐花道人亦無考。紀曉嵐從詩情的「感慨抑鬱」著眼，認爲此詩「不類仙語，疑亦落拓之才鬼也」，頗有眼力。「云何」一聯說，如此奇石，卻用來製硯，正如派王嬙、西施這樣的美女來做漂洗綿絮的事一樣。這是隱喩才士不得其用。而全詩的措詞之悲憤，可與杜默之語並提。據記載：

北宋和州士人杜默，多次參加科舉考試都落選了。一次他經過烏江，順便去拜謁項羽廟。當時他剛喝過酒，有點醉了，他把香燒上，叩拜完畢，便徑直登上神像座，摟著神像的脖子，用手拍著神像的頭，失聲痛哭：「大王眞虧啊。英雄如大王，而不能得天下，文章如杜默，而進取不得官，好虧我？」說完淚如泉湧。廟祝過來拉他下去，看見神像的眼裡，眼淚也噴湧而出。

餐花道人和杜默的悲憤情懷，紀曉嵐是不會有的，因他一生仕途順遂，官居顯位，絕無懷才不遇之感。但紀曉嵐注意到一個事實，才士確有淪落不偶者，潘班即是其一。《閱微草堂筆記》卷十一討論「蓄寶不彰」的情形，亦潛含懷才不遇」之旨，表現了學者紀曉嵐的胸襟和氣度，讀者不妨參看。

才女薄命

紀曉嵐的同時代人多小山，曾在景州見人扶乩，召仙不至。再焚符，乩搖撼良久，書一詩曰：

薄命輕如葉，殘魂轉似蓬。
練拖三尺白，花謝一枝紅。
雲雨期雖久，煙波路不通。
秋墳空鬼唱，遺恨宋家東。

從「練拖三尺白」知道這是一位縊鬼，因問其姓名。又書曰：

妾系本吳門，家僑楚澤。偶業緣之相湊，宛轉通詞；詎好夢之未成，倉皇就死。律以聖賢之禮，君子應譏；諒其兒女之情，才人或憫。聊抒哀怨，莫問姓名。

紀曉嵐說：「此才不減李清照；其聖賢兒女一聯，自評亦確也。」

看得出來，這位才女曾避著父母與人戀愛，「宛轉通詞」，後來好夢未成，竟慌慌張張地尋了短見。是什麼原因使得一對戀人最終暌違不能相見（「煙波路不通」）呢？多小山沒有說，紀曉嵐也沒有說。懸揣之餘，我想起了唐代白居易的新樂府詩《井底引銀瓶》：

井底引銀瓶，銀瓶欲上絲繩絕；
石上磨玉簪，玉簪欲成中央折。
瓶沉簪折知奈何？似妾今朝與君別。
憶昔在家為女時，人言舉動有殊姿；
嬋娟兩鬢秋蟬翼，宛轉雙蛾遠山色。

笑隨戲伴後園中，此時與君未相識。
妾弄青梅倚短牆，君騎白馬傍垂楊。
牆頭馬上遙相顧，一見知君即斷腸。
知君斷腸共君語，君指南山松柏樹。
感君松柏化為心，暗合雙鬟逐君去。
到君家舍五六年，君家大人頻有言；
聘則為妻奔是妾，不堪主祀奉蘋蘩。
終知君家不可住，其奈出門無去處！
豈無父母在高堂，亦有親情滿故鄉；
潛來更不通消息，今日悲羞歸不得。
為君一日恩，誤妾百年身。
寄言痴小人家女，慎勿將身輕許人！

這首詩的小序說：「誡淫奔也。」詩用了一位私奔女子的口吻述說往事，吐露悲怨；而造成悲劇的原因在於社會壓力：人們普遍認爲，一個私奔者沒有資格成爲正式的妻子。所以這位女子向普天下的「痴小人家女」提出忠告：「愼勿將身輕許人！」只有明媒正娶，才能免於被人隨便拋棄的命運。

紀曉嵐筆下的這位才女，其薄命是否亦源於社會壓力？

明玕的粲花之論

沈明玕是紀曉嵐的侍姬。其祖長洲人，流寓河間，其父遂安家於此。「生二女，姬其次也。神思朗徹，殊不類小家女。」她常私下對姐姐說：「我不能爲田家婦。高門華族，又必不以我爲婦。庶幾其貴家媵乎？」媵，就是妾。她母親聽到這話後，居然滿足了她的願望。性慧黠，平生未曾忤一人。初歸紀曉嵐時，去拜見馬夫人。馬夫人說：「聞汝自願爲人媵，媵亦殊不易爲。」她很謙恭地答道：「惟不願爲媵，故媵難爲耳。既願爲媵，則媵亦何難！」所以馬夫人始終像對待嬌女那樣地喜歡她。

在紀曉嵐的記憶中，明玕對人生的看法尤爲通脫。她曾對紀曉嵐說：「女子當以四十以前死，人猶悼惜。青裙白髮，作孤雛腐鼠，吾不願也。」這使人想起明代袁宏道「寧娶不生兒子短命妾」的說法。明玕的這一意願，後來竟也兌現了：她死時年僅三十，時爲乾隆五十六年（一七九一）四月二十日。

明玕初歸紀曉嵐時，只認得爲數不多的字。因長期隨紀曉嵐撿點圖籍，遂粗知文義，並能以淺語成詩。臨終，以小照付其女，口誦一詩，請紀曉嵐代書。詩云：「三十年來夢一場，遺容手付女收藏。他時話我生平事，認取姑蘇沈五娘。」

紀曉嵐擅長作詩聯，據薛鳳鳴《獻縣志》記載，明玕居然難倒過他。一日，明玕正在糊窗，忽對紀曉嵐說：「剛才想出一聯，請你對出下聯。」即朗誦道：「夏布糊窗筒筒孔明諸葛亮」，紀曉嵐謝以無對，明玕道：「吾今難倒紀才子矣！」至今傳爲佳話。

題咏畫牡丹

清代的科舉考試中有撥房之例。原因在於，「諸房額數有定，而分卷之美惡則無定」，爲了使優秀的考生被選拔出來，如甲房好卷偏多，乙房好卷偏少，則從甲房撥若干卷入乙房。這一措施偶爾會因考官作梗而無法推行，如乾隆壬戌會試，諸襄七不受撥，一房僅中七卷。也有的考官，抱著「科場爲國家取人材，非爲試官取門生」的宗旨，處事極爲豁達，如雍正癸丑會試，楊農先（椿）房，撥入者十之七。楊農先不以介意，說：「諸卷實勝我房卷，不敢心存畛域，使黑白倒置也。」較之諸襄七，楊農先的大度令人敬重。

乾隆二十五年（一七六〇），三十七歲的紀曉嵐充庚辰科會試同考官。錢籜石（載）以藍筆畫牡丹，遍贈同事，遂遞相題咏。當時，顧晴沙（克旭）房撥出卷最多，朱石君（珪）房撥入卷最多，紀曉嵐於是在籜石贈晴沙的牡丹圖上題道：

深澆春水細培沙，養出人間富貴花。
好是艷陽三四月，餘香風送到鄰家。

「餘香風送到鄰家」，這是比喻顧晴沙將若干好卷撥入別房。

邊秋厓和紀曉嵐韻曰：

一番好雨淨塵沙，春色全歸上苑花。

此是沈香亭畔種（上聲），莫教移到野人家。

「春色全歸上苑花」，比喻錄取人材全是爲了國家：「莫教移到野人家」，是說不可讓優秀的考生落選。

紀曉嵐又在擇石贈石君的牡丹圖上題道：

乞得仙園花幾莖，嫣紅姹紫不知名。

何須問是誰家種，到手相看便有情。

這意思是說：朱石君一片愛才之心，對於從別房撥入的卷子，與本房的卷子一視同仁，決無界限之分。

朱石君和紀曉嵐韻曰：

春風春雨剩枯莖，傾國何曾一問名。
心似維摩老居士，天花來去不關情。

這是朱石君的自白。其意若曰：我心已如禪境，豈有分別見，親疏見？

張鏡壑接著和道：

墨搗青泥硯涴沙，濃藍寫出洛陽花。
元何不著胭脂染，擬把因緣問畫家。

＊　＊　＊

黛為花片翠為莖，《歐譜》知居第幾名？
卻怪玉盤承露冷，香山居士太關情。

這兩首詩似與撥房一事無多少關係。

據紀曉嵐說，幾位同事「皆多年密友，脫略形骸」，故在詩中「互以虐謔為笑樂，初無成見於其間也」。他們之間的應酬唱和，不會引起不愉快。但主考官蔣文恪公卻不以爲然，他說：「諸君子跌宕風流，自是佳話。然古人嫌隙，多起於俳諧。不如並此無之，更全交之道耳。」紀曉嵐深佩其言，「蓋老成之所見遠矣」，並在《閱微草堂筆記》卷二十中「錄之以誌少年綺語之過」，諄諄告誡「後來英俊，慎勿效焉」。這自是深有閱歷之見。因爲，由戲謔而成嫌隙的事例在生活中並不罕見。《閱微草堂筆記》卷二十三即有一例：

唐朝末年已有門聯，蜀人辛寅遜爲孟昶題桃符，「新年納餘慶，嘉節號長春」這兩句就是。只是如今用朱箋書寫，與當時不同。我的同鄉人張晴嵐，除夕前自題門聯道：「三間東倒西歪屋，一個千錘百煉人。」正好有位鐵匠請彭信甫寫對聯，信甫就開玩笑地爲他寫了這兩句。晴嵐與鐵匠，兩家住房相對，看見門聯的人無不失笑。晴嵐與信甫本是辛酉拔貢同年，相當親密，竟因此而產生仇怨。凡戲無益，這是一例。又，董曲江前輩喜諧謔，其鄉里有戶人家演劇送葬，請曲江在台上題一橫額。曲江爲他寫了：「吊者大悅」（來吊唁的人非常高興）四字，一縣傳爲話柄，以致此人終身懷恨，差點遭到他的陷害。後來曲江自悔，曾拿這件事告誡友朋。

凡戲無益，即雅謔亦當謹慎。

避暑山莊

避暑山莊又名承德離宮，或稱熱河行宮。在河北承德市區北部。群山環抱，地勢高峻，氣候宜人，是清代皇帝夏日避暑和處理政務的場所。始建於清康熙四十二年（一七〇三），乾隆五十五年（一七九〇）竣工，建築物達一百餘處，總面積爲北京頤和園的兩倍。背山面湖，山巒起伏，草木蓊鬱，宮殿亭榭掩映，湖沼洲島錯落，風光旖旎，巧奪天工。七十二景隨四時變化，取山、水、林、泉等自然景觀命名。其中，煙雨樓、金山等建築組群典雅明潔，構圖別致，一派江南景色；正宮、松鶴齋、「月色江聲」等建築組群則具有北方樸素民居形制；石樹園富有蒙古草原風光；山巒區的雄渾山川，優美峭秀的寺、廟、齋、軒，別具一格，使山莊成爲我國各地名勝的縮影。

紀曉嵐一生，因校勘整理四庫全書，凡四至避暑山莊：乾隆五十二年（一七八七）冬，乾隆五十三年（一七八八）秋，乾隆五十四年（一七八九）夏，乾隆五十七年（一七九二）春，飽覽了四時風景。他在《閱微草堂筆記》中描繪這裡的景致說：

每泛舟至文津閣，山容水意，皆出天然；樹色泉聲，都非塵境；陰晴朝暮，千態萬狀。雖一鳥一花，亦皆入畫。其尤異者，細草沿坡帶谷，皆茸茸如綠罽，高不數寸，齊如裁剪，無一莖參差長短者，苑丁謂之規矩草。出宮牆才數步即鬖髿滋蔓矣。豈非天生嘉卉，以待宸遊哉！

紀曉嵐提到的文津閣，在避暑山莊平原區的西部。閣前池水澄澈，池南假山迭翠，山上建敞亭，清幽絕俗，風景殊佳。與北京故宮文淵閣、圓明園文源閣、瀋陽故宮文溯閣合稱四閣，為皇家藏書樓。

紀曉嵐對「規矩草」的描繪，令我們想起李汝珍《鏡花緣》第四回的一段情節。話說武則天賞雪心歡，又欲賞花，「到了群花圃，下得輦來，四處一望，各樣花木，除蠟梅、水仙、天竺、迎春之外，盡是一派枯枝，莫講賞花，要求賞個青葉也是難的。」這位女皇，遂下御旨，限百花明日開放。果然，次日清晨，「各處群花大放」，使這位女皇喜悅非常。

女皇可令群花奉旨，規矩草宛若天生以待宸遊，帝王的威嚴由此可見。

《閱微草堂筆記》卷十一載：

太常寺的仙蝶、國子監的瑞柏，曾得到皇上的品藻，這大家都知道。翰林院的金槐，數人合抱，樹癭累積如同假山，也有一些人知道。禮部的壽草，則人們不盡知道了。此草春天開紅花，如寶石連綴，秋天，所結果實儼如珍珠。《群芳譜》、《野菜譜》都未記載，不知其名。有人說：「就是田滕公道老。」我仔細察看，其葉呈鋸齒形，略與之相似，花則不相似，這人說的不對。在穿堂之北，辦事處台階前的甬道之西。相傳國初（清初）始生，時間長了，漸成藤本。現已分為兩岔，花枝杈丫，如挺拔的老樹。曹地山先生名之為「長春草」。我做禮部尚書時，建木欄將它保護起來。門生陳渼，時任員外，令他畫了一幅長春草圖。大紡釀化湛深，和氣涵育，雖是一草一木，亦能如此順利成長。

記金槐，記壽草，記仙蝶，記瑞柏，亦與描敘避暑山莊的「天生佳卉」一樣，寓有頌聖之旨。卷十九記秋蓮，則偏於格物，別有一種韻味。謹附錄於此：

蓮花通常在夏天開放，只有避暑山莊的蓮花，到秋天才開，比長城以內晚一個多月。但花雖晚開，凋謝也晚些，至九月上旬，翠蓋紅衣，宛然尚在。宮中常與菊花同瓶對插，皇上的詩中不時寫到。這是因爲塞外地寒，春天來得晚些，所以夏天花開得遲。至於秋天早寒而花不早凋，則不明白其原因。今年恭讀皇上的詩注，才知道皇家公園中的池沼匯聚了武列水之三源，又引溫泉入內，暖氣內涵，所以蓮花耐得住寒冷。

神仙遊戲

神仙遊戲，以吟詩作畫爲宜。因爲這種藝術化的生活，才與神仙的丰采協調。

吟詩的神仙見《閱微草堂筆記》卷一：

孝廉邱二田，偶然在九里湖途中休息。見一位童子騎牛走來，速度很快，來到邱的面前，小立片刻，高聲吟誦道：「來衝風雨來，去踏煙霞去。斜照萬峰青，是我還山路。」奇怪鄉下童子怎能說出這種話，沉思片刻，準備發問，只見他頭上的斗笠出沒於杉檜之間，已相距半里路左右了。

作畫的神仙見《閱微草堂筆記》卷四：

滄州畫師伯魁，字起瞻。曾畫一仕女圖，剛鈎出輪廓，因有別的事未能完成，鎖在書房中。過了兩天，準備補充完成，只見小桌上的調色小碟，縱橫狼藉，畫筆也幾乎全被浸濕，圖已經畫好。神采生動，有異常格。伯魁大驚，拿去給我的舅父張夢徵看，他是教伯魁學畫的老師。張公說：「這水準你達不到，我也達不到，也許是偶然遇見了神仙遊戲吧？」

神仙遊戲，無名利心，無計較心，故氣象爽朗，超塵拔俗。但「乩仙」的品格似乎另當別論。紀曉嵐有位朋友李露園。一次在酒筵上，有歌童扇上畫雞冠，求李題詩。李戲書絕句曰：

紫紫紅紅勝晚霞，臨風亦自弄夭斜。
枉教蝴蝶飛千遍，此種原來不是花。

過了一段時間，有扶乩者，或以雞冠請題，即大書此詩。紀曉嵐吃驚地說：「此非李露園作耶？」乩忽不動，扶乩者狼狽去。

如此「乩仙」，或許是冒充的。

《閱微草堂筆記》卷二十一還寫到冒充李白的乩仙：

乾隆二十七年九月，門生吳惠叔邀來一位扶乩者，降仙於我家的綠意軒中。其下壇詩曰：「沈香亭畔艷陽天，斗酒曾題詩百篇。二八嬌嬈親捧硯，至今身帶御爐煙。」「滿城風葉薊門秋，五百年前感舊遊。偶與蓬萊仙子遇，相攜便上酒家樓。」我問：「這麼說來，您是青蓮居士？」批道：「是。」趙春澗突然站起來問道：「大仙斗酒百篇，似乎不是在沈香亭上。楊貴妃在馬嵬坡香消玉隕，年已三十有八，好像當時不只十六歲。大仙平生足跡，未到過漁陽一帶，何以忽然產生薊門舊遊之感？從唐玄宗天寶年間到現在，也不只五百年，何以大仙誤記？」乩僅批了「我醉欲眠」四字。再問，不動了。大概乩仙多靈鬼所托，但確實還有所憑附。這位扶乩者，則好像是略知吟咏的人，下功夫練熟手法而爲，所以必須此人與另一人共扶，才能成字，換別的人就不能寫了。其詩也都是流連光景，處處可用。可斷定絕不是古人降壇。那天突然被春澗擊中要害，窘迫之狀可掬。後來偶然與戴東原談及此事，東原驚訝地說：「曾見到另外一個扶乩人，太白降壇，也是這兩道詩，不過改滿城爲滿林，薊門爲大江而已。」由此可知，江湖遊士，自有此種稿本，轉相授受，本不值得深入查究。

李白，字太白，自號青蓮居士。扶乩者竟然冒用這位「斗酒詩百篇」的詩仙之名，也夠「豪放」的了。

紀曉嵐的戲聯

詩有絕句，文有聯語，都是文學中的零星作品。聯語的作用，在於「壯觀瞻，志哀樂，增談助，資酬應，雖係遊戲小品，已成交際必需之物」。

紀曉嵐擅長聯語，所作戲聯也別具風味。在民間傳說中，他更經常充當戲聯的作者，以至於我們已弄不清那些是眞事，哪些是虛構了。

讀者試來領略幾聯。

有兩位讀書人，同去拜訪紀曉嵐，其一額上有黑瘢，其一左目失明。紀見之，大笑不止。兩位讀書人很是驚訝，請問緣故。紀曉嵐說：「我偶然集得杜甫的兩句詩：片雲頭上黑，孤月浪中翻。」

又，京城婦女多是大腳，紀曉嵐開玩笑地集了兩句古詩，成爲一聯：「朝雲暮雨連天暗，野草閑花滿地愁。」眞是巧妙的戲謔。

上面兩則，說的是集句聯。紀曉嵐自作的聯語，也妙趣橫生。

一日，乾隆帝與群臣閑談，以爲《論語》中的「色難」二字，最難屬對，紀曉嵐卻當場答道：「容易。」乾隆說：「既說容易，你就對對看。」紀曉嵐說：「臣適才已對過了。」乾隆帝想想，悟出「容易」正是「色難」的佳對，不禁大笑。

乾隆帝遊泰山，在觀音閣，出上聯道：「寸土爲寺，寺旁言詩，詩云：明日揚帆離古寺。」紀曉嵐應聲便對出了下聯：「兩木成林，林下示禁，禁曰：斧斤以時入山林。」連乾隆帝也佩服他的捷才。

乾隆帝熟讀《論語》，一次，他以孔子說的「唯女子與小人爲難養也」爲上聯，意在難倒紀曉嵐，紀曉嵐卻不假思索就對了出來：「有寡婦遇鰥夫而欲嫁之。」寓諧謔於工穩之中，已臻於從心所欲之境。

紀曉嵐善作諧聯，他筆下的乩仙亦然。或許可以這樣說：他筆下的乩仙就是他的化身。嘗鼎一臠，請讀者欣賞《閱微草堂筆記》卷六的一則：

冀寧道趙孫英有兩位幕僚，一姓喬，一生車，合雇一乘騾轎回老家。趙公開玩笑地用他們的姓作上聯道：「喬、車二幕友，各乘半轎而行。」恰好都是轎字的一半。時值官署中召乩仙，就舉此請對出下聯。乩判道：「這是實人眞事，不能夠勉強湊成。」過了半年，又召乩仙，乩忽然判道：「前對的下聯我已得到了：盧、馬兩書生，共引一驢而走。」又判道：「四天後，上午辰巳之間，往南門外等候。」到了那天，派吏役探伺，果然有盧、馬兩位讀書人，以一驢負著新科墨卷，赴省城出售。趙公笑道：「巧確實巧，但兩位讀書人受侮弄太深。」這就是所謂劍在弦上，不得不發，即使是仙人，也忍俊不禁。

借乩仙解嘲，表明紀曉嵐格外喜歡在作對聯時尋開心。

詩境

蔡元培在《詳註〈閱微草堂筆記〉序》中說：「清代小說最流行者有三：《石頭記》、《聊齋誌異》及《閱微草堂筆記》是也。」也許並非偶合，這三部小說都重視詩境的渲染並取得了極高成就；但同工而異曲，各有不同的特點。比較而言，紀曉嵐更擅長於將詩中的典故化爲雍容淡雅、情趣盎然的畫面或場景，例如關於「鬼歌子夜」的描寫：

李義山的詩句「空聞子夜鬼悲歌」，用晉代鬼在子夜歌一典。李昌谷的詩句「秋墳鬼唱鮑家詩」，則因爲鮑參軍有《蒿裡行》，而變化其詞。但世上往往眞有這種事。據田香沚說：曾在別墅讀書。一天，晚上，風靜月明，聽到有唱昆曲的，亮折清圖，凄心動魄。仔細傾聽，原來是《牡丹亭》「叫畫」一齣。忘其所以，靜聽至終。忽然意識到牆外盡是斷港荒陂，人跡罕至，這曲聲從何而來？開門望去，但有蘆荻瑟瑟而已。(《閱微草堂筆記》卷十七)

李義山即唐代詩人李商隱，其《曲江》詩云：「望斷平時翠輦過，空聞子夜鬼悲歌。」李昌谷即唐代詩人李賀，其《秋來》詩云：「秋墳鬼唱鮑家詩，恨血千年土中碧。」紀曉嵐信手拈來李商隱、李賀的兩句詩，然後引田香沚的一段見聞與之映襯，如雲容水態，相得益彰，頗具「簡淡數言，自然妙遠」之致。

「醉鬼」一則，機杼與上則同，讀者不妨參看：

曹慕堂宗丞有乩仙所畫的《醉鍾馗圖》，我以此畫爲題作了兩道絕句：「一夢荒唐事有無，吳生粉本幾臨摹；紛紛畫手多新樣，又道先生是酒徒。」「午日家家蒲酒香，終南進士亦壺觴；太平時節無妖厲，任爾閒遊到醉鄉。」作畫者與題詩者，都只是以筆墨爲遊戲而已。一日，午睡初醒，聽見窗外婢媼正在低聲談鬼：王媼家在西山，她說曾在月夜守瓜田，遠遠地看見兩盞燈從樹林那邊冉冉而來，人語嘈雜，原來是一個大鬼，醉得快倒了，許多小鬼扶著他踉蹌而行。怎麼知道不是醉鍾馗呢？天地之大，無所不有。隨意畫一人，往往便有一人與之相像；隨意命一名，往往便有一人與之相同。無心暗合，這即是造物主之自然而然。（《閱微草堂筆記》卷十六）

所謂「無心暗合，是即化工之自然」，正可移評紀曉嵐此作。其中關於醉鬼的想像，總使人想起醉打蔣門神的武松來，也許，醉裡乾坤大，壺中日月長，無論是人是鬼，飲酒都指向一種超塵脫俗的境界。醉鍾馗比醒鍾馗更爲可愛。

測鬼狐之情狀

面對死亡的思慮

死亡是個令人震悚的話題。

人死了，一切都歸於空無，歸於寂滅。面對那未來的無聲無息的空寂，我們的思慮，也許可以用托馬斯·納舍《夏日的遺囑》一詩來表達：

富人，不要相信財富，
黃金買不到你的康健，
醫術本身必將失效。
世上萬物都有極限，
災禍從身邊飛越，
我病了，要死了：
主會憐憫我們。

* * *

美貌不過是一朵鮮花，

將會被皺紋吞蝕，
光華從天隕落，
女王們命薄青春紅顏，
塵埃掩蓋海倫的眼睛。
我病了，要死了：
主會憐憫我們。
＊　＊　＊
強權在墓旁俯首聽命，
蛆蟲靠勇敢的海克特哺育，
刀劍抗拒不了命運，
大地始終敞開大門。
來吧，來吧，喪鐘轟鳴。
我病了，要死了：
主會憐憫我們。

古往今來，生死相續，彷彿在重複一個話題：生活是個玩笑，我們都將在同一個最後的港灣拋錨。

面對死亡，紀曉嵐似乎不像托馬斯·納舍那樣消沉。他想得比較多的是：人應該在生時多做些善事，少做些惡事。這樣，一旦身入鬼域，才可以無愧無悔。

《閱微草堂筆記》卷七寫道：

庚午七月，我母親病危時，對子孫說：「以前聽說，地下的親屬，臨死的時候一一相見。今日果然如此。幸好我平生尚無抱愧的事情。你們在世，家庭骨肉之間，應該處處留下將來相見的餘地。」我父親說：「聰明絕倫之人，事事都能知道，但唯獨不知道人終有一死；具有政治才能的人，事事都能考慮到，但唯獨不能為死時考慮。如果人知道終有一死，一切作為，必有索然自返者。如果能為死時考慮，一切作為，必有悚然自止者。可惜求之於六合之外，而失之於眉睫之前。」

紀曉嵐的母親和他父親姚安公所發揮的是兩個不同的意思。紀母強調：人死了，可以見到已故的眷屬，為了在見面時不致尷尬，生前當多體恤家庭骨肉。紀父強調：人死了猶如微風斂跡，棲鳥緘默，無論是財富，還是地位，都將化爲烏有；既然如此，生前又何必在名利場中爭奪不休呢？不如自返、自止的好。這兩個意思各有所側重：前者勸人爲善，後者勸人消除名利之心。

但名利之心是很難消除的，尤其是那些官場中人。紀曉嵐司空見慣，卻並未熟視無睹，寫作《閱微草堂筆記》，便對之時予針砭。如卷七：

錢塘陳乾緯，曾與幾位朋友泛舟到西湖深處。秋雨初晴，登上寺樓遠眺。一友偶然吟誦「舉世盡從忙裡老，誰人肯向死前休」，相與感嘆。寺中僧人微笑道：「據我的聞見，有人死尚未休。幾年前，秋月澄明，我坐在此樓上，聽見橋邊有吵罵聲，好長一段時間，越吵越厲害。此地沒有人住，心裡知道是鬼。一會兒，聽到一人叫道：『兩位不要吵鬧，聽老僧一句話可以嗎？那些活著的人，在世路上膠膠擾擾，是因爲不知道此生如夢。如今兩位夢已醒了，經營百計，以求富貴，而今富貴在哪裡？機械萬端，以報恩仇，而今恩仇又在哪裡？青山未改，白骨已枯，只剩下孑然一魂。那位經歷了幻化的黃粱夢的人，尙且能夠省悟；爲何你們已親身閱歷，反而不明白萬事皆空。而且，眞仙眞佛之外，自古沒有不死的人；大聖大賢之外，自古沒有不消散的鬼。就連這孑然一魂，時間長了，也不免於散盡。竟然在電光石火之內，再興蠻觸兵戈，不是夢中夢嗎？』說完，便聽到極爲悲痛的哭泣聲，又聽到一陣浩嘆聲：『哀樂未忘，難怪不能將得失一視同仁了。如此掛礙，老僧也無法使之解脫了。』於是不再說話，疑其爭執尚未了結。」

「老僧」的話，與紀曉嵐父親的旨趣相近，意在以死警人，以名利之空幻提醒世人勿膠膠擾擾。但「誰人肯向死前休」？甚至有人死尚未休！如此世情，恐怕紀曉嵐也無可奈何了。

明代作家屠隆說：「人常想病時，則塵心漸減；人常想死時，則道念自生。」屠隆或許沒跟「死尚未休」的鬼打過交道。

嘲諛墓文

最早使用「諛墓」一詞的也許是唐代的劉叉。劉叉，河朔（今河北一帶）人。少好任俠，後改志從學，但恃故時所負，不能俯仰貴人。聽說韓愈接納天下英才，登門拜見，作《冰柱》、《雪車》二詩，超過盧仝、孟郊，極為樊宗師所推重。後因與其他賓客意見不合，遂攜走韓愈黃金數斤，曰：「此諛墓中人得耳，不若與劉君為壽。」後因謂替人作墓誌而揄揚過實為「諛墓」。

《閱微草堂筆記》卷十三從死者的角度調侃諛墓文，構思頗巧：

有位世家子弟，在深山中夜行，迷了路。望見一處岩洞，姑且進裡面休息，只見前輩某公在那兒。感到害怕，不敢再進，但某公邀請頗為懇切。估計不會有什麼危害，姑且向前拜謁。寒喧慰問，一如往常，略問家事，共相悲慨。順便問道：「您的墓地在某處，何以在此獨遊？」某公喟然嘆道：「我活著時沒有什麼過失，但讀書只是隨人作計，做官只是循分供職，也無多少建樹。沒想到安葬數年後，忽然在墓前見到一個高大的石碑，螭額篆文，是我的官階姓名；碑文所述的內容，我都不知道，其中略有一些根據的，又都超過實際。我一生樸拙，心中已感到不安；加上遊人路過時看了，不時發表譏評；鬼物聚觀，更多訕笑。我忍受不了這種喧鬧，因此避居於此。只在每年祭掃的日子，到那裡看看子孫。」世家子弟曲意寬慰道：「仁人孝子，不這樣做不足以顯榮雙親。蔡中郎不免愧詞，韓吏部亦曾諛墓。自古以來，多的是這種事情，公又何必在意。」某公嚴肅地說道：「是非之公，人心具在；即令他人可以欺誑，捫心自問，已感慚愧。何況公論具在，誑又何益？曾親當用功名顯揚，何必因誇詞而招來誹謗？沒想到後起勝流，所見都是如此。」說完拂衣而去，世家子弟悵惘而歸。

蔡中郎即東漢史學家蔡邕，韓吏部即韓愈，連蔡邕和韓愈都有諛墓文字，他人豈能免俗？但紀曉嵐卻藉某公之口，指出諛墓的後果乃「虛詞招謗」，不如據實敘述的好。

約瑟夫·艾迪生在《威斯敏斯教堂沉思》一文中說：

昨天，我用整整一個下午遊歷了修道院和教堂的墓地。在這些死者的地域，我碰見許多墓碑和銘文，我便以此自我消遣……有的碑石刻寫了極其誇張的墓誌銘，假如死者有知，他會因朋友們這樣恭維他而臉紅。

看來，約瑟夫·艾迪生與紀曉嵐所見略同。

弗蘭西斯科·彼特拉克指出：

在這個世界裡我們追求名聲，也許只有名聲值得榮耀。但是我要使自己相信，只有當我們留在此世，這樣的追求才是對的。而另一種榮耀卻在天堂等待我們，到達那裡的人甚至想都不願想一想塵世的名聲。這是大自然的安排，凡人首先關心的是俗務；然而曇花一現的東西終將被永恆的東西取代；由此至彼，這是自然界的進程。（《奧秘》）

是的，塵世的名聲對死者是毫無意義的，生者又何必訣墓？

聞之使人生追遠之心

什麼是鬼？鬼就是陰間的人。

魏晉南北朝志怪中的鬼，常常比生人肩負著更沉重的人生重任。他們儘管離開了人世，卻依舊爲活著的親友牽腸掛肚，對故交，對妻兒，對情侶，一概放心不下。比如劉義慶《幽明錄》中寫的庾崇。他剛死即還家現形，一如平生。適逢他三歲的兒子「就母求食」，母親說：「沒有錢，何從得食？」鬼乃悽愴，撫摸著兒子的頭說：「我不幸早逝，使你窮困，愧你念你，不知如何是好？」忽然將二百錢放在妻子面前，說：「可爲兒買食。」這樣過了一年，妻子更加貧苦。鬼道：「你既守節，而貧苦如此，索性到我身邊來好了。」沒過多久，妻子得病去世，「鬼乃寂然。」

身入異域，仍念念不忘妻、兒，無能爲力而又丟捨不開，這種如怨如慕、如泣如訴的筆墨，足以催人淚下。

紀曉嵐的《閱微草堂筆記》，經常寫到這種對活著的親友充滿關切之情的鬼，並且常常是生者的長輩，讀之「使人追遠之心，油然而生」。如卷四：

佃戶何大金，夜晚看守麥田。一位老翁過來和他坐在一起。大金想村中沒有這個人，或許是行路的人偶然休息。老翁要點水喝，給他倒了些罐中的水。順便問道大金的姓名，並問到他的祖父和父親。憂傷地說道：「你不要怕，我就是你的曾祖父，不會害你。」細問家事，忽喜忽悲。臨走，囑咐大金說：「鬼除了守候放焰口求食外，別無他事，只是對子孫念念不能忘，越久越迫切。但苦於幽明阻隔，音訊不通。偶然聽說子孫興旺，就一連幾天心情激動，感到歡躍，群鬼都來祝賀。偶然聽說子孫零落，就一連幾天心情抑鬱，感到悲傷，群鬼都來安慰。比之活著的人之望子孫，更迫切十倍。今天知道你們還吃得飽穿得暖，我又要歌舞幾天了。」一再地回頭叮嚀勉勵，才戀戀不捨地走了。

威廉·莎士比亞在《一報還一報》中說：「死了，到我們不知道的地方去，長眠在陰寒的囚牢裡發霉腐爛，讓這有知覺有溫暖的活躍的生命化爲泥土。」看來莎士比亞說的不對。人死了，但他們對子孫的關切之情卻愈久愈深。明白了這一點，還活著的身爲後輩的我們，能不感動、能不奮發、能不儘量多做些讓先輩高興的事嗎？

卷七的一則亦令人愴然神傷：

河間某世家，住房上忽然來了十多隻鳥，哀鳴旋繞，其音甚悲，似乎說「可惜！可惜！」知道不是佳兆，但弄不清楚預示著什麼事。數日後，才知道他兒子爲了償還賭博的欠債，將住宅賣掉了。鳥鳴之時，即簽署合同之時。莫非是他祖父、父親的魂靈所依憑？爲人子孫的，聽了這事應愴然而思。

是的，想想先輩的在天之靈時時牽掛著我們，活著的人有什麼理由放肆地對待生活？

又卷十載：

某宦家之妻，婦死之時，左手挽著幼兒，右手挽著幼女，哭泣而死，用力扳才放開，雙目炯炯，仍未閉上。此後，燈前月下，常常遠見到她的身影，但叫她不應，問她不言，招她不來，走近她就不見了。或數晚不出，或一晚數出，或望去在某人面前，某人反而沒看見；或這邊剛看見，那邊又看見了。大概如泡影空花，電光石火，一轉眼即滅，一彈指忽生。她雖然並不作祟，但人人心中有一先亡夫人存在。所以後妻看待她的子女，不敢生分別心；婢媼童僕看待她的子女，亦不敢生凌侮心。到兒子結婚，女兒出嫁，才漸漸見不到了。但過數年又偶一出現，所以一家總是戒懼小心，好像她就在身旁。有人懷疑是狐魅所托，這也可備一說。只是狐魅擾人，而她不靠近人。並且，狐魅何必平白無故地辛苦十多年，時時作此幻影呢？大約是結戀之極，精靈不散。做人子女的，知道父母之心，死了還如此地關切後人，也可以愴然有感吧？

在幾種可能的答案中，紀曉嵐選擇了一種。作為讀者，我也寧願相信此乃「結戀之極，精靈不散」。

「李少君致李夫人」故事解構

東晉干寶的《搜神記》，卷二記載了一個頗爲離奇的故事：

漢武帝非常寵愛李夫人。李夫人死後，漢武帝老是想念她。齊國臨淄的方士李少君說能招來她的靈魂。於是他就在夜間設置帷帳，點亮燈燭，而讓漢武帝待在別的帷帳裡，遠遠地望著。漢武帝望見那邊帷帳中有個美女，就像李夫人的樣子，很難受，一會兒坐下去，一個兒又站起來走走，但卻不允許走近細看。漢武帝更加傷感，作了一首詩說：「是她麼？不是她麼？我佇立相望，她何其翩翩而婀娜！爲何來得如此遲緩？」並命令樂師用琴瑟伴奏，來唱這首詩。

干寶記這個故事，相信李少君確有仙術。紀曉嵐卻以其睿智斷定，「李少君致李夫人」，運用的其實只是幻術。《閱微草堂筆記》卷十二載：

據葉旅亭說：他的祖父還見到過劉石渠。一天晚上，喝酒時，有位意氣相合的朋友，逼他召致仙女。石渠令人打掃一間房，窗懸竹簾，在小桌上燃兩只蠟燭。大家都移席坐在院子裡，然後自己作法念咒，取出戒尺，拍案一聲，簾內果然有一女子亭亭站立。友人望去，原來是他的妾，跳起身來，要打石渠。石渠急忙拍了一下戒尺，看見火光蜿蜒，如同閃電，已穿簾而去。笑著對友人說：「相交二十年，豈能眞的拿君妾開玩笑。剛才攝來的是狐女，幻化成君妾，激怒你取笑而已。」友人連忙回家探看，妾正在刺繡，手中的活還未做完。這樣開玩笑，庶幾在不即不離之間。我因此想到李少君招致李夫人一事，僅使漢武帝遠觀而不讓他靠近，恐怕也是攝召精魅，變幻而成。

紀曉嵐推論李少君所爲純係幻術，確屬眞知灼見。但「攝召精魅」云云，恐亦難免齊東野語之誚。

鬼不可怕

干寶的《搜神記》還敘述過這樣一個故事：

南陽郡西郊有一座亭館，人不可以在裡面留宿，否則就會遭殃。城裡人宋大賢，以正道立身處世，曾經在這亭樓上住宿，夜裡坐著彈琴，也沒準備好什麼兵器。到半夜時分，忽然有一個鬼來了，它爬上樓梯和宋大賢說話，直瞪著眼睛，露出那長短不齊的牙齒，容貌十分可怕。宋大賢還是像原來那樣彈著琴，鬼便走了。一會兒，鬼在街市中拿了一個死人的頭，回來對宋大賢說：「你是否可以稍微睡一下呢？」便把死人的頭扔在宋大賢的眼前。宋大賢說：「很好！我晚上睡覺沒有枕頭，正想得到這個東西呢！」鬼又走了。過了很久鬼才回來，對宋大賢說：「我們是否可以一起來赤手空拳博鬥一下呢？」宋大賢說：「好！」話還沒有說完，鬼已經站在宋大賢的面前了，宋大賢便迎上去抓住它的腰，鬼只是急迫地連聲說「死」。宋大賢就把它殺了。從此以後，這亭樓裡再也沒有鬼怪了。

故事的意蘊是不難明白的。作者告訴我們，鬼怪儘管獲得了某種靈性，儘管凶惡殘暴，但並不可怕。只要我們氣豪膽壯，就可立於不敗之地。對於人來說，尤其不可缺少的是一種氣概。

《閱微草堂筆記》卷八的一則，較之「宋大賢」，更多幾許詼諧意味。情節如下：

景城有個名叫姜三莽的，勇敢而莽撞。一天，聽人說起宋定伯賣鬼得了一千五百錢的事，非常高興，道：「我現在才知道鬼是可以捆住的。如果每夜綁縛一鬼，吐唾沫使之變成羊，到清晨牽到市集上去賣，一天喝酒吃肉的錢就足夠了。」於是，他夜夜扛著著棍棒，拿著繩索，悄悄地來往於墳墓之間，好像獵人窺伺狐兔一樣，卻始終沒有遇到鬼。即使是向來說有鬼的地方，假裝醉臥以引誘鬼，也寂然無睹。一天晚上，隔著樹林見到數點磷火，連忙跳起來跑了過去；還未跑近，已四散而去。只得懊惱而歸。像這樣過了一個多月，沒有收穫，才罷休。大約鬼侮弄人，常乘人害怕之機。三莽確信鬼可以捆縛，在他心中，鬼根本算不了什麼，他的氣焰足以威懾鬼，所以鬼反而躲避他。

俗話說：鬼也怕惡人。原因何在呢？就因爲「惡人」有一種拼命三郎的精神。姜三莽不是惡人，但比惡人更勝一等。在他眼裡，鬼不僅不可怕，且由於可成爲財源而顯得「可愛」。所以，他非但不躲避鬼，還四處去尋找鬼，如此「莽」漢，難怪鬼會怕他了。這裡，起決定作用的還是目無厲鬼的氣概。

紀曉嵐有位朋友，名劉乙齋。他在任御史時，曾租西河沿一宅。「每夜有數人擊柝，聲琅琅徹曉；其轉更攢點，一一與譙鼓相應。視之則無形，聒耳至不得片刻睡。」面對鬼的騷擾，劉乙齋擺出決一勝負的架勢，「自撰一文，指陳其罪大書粘壁以驅之。是夕遂寂。」劉乙齋的取勝之道，紀曉嵐概括爲兩點：一、劉「性剛氣盛，平生尙不作曖昧事，故敢悍然不畏鬼。」二、劉「拮据遷此宅，力竭不能再徙，計無復之，惟有與鬼以死相持」。這雖是朋友間的笑談，卻同樣揭示了一個道理：見鬼勿怕，但與之鬥。

鬼趣

莆田人林霈，在台灣任教諭，俸滿北上。至涿州南，下車小便。見破屋牆匡外，有磁鋒劃一詩曰：

> 騣網隊隊響銅鈴，清曉沖寒過驛亭。
> 我自垂鞭玩殘雪，驢蹄緩踏亂山青。

落款是「羅洋山人」。林霈讀完，自言自語道：「詩小有致。羅洋是何地耶？」屋內應曰：「其語似是湖廣人。」入視之，惟積塵敗葉而已。自知遇鬼，惕然登車。常鬱鬱不適，不久竟去世了。（《閱微草堂筆記》卷一）

這首署名羅洋山人的詩，也許是一首鬼詩。從意境看，頗有「詩思在灞陵橋上，微吟處，林巒都是精神；野興在鏡湖曲邊，獨往時，山川自相映發」的氣象。如此鬼趣，即耽玩何妨！不料林霈竟因遇鬼而亡，未免稍欠豁達。

《閱微草堂筆記》卷八中的張湜，對鬼趣的領略值得稱道。他是元代耒陽人，元末流寓嘉禾，歿而旅葬。因愛其風土，無復歸思。園林凡易十餘主，棲遲未能去。清代道士王昆霞，某年初秋，在夢中與之相遇，不禁問道：「人皆畏死而樂生，何獨耽鬼趣。」張湜說：「死生雖殊，性靈不改，境界亦不改。山川風月，人見之，鬼亦見之；登臨吟咏，人有之，鬼亦有之。鬼何不如人？且幽深險阻之勝，人所不至，鬼得以魂遊；蕭寥清絕之景，人所不睹，鬼得以夜賞。人且有時不如鬼。彼夫畏死而樂生者，由嗜欲攖心，妻孥結戀，一旦捨之入冥漠，如高官解組，息跡林泉，勢不能不戚戚。不知本住林泉者，耕田鑿井，恬熙相安，原無所戚戚於中也。」這位張湜，興之所至，亦偶有吟咏，境過即忘，亦不復追索。其警句有云：「殘照下空山，暝色蒼然合。」昆霞聽了，擊節稱賞。張湜的這種生活，是很令紅塵中人嚮慕的。

幾則修身格言說：

帘櫳高敞，看青山綠水，呑吐雲煙，識乾坤之自在；竹樹扶疏，任乳燕鳴鳩，送迎時序，知物我之兩忘。

林間松韻，石上泉聲，靜裡聽來，識天地自然鳴佩；草際煙光，水心雲影，閑中觀出，見乾坤最妙文章。

松澗邊攜杖獨行，立處雲生破衲；竹窗下枕書高臥，覺時月浸寒氈。

與張湜所耽的鬼趣相較，兩者是難分高下的。

鬼的能耐

鬼是中國古代志怪小說中的主角之一，魏晉南北朝的干寶、劉義慶等人對之有過精彩的描繪。在他們筆下，鬼有幾個重要的特點，比如：能前知（事先知道）；可負重物；等等。紀曉嵐覺得，其中頗有不合情理之處。

與紀曉嵐同受業於董邦達的竇光鼐（一七二〇——一七九五），字調元，號東皋，山東諸城人。乾隆進士，歷任編修、浙江學政、左都御史等官。他向紀曉嵐講過一個故事：

以前我任浙江學政時，官署中有個小孩，常來來往往，聽人使喚。以為他是吏役的孩子，不覺得奇怪。後來令他搬一樣東西，答道：「做不了。」因感到奇怪而詢問原因，他才自己說明，是前任學使的書僮，死後魂留在這裡。

紀曉嵐感到這個故事「於事理為近」，「蓋有形無質，故能傳語而不能舉物」。但使紀曉嵐難以想通的是：「古書所載，鬼所能為，與生人無異者，又何說歟？」這其實是對魏晉南北朝志怪提出質疑。

紀曉嵐的同年鄒道峰，也講過一個鬼故事：

有位韓生，丁卯夏在山中讀書。窗外是懸崖，懸崖下是深澗。山澗極為陡峭，兩岸相距雖然不遠，但可望而不可至。月明之夜，常見到對岸有人影，知道是鬼，但估計鬼不能越過山澗，也不太怕。時間長了，司空見慣，試著喚他談話，也表示贊同。自己說是墮澗鬼，在此等待替身。開玩笑地將剩下的酒憑窗灑入山澗，鬼下澗喝酒，亦也很感謝。從此便成了談友，讀書練習之餘，靠談天打發寂寞。一天，試探地問：「人們說鬼能前知。我今年參加科舉考試，你能知道我的得失嗎？」鬼答道：「神不查簿籍，也不能事先知道，何況是鬼。鬼只能憑陽氣的盛衰，判斷人一年的運氣；憑神光的明晦，判斷人的好壞。至於命中的俸祿，則爲冥官處理雜務的鬼，可能因旁窺竊聽而知道；城市中的鬼，可能因輾轉相傳而聽說；山野中的鬼沒法知道。城市之中，也只有那些敏捷聰明的鬼才能聽說，鈍拙老實的鬼沒法知道。譬如你您靜坐此山，就連官府的事也不能知道，何況朝廷的機密呢？」一天晚上，聽鬼隔著山澗喊道：「給您報喜。剛才城隍巡山，與社公交談，好像說今科解元是您。」韓生亦暗自高興。等到公榜，原來解元是韓作霖，鬼只聽到姓相同而已。韓生嘆息道：「鄉中人傳官裡事，眞的如此！」

這故事是高度喜劇化的。韓生以爲鬼能前知，故請他預告吉凶；這山野之鬼倒也誠實，坦率地表明自己無此能耐。後來他偶然聽到城隍與社公的談話，知道今科解元姓韓，遂向韓生送喜，誰知如同鄉下人傳官裡事，差了一大截。紀曉嵐藉此故事，風趣地提醒讀者：「鬼前知」的說法於情理不合。

韓林院的鬼、狐

翰林院是薈萃一流文人的地方，文采風流，自是題中應有之意。翰林院的鬼、狐，亦超拔不俗，這叫作：一方水土養一方鬼、狐。

《閱微草堂筆記》卷十六即發揮這一命題：

景介茲在翰林院做官時，住在清秘堂中，一天，積雨初晴，微月未上，獨自坐在走廊裡。聽到瀛洲亭中有人說道：「今日在樓上看西山，才明白杜紫微『雨餘山態活』之句，確是神來之筆。」一人說：「這一句好在活字，又好在態字烘托出活字。如果寫作山色山翠，就會興象俱滅，遜色多了。」疑心是傅晰之等人還沒睡，在池上乘涼，叫了一聲無人答應；開門看去，寂無人跡。第二天，把這事告訴晰之。晰之笑道：「翰林院的鬼，本來就應該說這種話。」

《世說新語·簡傲》記：「王子猷作桓車騎參軍。桓謂王曰：『卿在府久，比當相料理。』初不答，直高視，以手版拄頰云：『西山朝來，致有爽氣！』」清爽之氣撲人而來，正是「山態活」的寫照。翰林院鬼將山態與山色、山翠別而言之，堪稱目光如炬。王子猷聽了，當頷首稱是。

翰林院的鬼不俗，狐也不俗：

德清人徐編開厚，剛入翰林院任編修時，每晚讀書，住宅後的空房中就有讀書聲與之琅琅相合。細聽所誦，也是館閣中的律賦。開窗便看不到了。一天晚上，暗暗地摒住呼吸窺看，見一年輕人，穿著青短袖上衣，藍絲綾衫，攜一卷書背月而坐，搖頭吟哦，若有餘味，一點兒也不像作祟的。後來也沒有吉凶。唐代小說載有天狐超異科，第二道試題，都是四言韻語，其文頗爲古奧。這狐怕也是應舉的吧？（《閱微草堂筆記》卷六）

如此雅狐，倘我爲試官，一定優先錄取。

關於離魂的想像

唐代的陳玄祐，寫過一篇傳奇，題爲《離魂記》，大意是說：

天授三年，清河張鎰在衡州作官，有女倩娘端妍絕倫，張鎰將她許嫁外甥太原王宙，後又食言，許之賓僚，倩娘與王宙俱情懷抑鬱。王宙托辭赴京，船行至夜，見倩娘徒步行來。遂一起赴蜀。凡五年，生二子。倩娘思念父母，與王宙俱歸衡州。張鎰聞女歸，大驚，說：「倩娘正病在閨中，已數年。」室中倩娘聞之，「喜而起，飾妝更衣，笑而不語，出與相迎，翕然而合為一體，其衣裳皆重。」

陳玄祐所寫倩女離魂的故事，在後世影響頗大。金董解元還提到有關這個故事的說唱本，元鄭光祖又進一步將這故事發展為雜劇《倩女離魂》。紀曉嵐對古代的志怪、傳奇爛熟於心，又樂於揆情度理，思考其中的一些問題。關於這個故事，他指出：其想像有不合情理之處。在《閱微草堂筆記》卷十四中，他先記叙了某富室婢離魂的事，然後據以立論，寫得相當雄辯。某富室婢離魂的詳情如下：

據門生徐通判說：他同鄉有個富家，與一婢女親密，非常寵愛。婢女亦一心一意地愛其主子，發誓不另嫁他人。正妻心懷妒忌而無可奈何。適逢富家因事外出，正妻偷偷叫來牙儈將婢女給賣了。等到富家歸來，卻報告說，婢女私自逃走了。僕人們知道，家主回來後事情定會有變化，遂假向牙儈買出，藏在尼姑庵中。婢女自從到了牙儈家，即兩眼直視不說話，拉她站就站，扶她走就走，按她臥就臥，否則就像木偶，整天不動。給她吃就吃，給她喝就喝，不給也不要。到了尼姑庵中，也是如此。醫生以爲，這是因爲憤怒怨恨癡迷心竅，但服了藥也不見效，到了尼姑庵，仍不甦醒。像這種不死不生的狀態，持續了一個多月。富家回來，果然持刀與正妻相鬥，殺一羊瀝血告神，發誓不與正妻同生。僕人看事情隱瞞不住，遂說出實情。連忙去尼姑庵迎了回來，痴呆如故。富家靠近耳叫她的姓名，才霍然如從夢中醒來。據她自己說，剛到牙儈家時，想到這只是主母的意思，主人一定不會拋棄自己，因而自己跑回家來；怕被主母看見，常藏在隱蔽的地方，以待主人之歸。今日聽見主人叫喚，便高興地出來了。因說到在家中某日見某人，某人某日作某事，一一不爽。才知道她身軀雖在別處而魂已歸來家中。

紀曉嵐何以要記某富室婢離魂的事呢？他是要設置一個參照系，並據此作爲批評《離魂記》的依據。果然，他敘完故事，即直接引入議論：「因是推之，知所謂離魂倩女，其事當不過如此，特小說家點綴成文，以作佳話。至於說魂歸後衣皆重著，尤爲誕謾。著衣者乃其本形，頃刻之間，襟帶不解，豈能層層攙入？

何不說衣如委蛻，還稍近事理嗎？」

作爲讀者，您是欣賞《離魂記》的「佳話」呢？還是贊成紀曉嵐的「事理」？見仁見智，各明一義，在藝術的世界中不必強求一律。

附記：據《閱微草堂筆記》卷十二，紀曉嵐的侍姬沈明玕亦曾有離魂的經歷。在去世前數日的重病中，她曾夢至紀曉嵐的海淀寓所，「有大聲如雷霆，因而驚醒」。紀曉嵐回憶說，這天晚上，「果壁上掛瓶繩斷墮地，始悟其生魂果至矣。」明玕去世後，紀曉嵐題其遺照，即據此事點染，詩云：

幾分相似幾分非，可是香魂月下歸？
春夢無痕時一瞥，最關情處在依稀。

* * *

到死春蠶尚有絲，離魂倩女不須疑。
一聲驚破梨花夢，恰記銅瓶墜地時。

雅狐

紀曉嵐的朋友錢陳群（一六八六——一七七四），字主敬，號香樹，又號柘南居士，嘉興人。康熙進士，雍正、乾隆時久直南書房，充經筵講官，乾隆帝曾和他一起考論古今，稱爲故人。官至刑部左侍郎，以疾罷歸，乾隆帝常寄詩相與唱和，與沈德潛並稱「東南二老」，卒謚文端。紀曉嵐督學福建，途經嘉興，特意訪問過他。乾隆三十二年（一七六七），四十四的紀曉嵐服闋赴京，因舊第未贖，一度借居錢在京故宅，並與宅中雅狐結下筆墨因緣。《閱微草堂筆記》卷三記述這一因緣說：

丁亥春，我攜家帶眷來到京城。因爲虎坊橋的舊住宅還未贖回，權且住在錢香樹先生的空房中。據說樓上有狐居住，只用來鎖存雜物，人不輕易上去。我開玩笑地在牆壁上貼了一詩，道：「草草移家偶遇君，一樓上下且平分。耽詩自是書生癖，徹夜吟哦莫厭聞。」一天，侍姬開鎖取東西，大呼怪事。我跑上去看，只見地板的灰塵上，畫滿了荷花，莖葉苕亭，筆致不俗。因而取紙筆放在小桌子上，又在牆壁上貼一詩，道：「仙人果是好樓居，文采風流我不如。新得吳箋三十幅，可能一一畫芙蕖？」過了數日，開門去看，竟未動筆。拿這事告訴裘文達公，公笑道：「錢香樹家的狐，本該雅致些。」

所謂「雅」，即不粗俗。錢香樹是詩人，連他家的狐也「文采風流」，能畫一手好荷花。如此雅狐，爲之長揖亦不爲過。

《閱微草堂筆記》卷八也爲雅狐畫過一幅素描：

外祖張雪峰張家，牡丹盛開。家奴李桂，夜間見兩位女子憑欄而立。其中一位說：「月色格外好。」另一位說：「這一帶很少有牡丹花，僅佟氏園與此處數株而已。」李桂知道是狐，拾片瓦擊去，忽然消失；一會兒，磚石亂飛，窗櫺皆損。雪峰公親自去看，拱手說道：「賞花是韻事，步月是雅人，何必與小人較量，以致大煞風景？」說完，一片寂靜。公感嘆道：「此狐不俗。」

賞花步月，從善如流，這種淡宕曠遠的氣象，眞令世俗中人羞慚無地了。

《閱微草堂筆記》卷十五敘：

陳句山前輩移居一宅，搬運家具時，先置書十餘篋於庭。似聞樹後小語曰：

「三十餘年，此間不見此物也。」視之闃如。或曰：「必狐也。」句山掉首曰：「解作此語，狐亦大佳。」

篇末故設疑團，猶如推遠山入煙雲，其境界接近於神韻派的詩。

掃帚怪

奴子王廷佑的母親，曾向紀曉嵐講過一個掃帚怪的故事：

青縣有戶農家，除夕那天，一個賣通草花的敲門喊道：「我已經等了好長一段時間了，爲何花錢還不送出？」詢問家裡的人，確實沒有人買花。而賣花的一口咬定有個垂髫女子拿花進來了。正在混亂之時，聽見一位年老婦女大叫道：「眞是大怪事，廁中的舊掃帚柄上，居然插著幾朵花。」拿過來看，果然是剛才拿進來的。於是將舊掃帚銼碎燒掉，呦呦有聲，血一縷一縷地流出。

掃帚成怪，這並不稀奇。在中國古代人看來，無論是動物，還是植物，或是器物，只要年深月久，都有可能成爲妖精，只是神通的大小有別而已。掃帚屬於器物怪，其生命層次較低，因而神通亦較小。

古代典籍中，最早寫到掃帚怪的也許是南朝宋臨川王劉義慶。其《幽明錄・江淮婦人》載：

江淮有婦人，爲性多欲，存想不捨，日夜常醉。旦起，見屋後二少童，甚鮮潔，如宮小吏者。婦因欲抱持，忽成掃帚。取而焚之。

劉義慶筆下的掃帚怪，可幻化成外表鮮潔的少男，不能說沒有神通；但如此容易便現出原形，落得被焚燒的下場，豈不是自取滅亡嗎？道行不足卻要遊戲人間，咎由自取，怨不得別人。《江淮婦人》所潛含的這層意蘊，紀曉嵐明確地揭示了出來。他在記敘了王廷佑母親講述的故事後，意味深長地說道：「此魅既解化形，即應潛養靈氣，何乃作此變異，使人知而殲除，豈非自取其敗耶？天下未有所成，先自炫耀；甫有所得，不自韜晦者，類此帚也夫！」這一人生命題是值得我們記取的。

說到韜晦，不能不提到明初劉基的兩首《感懷》詩：

翡翠翔江湖，亡身為毛羽。

不知道傍李，尚得滋味苦。
驅車上太行，還顧望粱甫。
高岡多烈風，茂林化為岾。
空餘澗底藤，蒙蘢蔓煙雨。

＊　＊　＊

象以齒自伐，馬以能受羈。
猛虎恃強力，而不銜其皮。
世人任巧智，天道善盈虧。
不見瑤台死，永為天下嗤。

無論是翡翠鳥與道傍李的命運的對比，還是對「象以齒自伐，馬以能受羈」的強調，都指向一個意思：眞正的智者，在動亂年代都會選擇韜晦之路，即隱居起來。

紀曉嵐的「韜晦」，當然不含有劉基說的隱居之意，但收斂鋒芒，隱藏蹤跡，把聲名才華遮蓋起來，其實可視爲精神的隱居。由此可見，紀曉嵐所引伸出的人生命題，是以世路險惡作爲其思考背景的。

《閱微草堂筆記》卷二十三敘一石人爲怪，與掃帚怪同屬器物怪，讀者不妨參看。

雅狐避俗人

生活中有一類人，並無巨大的人格缺陷，但或粗俗，或庸俗，以至於給人俗不可耐之感。《閱微草堂筆記》卷四曾對這類人予以調侃：

董曲江遊歷京城時，與一友人同住，並非意氣投合之人，姑且節省點吃住的費用。友人爭逐富貴，常在外面過夜。曲江獨宿書房中。夜晚，時或聽到翻動書冊、摩弄器玩的聲音，知道京城多狐，也不感到奇怪。一夜，將未完成的書稿放在小桌子上，仿佛聽到吟哦聲，問是誰，沒有回答。天亮時去看，詩稿上已圈點數句。但一再呼喚終不答應。至友人回寓，則整夜寂然。友人自我誇耀，說他有祿相，所以邪怪不敢侵犯。適值日照人李慶子借宿，飲酒之後，曲江與友人皆已就寢。李乘月在空園中散步，見一老翁攜童子站在樹下。心知是狐，躲在一邊偷偷察看其行爲。童子說：「太冷了，且回房去。」老翁搖頭說：「與董公同室，固無妨礙。此君俗氣逼人，哪能共處？寧願坐在淒風冷月之間。」李後來將這話洩露給別的朋友，漸漸爲此人所聞，恨李入骨。李居然爲他所排擠，背著書箱狼狽地回家了。

曲江是董元度的號，字寄廬，山東平原人。乾隆十七年進士，由庶吉士改東昌府教授。有《舊雨堂詩集》。某乩仙曾贈董曲江一聯曰：「黃金結客心猶熱，白首還鄉夢更遊。」紀曉嵐以爲「酷肖曲江之爲人」。董曲江如此雅致，而其同室友卻一味追逐富貴，難怪雅狐寧願受凍，也不願與之共處了。

紀曉嵐青年時代最要好的朋友之一田中義，字白岩，詩人田雯之子，德州人。托跡微官，滑稽玩世，常編志怪故事講給朋友聽。據田白岩說，西城將軍教場一宅，周蘭坡學士曾居之。夜或聞樓上吟哦聲，知爲狐，亦不驚訝。及蘭坡移家，狐亦他徙。後田白岩僦居，數月狐乃復歸。白岩祭以酒脯，並陳祝詞，希望「各守門庭」互不干擾。

白岩陳詞的次日，樓前便飄墮一帖，那是狐的作品。詞云：

僕雖異類，頗悅詩書，雅不欲與俗客伍。此宅數十年來皆詞人棲息，惬所素好，故挈族安居。自蘭坡先生恝然捨我，後來居者，目不勝駔儈之容，耳不勝歌吹之音，鼻不勝酒肉之氣。迫於無奈，竄跡山林。今聞先生山薑之季子，文章必有淵源，故望影來歸，非期相擾。自今以往，或檢書獺祭，偶動芸籤；借筆鴉塗，暫磨鸜眼。此外如一毫陵犯，任先生訴諸明神。願廓清襟，勿相疑貳。

田白岩居處的雅狐，與李慶子所遇狐叟，視俗人如瘟疫，避之唯恐不及。這樣的故事，沉溺於歌吹之音、酒肉之氣中的駔儈，大約是不喜歡聽的。

庸俗可厭，粗俗亦可厭。紀曉嵐的同年蔣心餘編修，講過一個諧趣盎然的笑話：

蔣心餘的故鄉，某世家一廢棄的住宅中，時常見到靚妝豔女，登牆張望。武生王某，粗豪有膽，即帶著卧具獨宿於其中，希望能有豔遇。到了半夜，依舊寂然無聲，於是拊枕自語道：「人們說這宅中有狐，今天到何處去了？」窗外小聲答道：「六娘子知道王君今天來，躲到溪邊賞月去了。」問：「你是誰？」答：

「六娘子的侍婢。」又問：「爲何獨獨避開我？」答：「不知是何緣故，只聽說怕見此腹負將軍。」也不懂這是什麼意思。

武生王某，因粗俗而使雅狐畏避，這一情節頗與《聊齋誌異·連瑣》相似。讀者如有興趣可以參看。

邪惡的物怪

仙、鬼、怪是魏晉南北朝志怪中的三種主要形象。仙的形象寄寓著人類對永恆的追求，主要由一批文人化的方士或方士化的文人虛構而成。鬼其實是陰間的人，志怪作家對鬼的基本情感態度是同情，當然也心懷戒備。與仙、鬼形成對照，物的世界總體上是一個令人厭惡的不信奉人間倫常的異邦。物，指的是各種「年老成魔」的動植物或無生命之物，也就是怪物，或稱妖怪或妖精。

在志怪小說中，天地間的邪惡與卑鄙，大都與物相關。它們沒有道德感，沒有羞恥心，一切正直的人所遵循的生活秩序和奉行的準則，它們都視有如無，並似乎故意踐踏之，毀壞之。在這方面：物怪與鬼的差別異常鮮明：就一般情況而言，鬼仍然信守人間倫常，尤其引人注目的是，他們從不淫人妻女（個別極爲邪惡的鬼除外）；物怪卻非但無此種忌諱，且對淫人妻女格外感興趣，給許多普通家庭帶來慘痛的悲劇。

我們來看看東晉干寶《搜神記》中的兩則，一爲《虞定國》，見於卷十七：

餘姚縣的虞定國，生得儀表堂堂；同縣的蘇家姑娘，也很漂亮。虞定國見過她，很有好感。後來蘇家看見虞定國前來，主人就留他過夜。半夜時分，虞定國對蘇公說：「賢女長得如此漂亮，我心裡十分傾慕。今晚能否叫她出來一下呢？」主人考慮到虞定國是當地的高貴人物，便叫女兒出來陪伴侍候他。於是虞定國來往漸漸頻繁，他告訴蘇公說：「我沒有什麼來報答您。如果有什麼官府中的公差，我就替您承擔吧。」主人聽了很高興。後來，有個差役叫蘇家主人去服役，主人便去找虞定國。虞定國十分驚訝，說：「我從來沒和您面談過，您怎麼會這樣？一定是妖怪搗亂。」蘇家主人就詳細地把那事情說了。虞定國說：「我難道會向人家的父親提出姦淫他女兒的要求？倘若再看見他來，就把他殺了。」後來蘇公果然捉到了妖怪。

另一則題爲《田琰》，見於卷十八：

北平郡的田琰爲母親守喪，一直住在墳邊的草屋裡。快一年了，卻忽然在夜間走進了妻子的房間。妻子責備他說：「你處在母親死了該毀形滅性的境地，希望別再作樂了。」田琰不聽她的，只管和她交歡。後來田琰回家作短暫停留，一句話也不和妻子講，妻子感到奇怪，就拿上次的事情責備他。田琰知道是妖怪，所以直到天全黑了也沒睡著，把喪服掛在墳邊的草屋裡。過了片刻，他看見一隻白狗，用腳爪抓起喪服，銜在口中，就變成了人，接著便穿了喪服到田琰妻子的房間去。田琰緊跟在後面，看見這條狗即將爬上妻子床時，就把它打死了。他的妻子因羞愧而自殺。

《虞定國》和《田琰》中的兩個妖怪，一個姦污了人家的女兒；一個姦污了人家的妻子，並造成自殺的悲劇。當然，它們都未能逃脫被懲處的下場，這也是魏晉南北朝志怪中大多數妖怪的結局。

紀曉嵐處理妖怪形象，亦遵循傳統的志怪原則，如《閱微草堂筆記》卷十四所載：

田村一農婦，堅貞嫻靜。一日給在田耕作的人送飯，遇見一位書生，向她求瓶中的水，農婦沒有答應。掏出一錠金子，投入農婦袖中。農婦扔掉金子，大聲痛罵，書生惶恐地逃走了。晚上將此事告訴丈夫，根據其形貌去訪求，不見這個人，疑心是精魅。幾天後，其丈夫外出，風雨阻隔，不能回來。精魅於是幻化成她丈夫的形貌，裝作冒雨歸來的樣子，進房與農婦睡覺。草草熄燈，即相媟狎。忽然閃電射窗。照見是那位書生。農婦極爲憤怒，抓破了他的臉。精魅才跳出窗，聽見呦然一聲，不知往何處去了。第二天早晨，丈夫到家，看見門外一猴，腦裂而死，好像是爲刀所傷。大約妖怪媚人，都因爲女子春心萌動而交合。如女子本無春心，而乘其不注意，變幻模樣敗壞其貞節，則罪行與強姦相同。度量神理，絕對不可容忍。

紀曉嵐筆下的猴怪，與干寶筆下的狗怪一樣，亦有姦淫之癖，不同的是，猴怪剛一作案便被誅殺。這表現了紀曉嵐的淑世之心。其自題《閱微草堂筆記》詩有云：「前因後果驗無差，瑣記搜羅鬼一車。」在他筆下，作惡是因，遭誅殺是果，因果報應，神理昭彰，不會有什麼例外。

後記

這次撰寫《紀曉嵐的人生哲學》，頗有一種與故交相逢的喜悅。我寫的第一部書是《中國文言小說流派研究》，在那部書裡，我提出，對於中國古代的筆記小說和傳奇小說，萬不可用同樣的標準去衡量其得失，比如，鮮明的人物形象、完整的故事情節、豐富的想像和虛構，這可以說是優秀的傳奇小說應該具備的幾大要素，但筆記小說卻不必如此。我所依據的理論前提是：「文各有體，得體為佳。」筆記小說與傳奇小說體裁不同，寫法自亦不同。而「文各有體，得體為佳」的思想，我恰好是從紀曉嵐那裡獲得的。後來撰著《中國傳奇小說史話》、《中國筆記小說史》，仍不時地借重紀曉嵐，尤其是《中國筆記小說史》一書，在評述若干具體作品時，多次引用《四庫全書總目提要》。對於學者紀曉嵐，我是異常佩服的。

在紀曉嵐的著述中，我最早讀到的是《閱微草堂筆記》。盛時彥說此書旨在「明道」，李慈銘認為此書的實質是「考古說理」，當初看了這類評價，覺得只是門面話。我的想法是：魯迅曾讚賞《閱微草堂筆記》「敘述復雍容淡雅，天趣盎然」，「雋思妙語，時足解頤」，「敘述」方面的這些優長，怎麼可能與「明道」、「考古說理」統一起來呢？隨著閱歷漸深，讀書漸多，我終於意識到，諸位所論，深中肯綮，紀曉嵐之為紀曉嵐，就在於他有能力將看來似水火不相容的兩個方面如水乳般地交融在一起。出於對這特色的喜愛和尊重，我談《閱微草堂筆記》較多；如此處理是否恰當，自然只能由讀者來評判。

在本書的撰寫過程中，我的妻子曾德安儘量使我少受外界干擾，我的女兒陳慶則儘量少找我輔導功課，此情此景，令我非常感動。清代邵晴岩《樓中》詩云：「但得讀書原是福，也能藏酒不為貧。」藏酒我不敢誇口，但讀書之福確有幾分。因讀書而抄書而寫書，流光似水，轉眼即近不惑之年。行文至此，不勝悵然！

陳文新
於十八畝

紀曉嵐的人生哲學—寬恕人生 中國人生叢書20

主　　編／揚　帆
著　　者／陳文新
出 版 者／揚智文化事業股份有限公司
發 行 人／林智堅
副總編輯／葉忠賢
責任編輯／賴筱彌
執行編輯／陶明潔
地　　址／台北市新生南路三段88號5樓之6
電　　話／（02）366－0309　366－0313
傳　　眞／（02）366－0310
登 記 證／局版臺業字第4799號
印　　刷／偉勵彩色印刷股份有限公司
法律顧問／北辰著作權事務所　蕭雄淋律師
初版一刷／1997年1月
ISBN／957－9272－94－8
定　　價／250元

南區總經銷／昱泓圖書有限公司
地　　址／嘉義市通化四街45號
電　　話／（05）231－1949　231－1572
傳　　眞／（05）231－1002

國立中央圖書館出版品預行編目資料

紀曉嵐的人生哲學：寬恕人生／陳文新著.－－初版.
－－臺北市：揚智文化，1997〔民86〕
面；公分.－－（中國人生叢書；20）
ISBN 957－9272－94－8（平裝）

1.紀曉嵐－學術思想－哲學
2.閱微草堂筆記、評論

857.27　　85012818